КОГДА ОНА УШЛА

(ЗАГАДКИ РАЙЛИ ПЕЙДЖ – КНИГА I)

БЛЕЙК ПИРС

ISBN: 9781640294066

Пролог

Реба очнулась от нового приступа боли. Она рванулась, но верёвки, которые привязывали её в области живота к вертикальной трубе, торчащей прямо из центра пола небольшой комнаты и уходящей в потолок, не дали ей пошевелиться. Её запястья были связаны спереди, как и лодыжки.

Она поняла, что задремала, и её тут же обуял страх. Теперь она точно знала, что он собирается её убить. Постепенно, нанося одну рану за другой. Ему не нужна её смерть, как и секс. Боль – вот чего он хочет.

«Я должна оставаться в сознании, – думала она. – Я должна отсюда выбраться. Если засну – я умру».

Несмотря на то, что в комнате было жарко, по её обнажённому телу пробежал холодок. Изогнувшись, ей удалось увидеть собственные ноги, босиком стоящие на деревянном полу. Вокруг всё было заляпано застывшей кровью – верный признак того, что она не первая, кого здесь привязывали. Её паника усилилась.

Он куда-то ушёл. Единственная дверь в комнате была наглухо заперта. Но он вернётся. Он всегда возвращался. А потом он будет делать всё, чтобы заставить её кричать от боли. Окна были заколочены, так что она не понимала, день сейчас или ночь, единственным источником освещения была слепящая голая лампочка, свисающая с потолка. Где бы ни находилось это место, её криков, видимо, никто не услышит.

Комната в прошлом, очевидно, была спальней девочки – она была окрашена в нелепый розовый цвет, всюду были завитушки и сказочные мотивы. Кто-то – судя по всему, похититель – уже давно обитал здесь: стулья, кресла и журнальные столики были сломаны, а их обломки валялись по всей комнате. Пол был усыпан туловищами и конечностями расчленённых кукол. Маленькие парики – кукольные, предположила Реба – были прибиты к стене наподобие скальпов, многие из них затейливо заплетены, и все ненатуральных, игрушечных цветов. Расколоченный розовый туалетный столик стоял рядом со стеной, висящее на нём зеркало в форме сердца разбито на маленькие кусочки. Единственной целой вещью во всей комнате была узкая, односпальная кровать с рваным розовым балдахином – здесь, очевидно, отдыхал преступник.

Он смотрел на неё своими маленькими блестящими тёмными глазами сквозь чёрную лыжную маску. Сначала то, что он всегда в маске, приободряло её: если он не хочет, чтобы она видела его лицо, разве это не значит, что он не планирует её убивать, что он может её отпустить?

Но вскоре до неё дошло, что маска служила другой цели. Девушка поняла, что ткань скрывает полные щёки и покатый лоб – неприятные и некрасивые черты лица. Несмотря на всю его силу, мужчина был ниже её, и поэтому, похоже, чувствовал себя некомфортно. Она решила, что он носит маску, чтобы казаться более устрашающим.

Она уже оставила попытки отговорить его мучать её. Поначалу ей казалось, что у неё получится, ведь она, в конце концов, привлекательна. «Или, по крайней мере, была», – подумала она с грустью.

На её покрытом синяками лице смешались слёзы и пот, а на своих длинных светлых волосах она чувствовала запёкшуюся кровь. Глаза болели – он заставил её надеть контактные линзы, и они затрудняли ей зрение.

“Бог знает, как я сейчас выгляжу”.

Она опустила голову.

“Умри сейчас”, – попросила она саму себя.

Это должно быть просто. Она была уверена, что многие здесь умирали и раньше.

Но она не могла. От одной только мысли об этом у неё бешено заколотилось сердце, участилось дыхание, и верёвка впилась в кожу. Постепенно, с осознанием того, что она стоит перед лицом неминуемой гибели, в ней возникло новое чувство. На этот раз это была не паника, не страх. Не отчаяние. Это было что-то другое.

Что это за чувство?

Тут она поняла. Это ярость. Не против её похитителя – она уже давно исчерпала свой запас ярости к нему.

«Я злюсь на себя, – подумала она. – Я делаю так, как он хочет. Когда я кричу, рыдаю, умоляю его, я выполняю его волю».

Каждый раз, глотая холодный, пресный бульон, которым он кормил её через трубочку, она делала так, как он хочет. Каждый раз, пытаясь вызвать у него жалость слёзными рассказами о том, что она мать двоих детей, которые в ней нуждаются, она доставляла ему бесконечное удовольствие.

Теперь в голове прояснилось, и она наконец перестала извиваться, пытаясь высвободиться. Может быть, стоит попробовать по-другому? Она уже несколько дней пыталась справиться с верёвкой, но, возможно, она всё делала не так. Это как с теми бамбуковыми игрушками – китайскими ловушками для пальцев: когда ты суёшь пальцы в трубку с двух концов, и чем усердней пытаешься их вытащить, тем больше они застревают. Надо полностью расслабиться, может быть, так у неё что-то получится.

Мускул за мускулом она расслабила всё тело, ощущая каждую рану, каждый синяк в тех местах, где верёвка касалась её плоти. Постепенно она обнаружила места, где верёвка натягивалась сильней.

Теперь она знала, что делать. В её правую щиколотку верёвка впивалась чуть меньше, чем в других местах. Но дёргать она не будет. Нет, она должна действовать аккуратно. Она зашевелила ногой, сначала легонько, потом чуть сильней, по мере того, как ослабевала верёвка.

Наконец, к собственной радости и удивлению, у неё получилось ослабить верёвку настолько, что она смогла вытащить из неё всю правую ногу.

Она тут же ощупала ею пол. Меньше, чем в полуметре от неё, среди груды кукольных частей валялся его охотничий нож. Он всегда смеялся, оставляя его там, так мучительно близко. Его лезвие, покрытое кровью, дразняще поблёскивало.

Она махнула свободной ногой по направлению к ножу. Нога пролетела слишком высоко над ним, мимо цели.

Она снова расслабилась. Соскользнув ниже по столбу на несколько сантиметров, она снова вытянула ногу до тех пор, пока не дотянулась ею до ножа. Она зажала грязное лезвие между пальцев ног, подтянула его по полу и осторожно подняла, пока его рукоятка не оказалась в её ладони. Она крепко сжала её онемевшими пальцами, развернула нож и стала медленно пилить верёвку, стягивающую её запястья. Казалось, что время остановилось, она не могла дышать и лишь молилась, что не уронит нож, что он не войдёт.

Наконец, верёвка с треском порвалась. Невероятно, теперь её руки свободны! С громко бьющимся сердцем она разрезала верёвку на талии.

Свободна. Она с трудом могла в это поверить.

Поначалу она могла лишь, скрючившись, сидеть на полу, ощущая покалывание в конечностях, пока восстанавливалось кровообращение. Она коснулась линз на глазах, с трудом сопротивляясь желанию тут же сорвать их. Вместо этого она осторожно подвинула их к краям глаз, схватила двумя пальцами и вытащила. Глаза ужасно болели, и без линз она почувствовала огромное облегчение. От цвета двух лежащих у неё на ладони пластиковых дисков ей стало плохо – они были неестественного голубого цвета. Она их выбросила.

Задыхаясь от волнения, Реба поднялась на ноги и заковыляла к двери. Она взялась за ручку, но не повернула её.

Что, если он там?

У неё нет выбора.

Реба повернула ручку двери, и та бесшумно распахнулась. Ей открылся длинный пустой коридор. Свет шёл лишь из арочного прохода справа. Она стала красться по коридору в его направлении, абсолютно голая, с босыми ногами, стараясь не издавать ни звука, и обнаружила, что арка ведёт в слабо освещённую комнату. Она остановилась и заглянула туда. Это была обычная столовая со столом и стульями, которая выглядела совершенно нормально, как будто скоро в неё должна была вернуться на ужин семья. На окнах висели старые кружевные занавески.

В горле у неё снова поднялась волна страха. Кажущаяся обычность этого места пугала больше, чем её подземная тюрьма. Сквозь занавески она увидела, что на улице темно. Это её приободрило: в темноте ей будет легче ускользнуть.

Она вернулась в коридор. Он упирался в дверь – дверь, которая просто не могла вести куда-то в иное место, кроме улицы. Хромая, она подошла к ней и сжала медную щеколду. Дверь тяжело повернулась в её сторону, открывая перед ней ночь.

Перед ней во двор вело маленькое крыльцо. Ночное небо было безлунным, на нём мерцали звёзды. Никакого иного источника света вокруг не было видно, как и ни намёка на другие дома. Она с опаской вышла на крыльцо и спустилась во двор, ступив на сухую землю без травы. Её лёгкие наполнились свежим, холодным, доставляющим наслаждение воздухом

Смесь тревоги и ликования, радость свободы вскружили ей голову.

Реба сделала первый шаг, собираясь бежать, когда вдруг почувствовала на своей талии чью-то сильную руку.

За этим последовал знакомый мерзкий смех.

Последнее, что она почувствовала, это тяжёлый предмет, – возможно, металлический – который опустился на её голову, после чего мир вокруг закружился и погрузился в черноту.

Глава 1

«Хорошо, хоть запах ещё не появился», – подумал специальный агент Билл Джеффрис.

Всё ещё склонившись над телом, он всё же чувствовал его зарождение. Запах смешивался со свежим запахом ели и тумана, идущего от воды. Это был запах, к которому он давно уже должен был бы привыкнуть, но ему до сих пор не удавалось.

Обнажённое женское тело было аккуратно усажено на огромный камень на краю ручья. Девушка сидела, оперевшись спиной на другой валун, ноги её были выпрямлены и расставлены, руки свисали вдоль тела. Странный изгиб правой руки скорей всего указывал на перелом. Кудрявые волосы, очевидно, были облезлым париком несочетающихся между собой оттенков русого. На губах помадой была нарисована улыбка.

Орудие убийства всё ещё болталось на шее – её задушили розовой лентой. На скале у ног лежала искусственная красная роза.

Билл осторожно попробовал поднять её левую руку. Она не сдвинулась с места.

– Всё ещё схвачена трупным окоченением, – сказал Билл агенту Спелберну, склонившемуся по другую сторону от тела, – мертва не больше двадцати четырёх часов.

– Почему глаза открыты? – спросил Спелберн.

– Пришиты чёрными нитками, – ответил он, даже не взглянув.

Спелберн недоверчиво на него уставился.

– Проверь сам, – предложил Билл.

Спелберн осмотрел глаза трупа.

– О Боже, – пробормотал он. Билл заметил, что тот не отшатнулся в отвращении. Это хорошо. Ему приходилось работать с разными оперативными сотрудниками – некоторые были бывалыми специалистами, как и Спелберн, – у которых от этого зрелища уже вывернуло бы кишки.

Билл никогда прежде не работал с ним. Спелберна вызвали на это дело из штаба в Вирджинии. Это была идея Спелберна задействовать кого-то из отдела поведенческого анализа из Квантико. Так Билл и оказался здесь.

Билл счёл это правильным решением.

Он видел, что Спелберн моложе его на несколько лет, но несмотря на это у него был вид закалённого, видавшего виды человека, что Биллу в нём очень нравилось.

— Она в линзах, — констатировал Спелберн.

Билл пригляделся. Это действительно было так. Билл отвёл взгляд от жутких, неестественно голубых глаз жертвы. Утром у ручья было прохладно, но зрачки уже помутнели. Похоже, установить точное время смерти будет непросто. Билл был уверен лишь в том, что тело принесли сюда этой ночью и аккуратно усадили в такую позу.

Он услышал голос неподалёку:

— Чёртовы федералы!

Билл поднял взгляд на троих местных полицейских, стоящих в паре метров от него. Теперь уже было не разобрать, о чём они перешёптываются, однако Билл понимал, что те два слова неслучайно долетели до его ушей. Они находились недалеко от Ярнелла и полицейские, конечно, не были рады появлению ФБР, считая, что смогут справиться с этим делом самостоятельно.

Впрочем, главный смотритель Государственного парка Мосби думал иначе. Он не привык к чему-то хуже вандализма, мусора, нелегальной рыбалки и охоты, и прекрасно понимал, что ярнелльским полицейским такое не осилить.

Билл пролетел почти двести километров на вертолёте, чтобы оказаться здесь раньше, чем на месте преступления произведут какие-то изменения. Пилот, следуя полученным координатам, опустился на полянку на соседнем холме, где их встретили Спелберн и смотритель парка. Рейнджер провёз их несколько километров по просёлочной дороге и, когда они остановились, Билл сразу увидел сцену преступления – это произошло совсем недалеко от дороги, вниз к ручью.

Полицейские, которые нетерпеливо ждали в сторонке, уже осмотрели место происшествия. Билл совершенно точно знал всё, о чём они думают: они хотели сами раскрыть это дело и пара фэбээровцев – последнее, что им хотелось бы видеть.

«Простите, охламоны, но это вам не по зубам», – думал Билл.

— Шериф считает, что здесь замешана сексуальная торговля, — сказал Спелберн. — Но он ошибается.

— Почему ты так считаешь? – спросил Билл. Он и сам знал

ответ, но ему был интересен ход мыслей Спелберна.

– Ей за тридцать, не молоденькая, – сказал Спелберн. – На коже растяжки, значит, у неё как минимум один ребёнок. Такими обычно не торгуют.

– Ты прав, – согласился Билл.

– Но почему парик?

Билл покачал головой.

– Её голова обрита, – ответил он, – так что для какой бы цели ни предназначался парик, он не для того, чтобы изменить цвет её волос.

– А роза? – спросил Спелберн. – Послание?

Билл изучил её.

– Роза из дешёвой материи, – ответил он. – Такую можно купить в любом магазинчике. Мы попробуем отследить её, но ничего не обнаружим.

Спелберн посмотрел на него, по-видимому, впечатлившись.

Билл сомневался, что какая-либо из их находок сильно поможет. Убийца был слишком целеустремлённым, слишком методичным. Вся сцена была обставлена в одном стиле, который выдавал в нём явное психическое отклонение.

Билл заметил, что местные полицейские подходят, чтобы накрыть тело. Все фотографии сделаны, тело уже можно было уносить.

Билл со вздохом встал, ноги у него затекли. Года уже начинали давать о себе знать, хотя ему было всего сорок.

– Её мучали, – отметил он с грустным вздохом. – Посмотри на все эти порезы, некоторые уже начали зарастать, – он мрачно покачал головой. – Некто обрабатывал её несколько дней, прежде чем прикончить этой лентой.

Спелберн вздохнул.

– Преступника что-то взбесило, – сказал он.

– Эй, когда будем уносить? – окликнул их один из копов.

Билл посмотрел в их направлении и увидел, что они уже стоят наготове. Двое из них негромко ворчали. Билл знал, что тут уже больше ничего не сделаешь, но не стал этого говорить. Ему нравилось заставлять ждать этих болванов.

Он медленно обернулся и попытался всё запомнить. Здесь густо рос лес из сосен и кедров, густой кустарник, безмятежно журчал ручей, мчась к ближайшей реке, в целом возникало ощущение идиллии. Даже сейчас, в середине лета, здесь не было слишком жарко, так что тело вряд ли начнёт разлагаться так скоро. И всё же, лучше забрать его отсюда и отправить в Квантико. Эксперты захотят осмотреть его, пока оно ещё свежее. Фургон следователя уже ждал на просёлочной дороге, позади машин полицейских.

Дорогой здесь назывались две параллельные колеи от колёс, ведущие через лес. Убийца скорей всего приехал сюда именно по этому пути. Затем он протащил тело по узкой тропе до этой точки, усадил его и уехал. Вряд ли он здесь задерживался: хотя этот район казался удалённым, рейнджеры постоянно патрулировали здесь и чей-то личный автомобиль привлёк бы внимание. Убийца хотел, чтобы тело нашли. Он гордился своей работой.

И его действительно нашла пара туристов на лошадях ранним утром. Этот тип был очень осторожен. Он что-то притащил с собой, чтобы забросать свои следы, ведущие к ручью – скорей всего, лопату. Не было ни следа чего-то, оставленного намеренно или случайно. Следы шин на дороге, скорей всего, были стёрты полицейской машиной и фургоном следователя.

Билл вздохнул.

«Проклятье, – подумал он. – Где Райли, когда она так нужна мне?»

Его старая партнёрша и лучшая подруга была в вынужденном отпуске, восстанавливаясь после травмы, полученной на прошлом деле. Да, дело было скверное. Ей нужно было отдохнуть, а хуже всего было то, что она могла никогда не вернуться к работе.

Но она действительно была нужна ему сейчас. Она была намного умней Билла, он сам это признавал. Ему нравилось смотреть, как она думает. Он представил её за работой над местом преступления, как она изучает одну мельчайшую деталь за другой. Она всегда подшучивала над ним, поскольку он не замечал вопиющих улик, которые лежали прямо под его носом.

Что Райли увидела бы здесь такого, чего не увидел Билл?

Эта мысль поставила его в тупик, а он не любил быть в тупике. Но пока он не мог сделать больше никаких выводов об убийстве.

– Ладно, ребята, – крикнул Билл копам, – уносите тело.

Полицейские засмеялись и дали друг другу «пять».

– Думаешь, он сделает это снова? – спросил Спелберн.
– Я в этом уверен, – ответил Билл.
– Почему?
Билл сделал глубокий вдох.
– Потому что я уже видел его работу.

Глава 2

— Каждый день он делал ей всё больней, — сказал Сэм Флорес, выводя очередную душераздирающую картинку на огромный мультимедийный экран, светящийся прямо над столом для переговоров, — пока наконец не прикончил её.

У Билла были кое-какие догадки относительно продолжительности этого процесса, но он ужасно не хотел оказаться правым.

Бюро отправило тело в отдел поведенческого анализа в Квантико. Криминалисты всё отфотографировали и начали вскрытие. Флорес, специалист лаборатории, носящий очки с чёрной оправой, показывал ужасающие слайды, и огромные экраны в зале конференций ОПА мрачно сверкали.

— Сколько она уже была мертва к тому времени, когда мы её обнаружили? — спросил Билл.

— Недолго, — ответил тот. — Возможно, с предыдущего вечера.

Рядом с Биллом сидел Спелберн, который вместе с ним прилетел в Квантико из Ярнелла. Во главе стола сидел специальный агент Брент Мередит, шеф команды. Со своей широкоплечей, угловатой фигурой, тёмной кожей и строгим лицом Мередит выглядел устрашающе. Однако Билла он не пугал — вовсе нет. Напротив, ему нравилось думать, что у них много общего. Они оба были опытными ветеранами и оба это знали.

Флорес показал серию крупных кадров ранений жертвы.

— Раны слева были нанесены раньше, — прокомментировал он. — Те же, что справа, позднее, некоторые за несколько часов или даже минут до того, как он задушил её лентой. Видимо, он всё более ожесточался за ту неделю или около того, что держал её в плену. Перелом руки, вероятно, был последним, что он сделал, пока она ещё была жива.

— Судя по однообразию ран, их нанёс один человек, — отметил Мередит, — а исходя из растущего уровня агрессии, это мужчина. Что ещё у вас есть?

— Поскольку волосы на её голове уже начали расти, мы делаем вывод, что обрили её за пару дней до убийства, — продолжал Флорес. — Парик сшит из кусочков других париков, все дешёвые. Контактные линзы, скорей всего, заказали по почте. И ещё, – добавил он, обведя взглядом всех присутствующих и помедлив, – она была вся обмазана вазелином.

Билл почувствовал, как напряжение в комнате возросло.

– Вазелином? – переспросил он.

Флорес кивнул.

–Но зачем? – спросил Спелберн.

Флорес пожал плечами.

– Это вы должны узнать, – ответил он.

Билл вспомнил двух туристов, которых опрашивал за день до этого. Они ничем не помогли, мучаясь от разрывающего их нездорового любопытства и страха от увиденного. Они хотели поскорей вернуться домой в Арлингтон, а у него не было оснований их задерживать – опрошенная каждым присутствующим там полицейским, пара была тщательно предупреждена ничего не рассказывать о том, что видела.

Мередит вздохнул и положил обе ладони на стол.

– Отличная работа, Флорес, – сказал он.

Флорес выглядел благодарным за похвалу – и, возможно, немного удивлённым: Брент Мередит не привык раздавать комплименты.

– Теперь агент Джеффрис, – повернулся к нему Мередит, – расскажите нам вкратце о том, как это относится к вашему старому делу.

Билл глубоко вздохнул и откинулся на спинку кресла.

– Чуть больше шести месяцев назад, – начал он, – а именно шестнадцатого декабря на ферме неподалёку от Даггетта было обнаружено тело Эйлин Роджерс. Ответственными за расследование назначили меня и моего партнёра Райли Пейдж. Погода стояла очень холодная и тело сильно замёрзло. Было сложно сказать, сколько оно там пролежало, как и точное время смерти. Флорес, покажи изображения.

Флорес вернулся к слайдам. Экран разделился на две части, и во второй половине появилась новая серия фотографий. Обе жертвы были показаны рядом. Билл ахнул. Невероятно, но разница была лишь в том, что одно тело замёрзло, а так оба они находились практически в одинаковой позе, даже раны были нанесены почти в одни и те же места. У обеих женщин веки были жутким образом пришиты, держа глаза открытыми.

Билл вздохнул. Фотографии оживили его воспоминания.

Неважно, сколько времени он вёл службу, вид каждой жертвы всё равно причинял ему боль.

– Тело Роджерс было найдено в положении сидя, оно было облокочено на дерево, – продолжал Билл, его голос помрачнел. – Что-то было продумано менее тщательно – без контактных линз и вазелина – но в остальном всё так же. Волосы Роджерс коротко острижены, хотя и не обриты, на голове похожий сшитый из кусочков парик. Её так же задушили розовой лентой, а к ногам положили искусственную розу.

Билл помедлил. Ему не хотелось говорить то, что он должен был сейчас сказать.

– Нам с Пейдж не удалось раскрыть дело.

Спелберн повернулся к нему.

– В чём была проблема? – спросил он.

– Проще сказать, в чём не было проблемы, – возразил Билл, чересчур резко. – Мы не могли продвинуться ни на сантиметр. У нас не было свидетелей, семья жертвы не могла сказать ничего полезного, у Роджерс не было ни врагов, ни мужа, ни агрессивного парня. Не было ни одной причины, зачем кому-то могло понадобиться её убивать. Было сразу понятно, что это «висяк».

Билл замолчал. В его голове крутились самые тёмные мысли.

– Не надо, – на удивление мягко сказал Мередит. – Это не твоя вина. Ты не мог предотвратить новое убийство.

Билл был благодарен ему за доброту, но чувство вины его не оставило. Почему он не мог раскрыть дело раньше? А Райли? Он очень редко за всё время работы попадал в тупик.

В этот момент у Мередита зазвонил телефон, и он взял трубку.

Одними из первых слов, произнесённых им, были: «Вот чёрт».

Он повторил это ещё несколько раз, а затем спросил: «Вы уверены, что это она?» Спустя паузу: «Было ли требование выкупа?»

Он встал с кресла и вышел из зала, оставив троих мужчин молча сидеть в замешательстве. Через несколько минут он вернулся как будто постаревшим.

– Джентльмены, у нас чрезвычайный режим, – объявил он. – Мы получили информацию о личности вчерашней жертвы. Её звали Реба Фрай.

Билл охнул, будто его ткнули в живот, он увидел шок и на лице Спелберна. Флорес, однако, выглядел недоумённым.

– Могу я узнать, кто это? – спросил он.

– Её девичья фамилия Ньюбро, – объяснил Мередит, – она дочь государственного сенатора Митча Ньюбро, возможно, следующего губернатора Вирджинии.

Флорес выдохнул.

– Я не слышал об её исчезновении, – сказал Спелберн.

– О нём не заявляли официально, – ответил Мередит. – С её отцом уже связались. И он, конечно же, думает, что мотивы политические, или личные, или и те, и другие. Ему не важно, что шесть месяцев назад была другая жертва.

Мередит покачал головой.

– Сенатор сильно на это напирает, – добавил он. – Скоро прорвётся лавина прессы. Он за этим лично проследит, чтобы заставить нас поторопиться с расследованием.

Билл упал духом. Он терпеть не мог, когда что-то делалось за его спиной, но это был как раз тот случай.

В комнате повисло унылое молчание.

Наконец Билл прочистил горло.

– Нам понадобится помощь, – сказал он.

Мередит повернулся к нему и Билл встретил его ожесточившийся взгляд. Неожиданно Мередит нахмурился в беспокойстве и неодобрении. Он понял, к чему клонит Билл.

– Она не готова, – ответил Мередит, точно зная, что Билл хочет привлечь её.

Билл вздохнул.

– Сэр, – сказал он, – она знает это дело лучше всех остальных. И нет никого умней её.

После ещё одной долгой паузы Билл собрался с духом и сказал то, что думал на самом деле:

– Я думаю, что мы не справимся без неё.

Мередит несколько раз постучал карандашом по листку бумаги, на его лице явно читалось желание быть где угодно, только не здесь.

– Это неправильное решение, – сказал он. – Но если она расклеится, ответственность будет лежать на тебе, – он снова вздохнул. – Звони ей.

Глава 3

Девочка-подросток открыла дверь с таким видом, будто собирается захлопнуть её прямо перед лицом Билла, но вместо этого просто развернулась и молча ушла, оставив дверь открытой.

Билл вошёл.

– Привет, Эприл, – сказал он машинально.

Дочь Райли, мрачная, долговязая девочка четырнадцати лет с тёмными, как у матери, волосами и карими глазами не отозвалась. Одетая лишь в футболку огромного размера, со всклоченными волосами, Эприл пошла в угол и рухнула на диван, безразличная ко всему, кроме своих наушников и мобильного.

Билл в смущении остановился, не зная, что делать. По телефону Райли согласилась с ним встретиться, хоть и неохотно. Неужели она передумала?

Билл осматривался, проходя по мрачному дому. Он пересёк гостиную и увидел, что везде царит порядок и всё лежит на своих местах – отличительная черта Райли. Однако он заметил и то, что шторы задёрнуты, а мебель покрыта тонким слоем пыли, что было совсем на неё не похоже. На книжной полке лежало несколько ярких триллеров в новеньких бумажных обложках, которые он подарил ей перед отпуском, надеясь, что они отвлекут её от проблем. Ни на одной из книг упаковка не была вскрыта.

Дурное предчувствие Билла усилилось. Это не та Райли, которую он знал. Может быть, Мередит был прав? Может быть, ей нужно больше времени отдохнуть, а он неправильно делает, пытаясь вытащить её раньше, чем она будет готова?

Билл напряжённо продолжал идти вглубь тёмного дома, и, повернув за угол, он обнаружил Райли, в одиночестве сидящую за столом на кухне в домашнем халате и тапочках с чашкой кофе перед ней. Она подняла на него глаза и в них мелькнула вспышка смущения, как будто она забыла, что он должен был прийти. Однако она быстро скрыла его за слабой улыбкой и встала.

Он сделал к ней шаг и обнял её, а она слабо обняла его в ответ. В тапочках она была гораздо ниже него. От осознания того, как она похудела, его беспокойство усилилось.

Он сел напротив неё за столом и изучающе оглядел. Волосы чистые, но не причёсаны – кажется, она уже несколько дней ходит в таком виде. Лицо выглядит измождённым, слишком бледным, и старше, намного старше, чем было пять недель назад, когда он в последний раз её видел. Она выглядит так, будто прошла свозь ад. Так и было. Он старался не думать о том, что с ней сделал тот убийца.

Она отвела взгляд, и они продолжили сидеть в густой тишине. Перед приездом Билл был совершенно уверен, что придумает, что сказать ей, чтобы её ободрить, но сейчас он сидел, погружённый в собственную печаль, так что слова не шли ему на ум. Он хотел бы видеть её более крепкой, такой, какой она была прежде.

Он быстро бросил конверт с бумагами о новом деле на пол у стула, пока она не увидела. Теперь он не был уверен, что хочет его показать ей. Он начал думать, что визит сюда было ошибкой. Ей нужно больше времени, это очевидно. Честно говоря, сидя здесь вот так, он впервые почувствовал, что не уверен, что его постоянный партнёр когда-нибудь вернётся.

– Кофе? – спросила она. Он кожей ощущал, как ей некомфортно.

Он покачал головой. Она выглядела очень хрупкой. Когда он навещал её в больнице и даже после возвращения домой, это его пугало. Сможет ли она когда-нибудь забыть боль и ужас, которые ей пришлой пережить, выбраться из глубины тьмы, в которой она провела столько времени? Это было на неё не похоже, она всегда, в каждом расследовании казалась неуязвимой. Но в последнем деле, в этом убийстве, всё было не так. Билл это понимал: тот тип был самым извращённым психопатом из всех, кого он когда-либо видел, и это ещё мягко сказано.

Глядя на неё, он понял кое-что ещё: сейчас она выглядела на свой возраст. Ей было около сорока, как и ему, но когда она работала, это оживляло её и подстёгивало, так что она всегда казалась на несколько лет моложе. В её тёмных волосах уже начала поблёскивать седина. Что ж, в его тоже.

Райли позвала дочь.

– Эприл!

– Что? – ответила Эприл из гостиной тоном глубокого раздражения.

– Во сколько у тебя сегодня начинаются уроки?

– Ты сама знаешь.

– Просто ответь.

– Восемь тридцать.

Райли нахмурилась и погрустнела. Она посмотрела на Билла.

– Она провалила английский. И многие другие предметы. Я пытаюсь помочь ей разобраться с этим.

Билл покачал головой, прекрасно всё понимая. Работа в агентстве сделала своё чёрное дело, а самыми крупными потерями стали их семьи.

– Мне очень жаль, – сказал он.

Райли пожала плечами:

– Ей четырнадцать. И она меня ненавидит.

– Это плохо.

– Я ненавидела всех, когда мне было четырнадцать, – ответила она. – Разве ты не ненавидел?

Билл не ответил. Было трудно представить, чтобы Райли когда-либо всех ненавидела.

– Погоди, у тебя же мальчики того же возраста, – сказала Райли. – Сколько им? Я забыла.

– Восемь и десять, – ответил Билл, улыбнувшись. – Судя по тому, что происходит у нас с Мэгги, я сомневаюсь, что буду занимать в их жизнях какое-либо место, когда они достигнут возраста Эприл.

Райли наклонила голову и с беспокойством посмотрела на него. Он соскучился по этому заботливому взгляду.

– Да, хорошего понемножку, – сказала она.

Он отвернулся, не желая об этом думать.

Двое погрузились в тишину.

– Что там ты прячешь на полу? – спросила она.

Билл посмотрел вниз, а потом снова на неё и улыбнулся: даже в таком состоянии она замечала всё.

– Я ничего не прячу, – сказал Билл, подняв конверт и положив его на стол. – Я хотел кое о чём с тобой поговорить.

Райли широко улыбнулась. Было ясно, что она прекрасно понимает, зачем он сюда пришёл на самом деле.

– Покажи мне, – сказала она, а потом добавила, нервно посмотрев в сторону Эприл: – Пойдём, давай выйдем, я не хочу, чтобы она это видела.

Райли сняла тапочки и босиком вышла во двор вместе с Биллом. Они сели за старенький деревянный столик, который стоял здесь задолго до того, как сюда переехала Райли. Билл оглядел небольшой дворик с единственным деревом. Вокруг рос лес. Здесь можно было забыть о том, что находишься рядом с городом.

«Очень уединённо», – подумал он.

Ему всегда казалось, что это место не подходит Райли. Маленький дом типа ранчо располагался в двадцати километрах от города, он выглядел обшарпанным и ни чем не примечательным. К нему вела узкая дорога, а вокруг не было ничего, кроме деревьев и полей для выгона. Не то чтобы он считал, что жизнь в пригороде ей лучше подходит – ему с трудом удавалось представить её на коктейльной вечеринке, – но там она хотя бы могла доехать до Фредриксбёрга и оттуда добраться на электричке до Квантико, когда вернётся к работе. Когда она снова сможет вернуться к работе.

– Покажи мне, что там у тебя, – попросила она.

Он разложил по столу доклады и фотографии.

– Помнишь даггеттское дело? – спросил он. – Ты была права. Убийство было не последним.

Он увидел, как раскрылись её глаза, когда она рассматривала фотографии. Воцарилось долгое молчание, пока она тщательно изучала документы, а он тем временем думал, поможет ли это вернуть её к жизни или сделает только хуже.

– Ну, и что ты думаешь? – наконец спросил он.

Снова тишина. Она все ещё не поднимала взгляд от документов.

В конце концов, она посмотрела на него и, когда она это сделала, он в шоке увидел, что её глаза наполнены слезами. Он никогда не видел, чтобы она плакала, даже в самых тяжёлых случаях, даже рядом с трупами. Это была определённо не та Райли, которую он знал. Этот убийца сделал с ней что-то непоправимое.

Она подавила рыдание.

– Я боюсь, Билл, – сказала она. – Я так боюсь. Всё время. Всего.

Билл почувствовал отчаяние от её вида. Куда пропала старая Райли, единственный человек, который всегда был крепче его, скала, к которой он всегда приходил в трудные времена? Он скучал по ней так, что не передать словами.

– Он мёртв, Райли, – сказал он самым уверенным тоном, каким только мог. – Он больше не сможет тебе навредить.

Она затрясла головой.

– Ты этого не знаешь наверняка.

– Конечно, знаю, – ответил он. – Они нашли его тело после взрыва.

– Они не смогли установить личность, – возразила она.

– Ты знаешь, что это был он.

Она наклонилась над столом, закрыла лицо одной рукой и заплакала. Он взял её вторую руку, перегнувшись над столом.

– Это – новое дело, – сказал он, – и оно не имеет ничего общего с тем, что случилось с тобой.

Она покачала головой.

– Это неважно.

Медленно, всё ещё плача, она подала ему все бумаги, глядя в сторону.

– Прости, – сказала она с опущенными глазами, держа конверт в дрожащей руке. – Думаю, тебе пора идти, – добавила она.

Билл в шоке и в тоске протянул руку и взял конверт. Он никогда не ожидал бы такого исхода.

Билл сел на мгновение, стараясь справиться с собственными слезами. Наконец он мягко погладил её руку, встал из-за стола и вернулся в дом. Эприл всё ещё сидела в гостиной с закрытыми глазами, качая головой в такт музыке.

*

Райли сидела в одиночестве за столиком после того, как Билл ушёл, и плакала.

«Я-то думала, всё уже прошло», – думала она.

Ей очень хотелось быть в порядке ради Билла. И ей казалось, что она сможет. Сидеть на кухне и обсуждать бытовые проблемы было нормально. Когда они вышли во двор и она увидела документы, она всё ещё думала, что всё пройдёт хорошо. Более того, она начала увлекаться новым делом. В ней снова разгорелась страсть к работе, она хотела вернуться к расследованиям. Она относилась к этим практически идентичным убийствам как к паззлу, как к какой-то абстрактной, интеллектуальной игре. И это было нормально. Её врач сказал, что так и нужно делать, если она надеется когда-нибудь вернуться к работе.

Но потом игра почему-то стала тем, чем она на самом деле

всегда и была: ужасающей человеческой трагедией, в которой
две невинные женщины погибли в муках от невыносимой боли
и ужаса. И она внезапно подумала: "Было ли им так же плохо,
как было мне тогда?"

Её тело снова наполнилось паникой и страхом. А также
смущением и стыдом. Билл был её партнёром и лучшим
другом. Она многим была ему обязана. Он поддерживал её все
последние недели, когда никто другой этого не делал. Она бы
не пережила лечение без него. Последнее, чего она хотела, так
это чтобы он видел её в состоянии такой беспомощности.

Она услышала, как Эприл орёт с задней двери:

– Мам, мне надо завтракать, а то я опоздаю!

Она почувствовала острое желание крикнуть в ответ:
«Приготовь себе что-нибудь сама!»

Но она этого не сделала. Ей уже надоели постоянные
сражения с Эприл. С ссорами покончено.

Она встала из-за столика и вернулась на кухню. Там она
оторвала бумажное полотенце и вытерла им слёзы и нос, а
потом стала готовить. Она старалась вспомнить слова доктора:
«Даже рутина будет требовать сознательных усилий, по
крайней мере, какое-то время». Ей нужно было делать дела
крошечными шажками.

Сначала достать продукты из холодильника: коробку с
яйцами, упаковку бекона, тарелочку с маслом, банку варенья,
потому что Эприл любит варенье, хотя сама Райли его не ест.
Затем положить шесть кусочков бекона на сковороду, стоящую
на плите, и включить под сковородой газ.

От вида сине-голубого пламени она отшатнулась. Она
непроизвольно закрыла глаза и всё снова нахлынуло.

*Райли лежит в тесном погребе под домом в самодельной
клетке. Газовая горелка – единственный источник света,
который она видит. Всё остальное время она проводит в
полной темноте. Пол в погребе грязный. Доски пола над ней
такие низкие, что она с трудом может даже сидеть.*

*Темнота полная, даже когда он открывает маленькую
дверь и вползает к ней в погреб, она не видит его, но слышит,
как он дышит и кряхтит. Он отпирает клетку, раскрывает
дверь и залезает внутрь.*

*И тут он зажигает пропановую горелку. В её свете она
видит его уродливое жестокое лицо. Он дразнит её тарелкой*

Она открыла глаза. С открытыми глазами картинка стала менее яркой, но воспоминания всё ещё не оставляли её. Она продолжала на автомате готовить завтрак, но тело её ещё трясло от адреналина. Накрывая на стол, она снова услышала крик дочери:

– Мам, ещё долго?

Она подпрыгнула от неожиданности, и тарелка выскользнула из её рук, упала на пол и разбилась.

– Что случилось? – закричала Эприл, появляясь рядом с ней.

– Ничего, – сказала Райли.

Она всё убрала и, когда они с Эприл вместе сели за завтрак, над ними нависла враждебная тишина, плотная, как обычно. Райли хотелось покончить с этим, достучаться до дочери, сказать ей: «Эприл, это я, твоя мама, и я тебя люблю!». Но она столько раз пыталась и всегда выходило только хуже. Её дочь ненавидела её, и она не понимала, почему и как это прекратить.

– Что будешь делать сегодня? – спросила она Эприл.

– А ты как думаешь? – бросила Эприл. – Пойду в школу.

– Я имею в виду после, – сказала Райли, стараясь оставаться спокойной, понимающей. – Я твоя мать и хочу знать. Это нормально.

– У нас ничего не нормально.

Несколько мгновений они ели в тишине.

– Ты никогда мне ничего не рассказываешь, – снова попыталась Райли.

– Как и ты.

Это был знак, что нет никакой надежды на продолжение беседы.

«Справедливо», – горько подумала Райли. Эприл даже сама не понимала, насколько права. Райли никогда не говорила ей о своей работе, о делах, которые ведёт, никогда не рассказывала о том, что была в плену и лежала в больнице, почему сейчас «взяла отпуск». Эприл знала только то, что ей пришлось жить с отцом большую часть этого времени, а его она ненавидела ещё больше, чем Райли. Но как бы Райли ни хотелось рассказать ей обо всём, она знала, что лучше, чтоб её дочь не знала о том, через что прошла её мать.

Райли оделась и отвезла Эприл в школу; за всю дорогу они не обменялись ни словом. Когда Эприл вылезла из машины, мать крикнула ей: «Увидимся в десять».

Эприл небрежно махнула и, не оглядываясь, ушла.

Райли подъехала к ближайшему кафе – последнее время она всегда так делала. Ей было трудно находиться в общественных местах, но она знала, что это именно то, что ей необходимо. Кафе было небольшим и в нём никогда не было много людей, даже утром, как сейчас, так что оно относительно не представляло угрозы.

Она села и, потягивая капучино, вспомнила о просьбе Билла. Прошло уже шесть недель, чёрт побери. Что-то должно измениться. *Она* должна измениться. Только как?

Впрочем, одна идея у неё уже появилась: она точно знала, что должна сделать в первую очередь.

Глава 4

Перед Райли качается белый огонёк газовой горелки. Она вынуждена уворачиваться от него, чтобы не сгореть. Яркий свет ослепляет ее, и она не видит ничего вокруг, даже лица её похитителя. Горелка качается, и за ней остаётся шлейф из света, повисая в воздухе.

– Прекрати это! – кричит она. – Прекрати!

Её голос огрубел и охрип от криков. Зачем она тратит слова? Она знает, что он не остановит свои пытки, пока она не будет мертва.

И тут он достаёт горн и сигналит ей прямо в ухо.

Раздался сигнал автомобиля. Райли вернулась к реальности и поняла, что на светофоре загорелся зелёный. Сзади неё уже сформировалась очередь из машин, так что она поскорее нажала на газ.

С влажными от пота ладонями Райли постаралась прогнать воспоминания и напомнила себе, где находится. Она собиралась навестить Мари Сайлис, единственную, не считая её самой, выжившую из всех жертв отвратительного садиста, который чуть не убил её. Она ругала себя за то, что позволила себе погрузиться в прошлое. До этого она провела за рулём часа полтора, сконцентрировавшись на дороге, и думала, что воспоминания её оставили.

Райли въехала в Джорджтаун и, проехав мимо элитных особняков в Викторианском стиле, остановилась у дома, адрес которого ей сказала Мари по телефону – одноквартирного коттеджа из красного кирпича с симпатичными эркерными окнами. Она посидела в машине ещё с минуту, сомневаясь, идти или нет, собираясь с мужеством.

Наконец, она вышла из машины. Поднимаясь по ступенькам, она с радостью увидела, что Мари встречает её у дверей. Одетая в элегантную, но тёмную одежду, Мари слабо улыбнулась. Она выглядела уставшей и напряжённой. По кругам под её глазами Райли сделала вывод, что девушка плакала. Это было неудивительно: они с Мари часто общались по видео и мало что могли скрыть друг от друга.

Когда они обнялись, Райли тут же поняла, что Мари вовсе не такая высокая и крепкая, как она думала. Даже на каблуках

23

Мари была ниже Райли, у неё была тонкая и изящная фигура. Это удивило Райли. Они много разговаривали с Мари, но лично встречались впервые. Утончённость Мари подчёркивала мужество, с которым она прошла все выпавшие на её долю испытания.

Проходя в гостиную вместе с Мари, Райли осматривала дом. Здесь было безукоризненно чисто и красиво обустроено. Будь всё нормально, это был бы отличный дом успешной женщины. Но у Мари были задёрнуты все шторы, приглушён свет. Атмосфера царила гнетущая. Райли не хотелось это признавать, но она невольно вспомнила про свой собственный дом.

Мари уже накрыла на стол лёгкий обед, так что они с Райли сели есть. Они сидели в неловкой тишине, и Райли, сама не зная почему, вспотела. Встреча с Мари всколыхнула воспоминания.

– Ну... Каково это? – нерешительно спросила Мари. – Выйти в нормальный мир?

Райли улыбнулась. Мари лучше кого бы то ни было знала, как ей далась сегодняшняя поездка.

– Отлично, – сказала Райли. – Серьёзно, вполне себе. Был только один плохой момент, если честно.

Мари кивнула, по-видимому, поняв.

– Что ж, у тебя всё получилось, – сказала Мари. – И это было смело.

«Смело», – повторила про себя Райли. Она бы не стала ассоциировать это слово с собой. Ну, если только когда она была действующим агентом. Сможет ли она когда-нибудь снова сказать так про себя?

– А как ты? – спросила Райли. – Ты часто выходишь? Мари замолчала.

– Ты вообще не выходишь, верно?– поняла Райли. Мари покачала головой.

Райли наклонилась и сочувственно коснулась её запястья.

– Мари, тебе нужно попробовать, – настойчиво сказала она. – Если ты будешь сидеть вот так взаперти, чем это лучше, чем быть у него в плену?

Изо рта Мари вырвалось приглушённое рыдание.

– Прости, – сказала Райли.

– Всё нормально. Ты права.

Райли на минуту задержала взгляд на Мари, затем снова

опустилось длительное молчание, пока они ели. Ей хотелось думать, что с девушкой всё хорошо, но она была вынуждена признать, что та совсем слаба. Она испугалась и за себя: неужели она выглядит так же плохо?

Райли задумалась, хорошо ли то, что Мари живёт одна. Может быть, ей было бы лучше с мужем или парнем? Затем она подумала то же про себя. Она знала, что для них обеих ответ будет отрицательным. Ни одна из них сейчас не расположена эмоционально к длительным отношениям. Это ничем не поможет.

— Я тебя когда-нибудь благодарила? — спросила Мари через какое-то время, нарушив тишину.

Райли улыбнулась. Она прекрасно поняла, что Мари имеет в виду своё спасение.

— Много раз, — сказала Райли. — Хотя тебе не стоило бы. Правда.

Мари ткнула вилкой в свою еду.

— А я тебе говорила, что мне жаль?

— Жаль? Отчего? — удивилась Райли.

Мари с усилием начала говорить:

— Если бы ты не вытащила меня оттуда, ты сама не оказалась бы в плену.

Райли мягко сжала руку Мари.

— Мари, я всего лишь выполняла свою работу. Ты не можешь винить себя в том, в чём не виновата. Тебе и без того приходится туго.

Мари кивнула, соглашаясь с её словами.

— Вставать с кровати каждый день — уже подвиг, — призналась она. — Думаю, ты заметила, как у меня темно. Любой яркий свет напоминает мне о той горелке. Я не могу даже смотреть телевизор, слушать музыку. Я боюсь, что кто-то застанет меня врасплох и я его не услышу. Любой шум вызывает у меня панику.

По щекам Мари побежали слёзы.

— Я никогда не смогу по-старому смотреть на мир. Никогда! Зло повсюду, зло вокруг нас. Я об этом и не знала. Люди способны на такие жуткие вещи. Я не знаю, начну ли когда-нибудь снова доверять людям.

Глядя на то, как Мари плачет, Райли захотелось переубедить её, сказать, что она ошибается, но она отчасти и сама не была уверена, что это так.

Наконец Мари посмотрела на неё.

– Зачем ты сегодня приехала? – спросила она прямо.

Райли застала врасплох прямота Мари, кроме того, она и сама не знала верного ответа.

– Не знаю, – сказала она. – Мне просто захотелось навестить тебя. Посмотреть, как у тебя дела.

– Это не всё, – сказала Мари, прищурившись и загадочно оглядев её.

Возможно, она права, подумала Райли. Ей в голову пришёл визит Билла, и она поняла, что на самом деле приехала сюда из-за нового дела. Что она хотела от Мари? Совета? Разрешения? Поддержки? Разубеждения? Отчасти она хотела, чтобы Мари сказала ей, что она сумасшедшая, так что она сможет расслабиться и забыть о Билле. Или, может быть, она хочет, чтобы Мари заставила её заняться этим?

Наконец, Райли вздохнула.

– Есть новое дело, – сказала она. – Ну, на самом деле не новое. Старое, которое так и не было раскрыто.

Мари напряглась и посуровела.

Райли сглотнула.

– И ты пришла, чтобы спросить, заниматься тебе им или нет? – спросила Мари.

Райли пожала плечами. Она заглянула в глаза Мари в поисках успокоения, поддержки. В этот момент она точно знала, *что* на самом деле хочет в них найти.

Но к её разочарованию, Мари опустила глаза и медленно покачала головой. Райли продолжала ждать ответа, но вместо этого последовало бесконечное молчание. Райли поняла, что в Мари гнездится особый страх.

В тишине Райли оглядела комнату, и взгляд её упал на домашний телефон Мари. Она с удивлением увидела, что тот не подключён к сети.

– Что с твоим телефоном? – спросила Райли.

Мари вздрогнула, как будто от удара, и Райли осознала, что задела настоящее больное место.

– Он постоянно звонит, – сказала Мари еле слышным шёпотом.

– Кто?

– Петерсон.

У Райли сердце в груди подпрыгнуло до горла.

– Петерсон мёртв, – ответила Райли дрожащим голосом. –

Я сожгла его дом. Они нашли его тело.

Мари затрясла головой.

– Они могли найти кого угодно. Это был не он.

Райли почувствовала прилив паники. Теперь возвращались её собственные страхи.

– Все говорят, что он, – сказала она.

– Ты и вправду в это веришь?

Райли не знала, что сказать. Сейчас было не время говорить о её страхах. Кроме того, Мари, скорей всего заблуждается. Но как могла Райли убедить её в том, во что сама не могла до конца поверить?

– Он продолжает звонить, – повторила Мари. – Он звонит, дышит в трубку, затем бросает её. Я знаю, что это он. Он жив. Он всё ещё преследует меня.

Райли почувствовала леденящий, всепоглощающий ужас.

– Скорей всего это обычные дурацкие телефонные шутники, – сказала она, притворяясь спокойной, – но я заставлю Бюро проверить это в любом случае. Я скажу им, чтобы выслали машину для слежки, если ты боишься. Они отследят звонки.

– Нет! – резко сказала Мари. – Нет!

Райли ошеломленно посмотрела на неё.

– Почему нет? – спросила она.

– Я не хочу злить его, – сказала Мари с жалким всхлипыванием.

Райли в шоке почувствовала приближение панической атаки, внезапно осознав, что приехать сюда было ужасной идеей. Она почувствовала себя только хуже. Она поняла, что не сможет просидеть в этой давящей гостиной больше ни минуты.

– Мне пора идти, – сказала Райли, вставая. – Прости. Меня ждёт дочь.

Мари вдруг неожиданно сильно схватила Райли за кисть, впиваясь ей в кожу ногтями.

Она посмотрела на неё таким пристальным взглядом холодных голубых глаз, что это напугало Райли. Этот навязчивый взгляд проник ей прямо в душу.

– Возьми это дело, – настойчиво сказала Мари.

Райли видела по её глазам, что Мари путает новое дело и Петерсона, смешивая их в одно.

– Найди этого ублюдка, – добавила она. – И убей его за меня.

Глава 5

Мужчина держался от неё на короткой, но безопасной дистанции, лишь мельком отмечая для себя, куда она собирается пойти. Он положил в корзину пару предметов – чисто символически, чтобы походить на обычного покупателя. Он поздравил себя с тем, как неприметно ведёт себя. Никто не смог бы обнаружить его истинные намерения.

Хотя он и так никогда не принадлежал к тому типу людей, которые привлекали внимание. Ребёнком он был практически невидим. Теперь же он наконец-то смог использовать собственную безобидность себе во благо.

Всего несколько мгновений назад он стоял совсем рядом с ней, всего в полуметре. Поглощённая выбором шампуня, она не обратила на него никакого внимания.

А он знал о ней довольно много. Он знал, что её зовут Синди, что её муж владеет картинной галереей, а она работает в бесплатной медклинике. Сегодня был один из её выходных. Прямо сейчас она болтала с кем-то по телефону – судя по звукам, со своей сестрой. Она рассмеялась в ответ на замечание собеседницы. Он покраснел от ярости, думая, что она могла смеяться и над ним, как привыкли делать все девчонки.

На Синди были шорты, топик и дорого выглядящие беговые кроссовки. Он смотрел из машины на её пробежку, дожидаясь, когда она закончит и пойдёт в продуктовый. Он знал, что так выглядит каждый её выходной. Она принесёт продукты домой, разберёт их, примет душ, а затем поедет обедать с мужем.

Благодаря тренировкам у неё была хорошая фигура. Ей было не больше тридцати лет, однако кожа на её бёдрах была не такой упругой. Очевидно, она когда-то сильно сбросила вес, наверняка, не так давно. Она явно этим гордилась.

Неожиданно женщина направилась к ближайшей кассе. Мужчину это застало врасплох – она закончила шоппинг раньше обычного. Он поторопился занять очередь за ней, для этого ему пришлось практически оттолкнуть другого покупателя. Он мысленно выругал себя за это.

Пока кассир пробивал её покупки, он подошёл и встал к ней очень близко – настолько, что мог почувствовать запах её тела, острый запах пота после энергичной пробежки. С ним он собирался получше познакомиться совсем скоро. Но тогда этот запах будет смешан с другим ароматом, который восхищал его своей необычностью и таинственностью.

Запах боли и ужаса.

Наблюдатель оживился, у него даже закружилась голова от радостного предвкушения.

Оплатив покупки, девушка толкнула тележку по направлению к автоматическим стеклянным дверям и вышла на парковку.

Теперь он не торопясь оплатил свои покупки. Ему не нужно было следовать за ней до дома. Он уже был там – был в её квартире. Он даже трогал её одежду. В её следующий выходной он снова займёт своё дежурство.

«Уже скоро, – думал он, – уже совсем скоро».

*

Усевшись в машину, Синди Маккиннон подождала пару мгновений, непонятно отчего ощущая дрожь. Она помнила странное чувство, которое появилось у неё в супермаркете. То было загадочное, сверхъестественное ощущение, что за ней наблюдают. И что-то ещё – ей потребовалось несколько мгновений, чтобы разобраться в этом.

Наконец она поняла, что у неё есть чувство, что кто-то желает ей зла.

Её затрясло. Последние несколько дней это чувство то и дело появлялось. Она упрекала себя, считая его совершенно беспочвенным.

Девушка затрясла головой, стараясь стряхнуть эти мысли. Заводя машину, она заставила себя подумать о чём-то другом и улыбнулась, вспомнив разговор с сестрой, Бекки. Сегодня вечером Синди будет помогать ей организовывать большую вечеринку с тортом и воздушными шарами в честь дня рождения её трёхлетней дочери,

"Сегодня будет прекрасный день", – подумала она.

Глава 6

Райли сидела во внедорожнике рядом с Биллом, который жал на газ, заставляя служебную полноприводную машину мчать вверх по холмам, и вытирала ладони о штаны. Она не понимала, отчего так потеет, и не знала, что думать о своём нахождении здесь. После шестинедельного перерыва от работы она отвыкла слушать своё тело. И до сих пор не могла свыкнуться с мыслью, что вернулась к службе.

Райли беспокоило их неловкое молчание. Они с Биллом почти не разговаривали, хотя ехали уже больше часа. Их старая дружба, шутки, невероятное взаимопонимание – куда всё это подевалось? Райли была почти уверена, что знает, почему Билл такой отчуждённый: не из-за грубости – из-за беспокойства. У него, по-видимому, тоже имелись сомнения относительно необходимости её возвращения к работе.

Они мчали к Государственному парку Мосби, где, как сказал ей Билл, нашли последнюю жертву убийцы. Пока они ехали, Райли смотрела вокруг себя на пейзажи, и постепенно у неё снова возникло старое ощущение профессионализма. Она знала, что ей надо взять себя в руки.

“Найди этого ублюдка и убей его за меня”.

Слова Мари звучали в её ушах, они упростили ей выбор.

Однако на деле всё оказалось совсем не просто. Хотя бы потому, что она беспокоилась об Эприл. Отослать её к отцу было неидеальным решением для всех сторон. Но сегодня была суббота, а Райли не хотелось ждать до понедельника, чтобы осмотреть место преступления.

Глубокое молчание усиливало её беспокойство, ей отчаянно хотелось поговорить. Поломав голову над тем, что сказать, она наконец произнесла:

– Так ты не хочешь мне рассказать, что происходит между вами с Мэгги?

Билл повернулся к ней с удивлённым лицом – она не поняла, из-за того ли это, что она нарушила молчание, или из-за её прямого вопроса. Как бы то ни было, она тут же пожалела о своих словах. Её прямолинейность сбивала с толку, ей многие так говорили. Но она не собиралась быть грубой, ей лишь не хотелось терять время.

Билл вздохнул.

– Она думает, что у меня роман.

Райли очень удивилась.

– Что?

– С работой, – сказал Билл, с горечью рассмеявшись. – Она думает, что у меня роман с моей работой. Она думает, что я люблю всё это больше, чем её. Я ей всё время говорю, что это глупо. В любом случае, я не могу её бросить – работу, я имею в виду.

Райли покачала головой.

– В точности, как Райан. Он всё время чертовски меня ревновал, пока мы были вместе.

Она не отваживалась рассказать Биллу всю правду: её бывший муж ревновал Райли не к работе. Он ревновал к Биллу. Она часто гадала, возможно ли, чтобы это было небеспочвенно. Несмотря на сегодняшнюю неловкость, ей всегда было хорошо рядом с Биллом. Но, может быть, это чисто профессионально?

– Надеюсь, мы едем не напрасно, – сказал Билл. – С места преступления уже всё убрали, ты же знаешь.

– Знаю. Я лишь хотела увидеть место своими глазами. Фотографии и доклады мне не помогут.

У Райли закружилась голова. Она была совершенно уверена, что главным образом это из-за набора высоты: они поднимались всё выше. Но в том числе и из-за предвкушения работы. Её ладони всё ещё потели.

– Далеко ещё? – спросила она, видя, что лес становится всё гуще, а район уже совсем отдалённый.

– Уже рядом.

Через пару минут Билл свернул с асфальтированной дороги на следы от шин на траве. Автомобиль с резким звуком спрыгнул с дороги и через несколько сотен метров остановился в густом лесу.

Билл выключил зажигание и повернулся к Райли, с беспокойством глядя на неё.

– Ты уверена, что хочешь этого? – спросил он.

Она знала, что он беспокоится за неё. Он боялся, что она снова вспомнит о своём болезненном опыте. Неважно, что это другое дело, другой убийца.

Она кивнула.

– Я уверена, – сказала она, вовсе не будучи уверенной.

Она вышла из машины и последовала за Биллом по заросшей травой узкой тропе между деревьями. Неподалёку журчал ручей. Растительность становилась всё гуще, и ей приходилось продираться сквозь низкие ветви, а маленькие липкие колючки облепили её штаны. Её раздражала мысль о том, что придётся их отдирать.

Наконец они с Биллом вышли на крутой берег. Райли сразу же подумала о том, что это очень милое место. Вечернее солнце продиралось сквозь листья, калейдоскопом отражаясь от покрытой рябью воды. Непрерывное журчание ручья успокаивало. Было странно осознавать, что это сцена жестокого убийства.

— Её нашли прямо здесь, — сказал Билл, подходя к широкому, ровному камню.

Когда они подошли туда, Райли встала, осмотрелась и глубоко вдохнула. Да, она правильно сделала, что пришла сюда. Она это чувствовала.

— Где фотографии? — спросила Райли.

Усевшись на камень, они с Биллом начали листать папку с фотографиями, сделанными вскоре после того, как было обнаружено тело Ребы Фрай. В другой папке были доклады и фото убийства, которое они с Биллом расследовали шесть месяцев назад и так и не раскрыли.

Фотографии оживили в памяти воспоминания о первом убийстве. Она как будто перенеслась на ферму неподалёку от Даггетта. Она вспомнила, что телу Рождерс была придана похожая поза с опорой на дерево.

— Очень похоже на старое дело, — отметила Райли. — Обеим женщинам за тридцать, у обеих маленькие дети. Мне кажется, это часть его принципа. Он охотится на мамаш. Нужно связаться с родительскими комитетами, выяснить, была ли какая-то связь между женщинами и их детьми.

— Я отправлю кого-нибудь, — сказал Билл, записывая.

Райли продолжила рыться в докладах и фотографиях, сравнивая их с картиной перед глазами.

— Способ удушения тот же — розовой лентой, — подметила она. — Опять парик и такая же искусственная роза перед телом.

Райли положила рядом две фотографии.

— И глаза тоже открыты, — сказала она. — Если я правильно помню, судмедэксперты установили, что веки Роджерс были пришиты после смерти. У Фрай так же?

— Да. Думаю, он хотел, чтобы они смотрели на него даже после смерти.

Райли вдруг пробрала дрожь. Она уже почти забыла это чувство. Такое бывало тогда, когда дело собиралось вот-вот щёлкнуть – и обрести смысл. Она не знала, обрадоваться или ужаснуться.

– Нет, – сказала она. – Дело не в этом. Ему было неважно, смотрят ли на него жертвы.

– Тогда зачем он это сделал?

Райли не ответила. Её голова кипела от всевозможных идей. Она была взбудоражена, но ещё не была готова облечь это в слова – даже для самой себя.

Она разложила на камне фотографии парами, указывая Биллу на детали.

– Они не совсем одинаковы, – сказала она. – В Даггетте тело было не так тщательно установлено. Он пытался посадить труп, который уже затвердел. Я думаю, что в этот раз он притащил её сюда прежде, чем произошло трупное окоченение. Иначе он не мог бы её усадить так...

Она подавила желание закончить предложение словом «хорошо». Тут она поняла, что до своего похищения и плена она использовала бы именно его в своей работе. Да, она снова проникается духом и снова чувствует усиливающуюся тёмную страсть внутри. Вскоре пути назад не будет.

Но хорошо это или плохо?

– Что с глазами Фрай? – спросила она, тыча в фотографию. – Голубой выглядит неестественно.

– Контактные линзы, – ответил Билл.

Дрожь в спине у Райли усилилась. У трупа Эйлин Роджерс не было контактных линз. Это важное отличие.

– А кожа почему блестит? – спросила она.

– Вазелин, – сказал Билл.

Ещё одно. Она почувствовала, как догадки замелькали вокруг с головокружительной скоростью.

– Что сказали эксперты по поводу парика? – спросила она Билла.

– Пока ничего, кроме того, что он сшит из кусков старых париков.

Возбуждение Райли росло. Для прошлого преступления убийца использовал простой, цельный парик, а не сшитый из кусков. Как и роза, он был слишком дешёвым, чтобы его можно было отследить. Райли чувствовала, что части паззла встают на свои места – не всего паззла, но его большой части.

– Что криминалисты собираются делать с париком? – спросила она.

– Так же, как и в прошлый раз – изучить материал, отследить его в магазинах париков.

Сама поразившись своей безапелляционности, Райли заявила:

– Пустая трата времени.

Билл посмотрел на неё, очевидно, смутившись.

– Почему?

Она почувствовала знакомое нетерпение из-за Билла, которое появлялось у неё, когда она понимала, что думает на шаг или два впереди его.

– Взгляни на картинку, которую он пытается нам показать. Из-за голубых линз глаза кажутся неживыми. Веки пришиты, чтобы глаза оставались открыты. Спина опирается на что-то, ноги неестественно вывернуты. Из-за вазелина кожа выглядит как пластиковая. Парик сшит из кусочков маленьких париков, не человеческих, *кукольных*. Он хотел, чтобы обе его жертвы выглядели, как *куклы*, голые куклы на витрине.

– О боже, – сказал Билл, лихорадочно записывая. – Почему мы не увидели этого в тот раз, в Даггетте?

Ответ казался Райли настолько очевидным, что она издала стон нетерпения.

– Он ещё недостаточно был в этом хорош, – сказала она. – Он всё ещё раздумывал над тем, как это донести. Он учится по пути.

Билл оторвался от блокнота и восхищённо покачал головой.

– Чёрт, я по тебе скучал.

С тем же удовольствием, с которым Райли приняла комплимент, она поняла и то, что вскоре поймёт нечто большее. И по своему многолетнему опыту она знала, что поторопить этот момент нельзя. Она просто должна расслабиться и позволить этому «чему-то» самому прийти к ней. Она молча сидела на камне и ждала, когда это произойдёт. В процессе ожидания она бесцельно снимала колючки со штанов.

“Что за беда”, – думала она.

Неожиданно её взгляд упал на поверхность камня под ногой. На нём лежала ещё одна кучка маленьких колючек, некоторые из которых были целыми, а некоторые разломанными на части, среди тех, что она сняла только что.

– Билл, – окликнула она дрогнувшим от возбуждения голосом, – вот эти колючки лежали здесь, когда вы нашли тело?

Билл пожал плечами.

– Я не знаю.

У неё задрожали и ещё больше вспотели руки, когда она схватила пачку фотографий и стала рыться среди них в поисках вида тела спереди. Так и есть, между расставленных ног тела, прямо вокруг розы было видно несколько маленьких пятнышек. Это и были колючки – те, что она только что нашла. Но никто не думал, что они важны. Никто не захотел их заснять поближе. И никто даже не стал стряхивать их на землю, когда всё убирали с места преступления.

Райли закрыла глаза, заставляя заработать собственное воображение. У неё немного закружилась голова, даже затошнило. Это было чувство, которое она знала слишком хорошо: ощущение падения в бездну, в жуткую чёрную пустоту – злобные мысли убийцы. Она вставала на его место, примеривала на себя его жизнь. Ей было опасно и страшно там находиться, но именно там она должна быть, по крайней мере, сейчас. Она погрузилась туда полностью.

Она почувствовала уверенность убийцы, когда он тащил тело по тропе к ручью, прекрасно зная, что его не поймают, совершенно не торопясь. Он мог что-то негромко напевать или насвистывать. Она чувствовала его терпение, его умения и навыки, когда он устанавливал тело на камне.

Она смотрела на страшную сцену его глазами. Она чувствовала, как он удовлетворён хорошо проделанной работой – то же тёплое чувство завершённости, которое приходило к ней, когда она раскрывала дело. Он уселся на камень и помедлил на мгновение – или дольше, если хотел, – чтобы насладиться плодом своих трудов.

И сидя здесь, он снимал колючки со своих штанов. Он не торопился. Его не напрягало это занятие, он хотел уйти свободным и чистым. И она почти слышала, как он в точности повторяет её собственные слова:

“Что за беда”.

Да, он потратил время на то, чтобы снять с себя все колючки.

Райли вздохнула и открыла глаза. Сжимая в своей руке

колючку, она заметила, какая она липкая, и какие острые у неё шипы – настолько, что могли поранить до крови.

– Собери эти колючки, – приказала она. – Возможно, у нас есть его ДНК.

У Билла широко открылись глаза, и он тут же достал пакет на молнии и пинцет. Пока он работал, её мысли бешено кружились. Это ещё не всё.

– Мы всё время ошибались, – сказала она. – Это не второе убийство. А третье.

Билл застыл на месте и ошеломлённо посмотрел на неё.

– Откуда ты знаешь? – спросил он.

У Райли сжалось всё тело, пока она пыталась обуздать свою дрожь.

– Он стал слишком хорош. Его обучение подошло к концу. Теперь он профессионал. И он только набирает обороты. Он любит своё дело. Нет, это по меньшей мере его третий раз.

У Райли стиснула челюсти и с трудом сглотнула.

– И до следующего осталось совсем немного времени.

Глава 7

Билл стоял среди кучи неестественных голубых глаз. Обычно ему не виделись кошмары, связанные с его делами, да и это был не кошмар, но что-то очень похожее. Он был в кукольном магазине, и маленькие голубые глаза были повсюду, широко открытые, блестящие и тревожные.

Маленькие красные кукольные губы, большинство из которых были растянуты в улыбку, тоже вызывали беспокойство. Как и тщательно расчёсанные искусственные волосы – такие жёсткие и неподвижные. Размышляя обо всех деталях теперь, Билл не понимал, как он мог упустить замысел убийцы – заставить жертв выглядеть максимально похожими на кукол. Связь заметила только Райли.

“Слава Богу, она вернулась”, – подумал он.

И всё же Билл не мог не переживать за неё. Его поразила её потрясающая работа в парке Мосби. Но после этого, когда он отвёз её домой, она казалась измученной и потерянной. Она едва перекинулась с ним словом за весь путь назад. Возможно, это было для неё чересчур.

И даже несмотря на это, Билл хотел бы, чтобы Райли была рядом с ним сейчас. Она решила, что они должны разделиться, чтобы больше успеть за короткое время. Мысль была правильная. Она попросила его обойти все кукольные магазины в округе, в то время как она снова съездит на место преступления, которое произошло полгода назад.

Билл оглядывал всё вокруг и не мог понять, что Райли хотела найти в кукольном магазине. Этот был самый лучший из всех, что он посетил за сегодняшний день. В расположенный на окраине Кэпитал Бэлтуэй магазин, вероятно, заглядывали многие зажиточные покупатели с богатых районов Северной Вирджинии.

Он ходил вокруг и смотрел. Его взгляд зацепила кукла в виде маленькой девочки – своей улыбкой и бледной кожей она особенно сильно напомнила ему последних жертв. Хотя она была одета в розовое платье с кружевами на воротничке, манжетах и подоле юбки, поза её была подозрительно похожа.

Неожиданно Билл услышал голос справа от себя.

– Мне кажется, вы ищете не в том отделе.

Билл повернулся и оказался лицом к лицу с плотной невысокой женщиной с дружелюбной улыбкой. Что-то в её виде тут же сказало ему, что она здесь за главного.

– Почему вы так сказали? – спросил Билл.

Женщина рассмеялась:

– Потому что у вас нет дочерей! Я вижу отцов девочек за километр. Не спрашивайте, как, думаю, просто инстинкт.

Билла ошеломила её проницательность, он был глубоко впечатлён.

– Руфь Бенке, – сказала она, протянув Биллу руку.

Билл пожал её.

– Билл Джеффрис. Я так понимаю, это ваш магазин?

Она снова рассмеялась.

– Я вижу, у вас тоже хорошее чутьё, – сказала она. – Приятно с вами познакомиться. Но ведь у вас есть сыновья, верно? Трое, я думаю.

Билл улыбнулся. У неё и в самом деле острое чутьё. Билл подумал, что женщина понравилась бы Райли.

– Двое, – ответил он. – Но вы были чертовски близки.

Она рассмеялась.

– Сколько им лет? – спросила она.

– Восемь и десять.

Она оглянулась.

– Я и не знаю, что у меня найдётся для них. О, у меня есть довольно забавные игрушечные солдатики в следующем отделе. Но современные мальчишки в такое больше не играют, верно? Им всё видео игры подавай. И чем более жестокие, тем лучше.

– Боюсь, что так.

Она прищурилась и оценивающе посмотрела на него.

– Вы ведь здесь не затем, чтобы покупать кукол, верно? – спросила она.

Билл улыбнулся и покачал головой.

– У вас хорошо получается, – ответил он.

– Может быть, вы полицейский? – спросила она.

Билл тихо рассмеялся и вытащил свой значок.

– Не совсем, но попытка хорошая.

– О Боже! – сказала она обеспокоенно. – Что нужно ФБР от моего маленького магазинчика? Неужели я попала в какой-то список?

– В каком-то роде, – сказал Билл. – Но вам не о чем беспокоиться. Мы узнали о вашем магазине, когда искали все магазины, в которых продаются антикварные и коллекционные куклы, в этом районе.

Честно говоря, Билл сам толком не знал, что ищет. Райли предложила ему проверить несколько подобных мест, предполагая, что убийца часто посещал их – или хотя бы изредка заглядывал с определёнными целями. Он не знал, чего она ожидала. Что он встретит его здесь? Или что кто-то из работников его встречал?

Сомнительно. И даже если встречали, вряд ли они узнали бы в нём убийцу. Скорей всего, все мужчины, которые сюда заглядывали, если такие и были, были не совсем нормальными.

Более вероятно, что Райли хотела, чтобы у него появились какие-то идеи относительно мыслей убийцы, о том, как он смотрит на мир. Если так, то она останется разочарована. Его ум отличается от её и у него нет таланта вот так легко входить в голову преступника.

Ему казалось, что она издевается. В радиусе их поиска были десятки подходящих магазинов. Проще уж дать криминалистам возможность отследить всех изготовителей кукол. Хотя пока это ничего не дало.

– Я бы спросила, что за дело вы расследуете, – произнесла Руфь, – но, наверное, мне не следует.

– Нет, – сказал Билл. – Наверное, нет.

Не потому, что дело было секретным – только не после того, как благодаря сенатору Ньюбро всё попало в прессу. Дело мелькало во всех СМИ. Как обычно, Бюро разрывалось от бесконечного числа звонков с ложной информацией, а интернет гудел от всевозможных невероятных теорий. Всё это вызывало раздражение.

Но зачем ему рассказывать обо всём этой женщине? Она кажется милой, а её магазин такой чистый и невинный, что Билл не хотел расстраивать её мрачным и шокирующим рассказом о серийных убийцах, помешанных на куклах.

И всё же, было кое-что, что он хотел узнать.

– Расскажите мне, – попросил Билл, – много ли взрослых без детей покупает у вас игрушки?

– О, пока что это большая часть моих покупателей. Коллекционеры.

Билл был заинтригован. Он и подумать не мог об этом.

– Почему так, как вы так думаете? – спросил он.

Женщина улыбнулась странной, отстранённой улыбкой, а затем мягко сказала:

– Потому что люди умирают, Билл Джеффрис.

Теперь Билл был по-настоящему в шоке.

– Простите? – переспросил он.

– Мы взрослеем и теряем людей. Друзей и любимых. Мы скорбим. Куклы останавливают для нас время. Они заставляют нас забыть о наших потерях. Они успокаивают и утешают нас. Оглянитесь – у меня есть куклы, которым почти сто лет, а есть совсем новые. И вы вряд ли сможете отличить одних от других. Куклы не имеют возраста.

Билл огляделся. Все эти глаза вековой давности наводили на него ужас. Он задумался, скольких людей пережили эти куклы, скольким событиям они были свидетелями – любви, ярости, грусти, насилию. И всё равно продолжают смотреть с таким же пустым выражением. Они казались ему какими-то бессмысленными.

“Люди *должны* стареть”, – думал он. Они должны стареть, покрываться морщинами, седеть, как он, ведь в мире столько всего тёмного и ужасного. Со всем тем, что он видел, ему было бы грешно выглядеть по-прежнему, размышлял он. Сцены убийства просочились ему внутрь как живые, и он не хотел оставаться молодым.

– Но ведь они… не живые, – наконец произнёс Билл.

Её улыбка приобрела горький оттенок, став почти жалостливой.

– Разве это так, Билл? Большинство моих клиентов так не считают. Я и сама в этом не уверена.

Повисло странное молчание, которое женщина прервала смешком. Она дала Биллу маленькую цветную брошюру, усыпанную изображениями кукол.

– Кстати говоря, в столице скоро намечается одно мероприятие. Можете сходить, если захотите. Возможно, это наведёт вас на какие-то мысли, чего бы вы ни искали.

Билл поблагодарил её и вышел из магазина, признательный за совет. Он надеялся, что Райли поедет с ним на это мероприятие. Билл вспомнил, что она должна была сегодня опрашивать сенатора Ньюбро с женой. Это была важная встреча – не только потому, что сенатор мог обладать какой-то полезной информацией, но и по дипломатическим причинам. Ньюбро действительно усложнял жизнь Бюро, и они выбрали Райли доверенным лицом, которому предстояло убедить его, что они делают всё возможное.

“Сможет ли она узнать правду?” – гадал Билл.

Всё было так странно, что он не мог знать наверняка. До событий, произошедших шесть месяцев назад, Райли была самой надёжной частью его мира. Он всегда доверял ей свою жизнь. Но её страдания тревожили его.

Более того, он скучал по ней. Её ошеломляющая живость ума была необходима ему в делах типа этого. За последние шесть недель он понял, что ему нужна и её дружба.

А может быть, где-то глубоко он нуждался и в большем?

Глава 8

Райли ехала по двухполосному шоссе, потягивая свой энергетик. Стояло тёплое солнечное утро, окна в машине были опущены и в воздухе витал аромат свежескошенного сена. Неприхотливые поля вокруг были усеяны точечками коров и овец, а с обеих сторон долины высились горы. Ей здесь нравилось.

Но она напомнила себе, что приехала сюда не за тем, чтобы расслабляться. Ей предстояла тяжёлая работа.

Райли свернула на разбитую гравийную дорогу и через пару минут оказалась на развилке. Она свернула в национальный парк, проехала немного и остановила машину на покатой обочине дороги.

Она вылезла и пошла по поляне в сторону высокого, крепкого дуба, который стоял к северо-востоку.

Вот это место. Здесь и было найдено тело Эйлин Роджерс, кое-как усаженное рядом с деревом. Они с Биллом были здесь вместе шесть месяцев назад. Райли начала мысленно воспроизводить картину.

Погода тогда значительно отличалась. Тогда была середина декабря, стоял ужасный мороз. Земля была покрыта тонким слоем снега.

“Вернись туда, – сказала она себе. – Вернись и почувствуй это”.

Она стала глубоко вдыхать и выдыхать, пока не представила, как её лёгкие заполняются обжигающе холодным воздухом. Она почти видела, как с каждым её дыханием образуются густые облачка пара.

Голое тело тоже замерзло. Было непросто определить, которые из телесных повреждений были нанесены ножом, а какие были трещинами ото льда.

Райли снова вызвала в памяти всю сцену, вплоть до каждой мелочи. Парик. Нарисованная улыбка. Пришитые веки. Искусственная роза, лежащая на снегу между раскинутых ног трупа.

Теперь, когда картинка в её голове стала достаточно яркой, ей нужно сделать то же, что и вчера – стать убийцей.

Она снова закрыла глаза, расслабилась и сделала шаг с обрыва. Она с радостью встретила знакомое головокружение, которое означало, что она проникает в голову убийцы. Вскоре она уже была с ним, внутри него, видела то, что видел он, чувствовала то, что чувствовал он.

Он ехал сюда в ночь, вовсе не будучи уверенным. Он с тревогой осматривал дорогу, беспокоился из-за льда под колёсами. Что, если он потеряет управление и соскользнёт в канаву? У него в машине труп. Его точно поймают. Нужно вести аккуратно. Он надеялся, что второе убийство будет проще первого, но и оно оказалось ужасной нервотрёпкой.

Он остановился прямо здесь. Он выволок тело женщины – уже обнажённое, предположила Райли. Но его уже сковало трупное окоченение. Об этом он не подумал. Это его расстроило, подорвало его уверенность. Что ещё хуже, он не мог чётко видеть, что делает, даже в свете фар, которые он направил на дерево. Ночь слишком темна. Он мысленно отметил, что в следующий раз нужно по возможности делать всё при дневном свете.

Он подтащил тело к дереву и постарался усадить его в позу, которую представлял в голове. Это получалось из рук вон плохо. Голова женщины склонилась влево и застыла от трупного окоченения. Он дёргал и поворачивал её, но даже после того, как он сломал ей шею, он всё ещё не мог заставить её смотреть прямо.

А как ему теперь правильно расставить ноги? Одна из них безнадёжно изогнута. Ему не оставалось ничего другого, как достать монтировку и сломать бедренную кость и коленную чашечку. Затем он повернул ногу так, как мог, но всё равно не остался удовлетворённым.

Наконец, он добросовестно обмотал ленту вокруг шеи, нацепил на голову трупу парик, положил розу на снег. После чего сел в машину и уехал. Он был разочарован и раздосадован. А ещё он боялся. Что, если он по своей неуклюжести оставил роковые улики? Он как одержимый прокручивал каждое своё действие в голове, но до конца уверен всё же не был.

Он знал, что в следующий раз должен сделать лучше. Он дал себе обещание.

Райли открыла глаза и позволила призраку убийцы растаять. Теперь она была довольна собой. Она не позволила страху пересилить себя и получила ценное представление о том, как убийца изучал своё дело.

Теперь она хотела узнать что-нибудь – хоть что-то – о первом убийстве. Она была уверена как никогда, что он убивал кого-то и раньше. Это была работа ученика, но всё же не дилетанта.

Как только Райли собралась повернуть и пойти обратно к машине, что-то привлекло её внимание на дереве. В том месте, где ствол раздваивался над её головой, мелькнуло что-то жёлтое.

Она обошла дерево и посмотрела наверх.

– Он был здесь! – охнула Райли. По её телу пробежал холодок, и она нервно обернулась по сторонам. Поблизости вроде бы никого не было. Зажатая среди ветвей дерева, на Райли смотрела обнажённая кукла со светлыми волосами, сидящая как раз в такой позе, которую убийца надеялся придать своей жертве.

Она вряд ли здесь давно – самое большее, дня три или четыре. Её не сдул ветер, и она не потускнела от дождя. Убийца видимо вернулся сюда тогда, когда готовился к убийству Ребы Фрай. Так же как и Райли, он пришёл, чтобы обдумать результаты своих трудов, сделать работу над ошибками.

Она сфотографировала всё на телефон и тут же отправила изображения в Бюро.

Райли знала, зачем он оставил куклу.

“Он просит прощения за свою небрежность”, – подумала она.

И обещает, что в следующий раз сделает всё хорошо.

Глава 9

Райли подъехала к особняку сенатора Митча Ньюбро, и, когда она его увидела, её сердце переполнил ужас. Расположенный на конце длинного, окаймлённого деревьями подъезда, он был огромным, официальным и пугающим. Ей всегда казалось, что с богатыми и высокопоставленными лицами ладить сложнее, чем с людьми, которые стоят намного ниже на социальной лестнице.

Она подъехала и припарковала машину на идеально круглой стоянке перед каменным особняком. Да, эта семья действительно богата.

Она вылезла из машины и направилась к огромным парадным дверям. Дверь на её звонок открыл приятный человек лет тридцати.

– Я Роберт, – сказал он. – Сын сенатора. А вы, вероятно, специальный агент Райли. Проходите. Отец с матерью ждут вас.

Роберт Ньюбро проводил Райли в дом, который тут же напомнил ей о том, как сильно она не любила все эти претенциозные дома. Дом Ньюбро был особенно велик и запутан, так что прогулка до того места, где бы их ни ждали сенатор с женой, была чересчур длинной. Райли была уверена, что то, что они заставляют гостей проходить такое неприятное расстояние, это своего рода методика запугивания, способ сообщения гостям, что жители этого дома слишком могущественны, чтобы идти им наперекор. Райли также поняла, что встречавшиеся повсюду мебель и декор в колониальном стиле выглядят ужасно.

Но больше всего её тревожили мысли о том, как будут развиваться события. Для неё разговоры с семьями погибших всегда давались тяжело – гораздо хуже, чем осмотры сцен преступления или даже трупов. Ей казалось, что при этом очень легко оказаться под влиянием человеческой скорби, гнева и смущения. Такие сильные эмоции влияли на её концентрацию и отвлекали от работы.

Они всё шли, и Роберт Ньюбро произнёс:

– Папа всё время дома, он не уезжал в Ричмонд с тех пор, как…

Он запнулся в середине предложения. Райли почувствовала тяжесть его потери.

– С тех пор, как мы узнали про Ребу, – продолжал он. – Это было ужасно. Особенно потрясена мать. Постарайтесь не расстраивать её ещё больше.

– Я очень сочувствую вашей потере, – сказала Райли.

Роберт проигнорировал слова и ввёл её в просторную гостиную. Сенатор Митч Ньюбро с женой вместе сидели на огромном диване, держась за руки.

– Агент Пейдж, – представил её Роберт. – Агент Пейдж, разрешите мне представить моих родителей – сенатор и его жена, Аннабет.

Роберт предложил Райли присесть, затем сел сам.

– Прежде всего, – тихо начала Райли, – позвольте мне принести мои глубочайшие соболезнования по поводу вашей потери.

Аннабет Ньюбро молча кивнула в знак благодарности. Сенатор продолжал смотреть перед собой.

В последовавшем коротком молчании Райли быстро постаралась оценить их лица. Она видела Ньюбро много раз по телевидению – там на его лице всегда была нацеплена заискивающая улыбка политика. Сейчас он не улыбался. Миссис Ньюбро Райли видела нечасто, она казалась типичной послушной женой политика.

Обоим было немного за шестьдесят. Райли заметила следы болезненных и дорогостоящих мер, на которые они пошли, чтобы выглядеть моложе – пересадка и окрашивание волос, подтяжка лица, макияж. По мнению Райли, они выглядели искусственно из-за своих усилий.

“Они похожи на кукол”, – подумала Райли.

– Я должна задать вам несколько вопросов касательно вашей дочери, – сказала Райли, доставая блокнот. – В последнее время вы тесно с ней общались?

– О да, – сказала миссис Ньюбро. – Мы очень дружная семья.

Райли заметила некоторую натянутость в голосе женщины. Её слова прозвучали так, будто она говорила это слишком часто, и немного даже рутинно. Теперь Райли была убеждена, что семейная жизнь Ньюбро далека от идеала.

– Говорила ли Реба что-либо о том, что ей угрожают? – спросила Райли.

– Нет, – ответила миссис Ньюбро. – Ничего.

Райли заметила, что сенатор ещё не произнёс ни слова. Почему он так молчалив? Ей нужно разговорить и его, но как?

Заговорил Роберт.

– Она недавно прошла через тяжёлую процедуру развода. Из-за вопроса о попечительстве их двоих детей их отношения с Полом разладились.

– О, он никогда мне не нравился, – сказала миссис Ньюбро. – У него ужасный характер. Вы думаете, это возможно, что... – её слова повисли в воздухе.

Райли покачала головой.

– Её бывший муж не входит в круг подозреваемых, – сказала она.

– Почему же нет? – спросила миссис Ньюбро.

Райли мысленно взвесила, что она может, а что не должна им говорить.

– Вы, возможно, читали, что это не первое убийство преступника, – сказала она. – Была похожая жертва из Даггетта.

Миссис Ньюбро взволновалась ещё больше.

– А мы-то тут причём?

– Мы имеем дело с серийным маньяком, – сказала Райли. – Это не бытовой конфликт. Ваша дочь могла вовсе не знать убийцу. Есть все основания верить, что оно не было направлено именно против неё.

Миссис Ньюбро уже рыдала. Райли тут же пожалела, что выбрала такие слова.

– Как это не против неё? – миссис Ньюбро почти кричала. – Против кого ещё оно могло быть направлено?

Сенатор Ньюбро заговорил с сыном:

– Роберт, пожалуйста, отведи свою мать куда-нибудь и успокой её. Мне нужно поговорить с агентом Пейдж наедине.

Роберт Ньюбро послушно увёл свою мать. Какое-то время сенатор ничего не произносил. Он пристально смотрел прямо в глаза Райли. Она была уверена, что он привык запугивать людей таким взглядом. Но с ней это не работало, она спокойно его выдержала.

Наконец, сенатор сунул руку в карман пиджака и достал небольшой конверт. Он подошёл к её креслу и передал его ей.

– Вот, – сказал он. Затем вернулся к дивану и сел обратно.

– Что это? – спросила Райли.

Сенатор снова посмотрел на неё.

– То, что вы ищете, – ответил он.

Теперь Райли была совершенно озадачена.

– Могу ли я открыть его? – спросила она.

– Сделайте одолжение.

Райли открыла конверт. В нём был единственный листок бумаги, на котором в два столбика были написаны имена. Некоторые были ей знакомы: три или четыре принадлежали известными репортёрами на местном телеканале новостей, ещё несколько – выдающимся политикам Вирджинии. Это ещё больше запутало Райли.

– Кто все эти люди? – спросила она.

– Мои враги, – ровным голосом ответил сенатор Ньюбро. – Список, возможно, неполный. Но это самые основные. Преступник кто-то из них.

Сказать, что Райли была потрясена, значило, не сказать ничего. Она просто сидела, не в силах выдавить ни слова.

– Я не говорю, что кто-то из этого списка сам лично убил мою дочь, лицом к лицу, – сказал он. – Но точнее некуда, что кто-то из них нанял для неё убийцу.

Райли медленно и осторожно заговорила:

– Сенатор, со всем уважением, но ведь я только что сказала, что вероятней всего убийство вашей дочери было не личным. Есть по крайней мере ещё одно похожее убийство.

– Вы хотите сказать, что моя дочь стала жертвой по чистой случайности? – спросил Сенатор.

“Вероятно, да”, – подумала Райли.

Но она знала, что вслух этого лучше не произносить.

Прежде, чем она успела ответить, он добавил:

– Агент Пейдж, тяжёлый опыт научил меня не верить случайностям. Не знаю, как и почему, но смерть моей дочери носит политический характер. А в политике *всё* лично. Поэтому не пытайтесь мне говорить, что в данном случае это не так. Задача вашего Бюро и вас лично – найти ответственных и привести их ко мне для восстановления справедливости.

Райли долго и глубоко вздохнула. Она внимательно изучила лицо мужчины. Теперь она это увидела. Сенатор Ньюбро был законченным эгоистом.

“Не то чтобы я удивлена”, – подумала она.

Райли поняла и кое-что ещё. Сенатору казалось неубедительным, что что-то в жизни сделано не специально для него и для него одного. Даже смерть его дочери была для него. Реба просто встала между ним и тем, кто его ненавидит. Видимо, он в это верит.

— Сэр, — начала Райли, — со всем уважением, но я не думаю…

— Мне не интересно, что вы думаете, — перебил Ньюбро. — Вся информация, которая вам нужна, находится перед вами.

Они несколько секунд смотрели прямо друг другу в глаза.

— Агент Пейдж, — наконец произнёс Сенатор, — у меня складывается ощущение, что мы говорим на разных языках. И мне очень жаль. Вы можете этого не знать, но у меня есть хорошие друзья в высших эшелонах власти вашего агентства. Некоторые из них мне обязаны. Я собираюсь связаться с ними в самом скором времени. Мне нужно, чтобы те, кто работает над делом, сделали работу качественно.

Райли сидела в шоке, не зная, что сказать. Как может этот человек настолько заблуждаться?

Сенатор встал.

— Я распоряжусь, чтобы кто-нибудь проводил вас, агент Пейдж, — сказал он. — Мне жаль, что мы не поняли друг друга.

Сенатор Ньюбро вышел из комнаты, оставив Райли сидеть здесь в одиночестве. Её рот был открыт, в таком она была шоке. Ладно, допустим, он самовлюблён. Но это не всё, она уверена.

Сенатор что-то скрывает.

И она узнает, что, чего бы то ни стоило.

Глава 10

Первое, что увидела Райли, была кукла – та же голая кукла, которую она нашла утром того же дня на дереве неподалёку от Даггетта, в той же самой позе. На мгновение её удивило, что она сидит среди криминалистов ФБР в окружении высокотехнологичного оборудования. Она казалась Райли здесь совершенно не к месту – как будто какая-то жуткая небольшая святыня из давно минувшего нецифрового века.

Теперь кукла была лишь очередной уликой, защищённой пластиковым пакетом. Райли знала, что команда съездила и забрала её, как только она вызвала их на место преступления. И всё же здесь она резала глаз.

Специальный агент Мередит поднялся поприветствовать её.

– Давно не виделись, агент Пейдж, – тепло сказал он. – Добро пожаловать назад!

– Я рада снова быть здесь, сэр, – сказала Райли.

Она подошла к столу и села между Биллом и лаборантом Флоресом. Несмотря на все свои сомнения и неуверенность, она была рада снова увидеть Мередита. Ей нравился его грубоватый и строгий стиль, а он всегда относился к ней внимательно и с уважением.

– Как всё прошло у сенатора? – спросил Мередит.

– Не очень хорошо, сэр, – ответила она.

Райли заметила тень раздражения на лице босса.

– Ты считаешь, он может доставить нам неудобства?

– Я в этом почти уверена. Мне очень жаль, сэр.

Мередит сочувственно кивнул.

– Я уверен, что ты тут ни при чём.

Райли поняла, что он достаточно хорошо представляет, что происходит. Поведение сенатора Ньюбро, несомненно, типично для всех самовлюблённых политиканов. Мередит скорей всего уже успел к этому привыкнуть.

Флорес быстро застучал по клавиатуре и огромные мониторы по всей комнате засветились страшными фотографиями, официальными докладами и новостями.

– Мы постарались немного раскопать, и пришли к выводу, что ты была права, агент Пейдж, – сказал Флорес. – Тот же убийца совершил ещё одно преступление раньше, задолго до убийства в Даггетте.

Райли услышала, что Билл удовлетворённо крякнул, и на секунду почувствовала, что её вера в себя восстанавливается.

Но её настроение тут же снова испортилось. Ещё одна женщина погибла чудовищной смертью. Нет никаких причин радоваться. Она даже жалела, что оказалась права.

"Почему я не могу иногда порадоваться тому, что оказалась права?" – задумалась она.

На главном плоскоэкранном мониторе открылась огромная карта Вирджинии, затем она сузилась до северной половины штата. Флорес поставил метку в верхней части карты, неподалёку от границы Мериленда.

– Первую жертву звали Маргарет Герати, ей было тридцать шесть лет, – сказал Флорес. – Её тело было найдено выброшенным на поле в пятидесяти километрах от Белдинга. Её убили двадцать пятого июня, почти два года назад. ФБР не занималось расследованием. Дело сочли "висяком".

Райли смотрела на фото со сцены преступления, которые Флорес вывел на другой монитор. Убийца, видимо, даже не пытался правильно расположить тело. Он просто в спешке выбросил его и скрылся.

– Два года назад, – сказала она, обдумывая информацию. Отчасти она была удивлена, что он занимался этим так долго. С другой стороны, она знала, что психически больные убийцы могут работать годами. Их терпение просто поражало.

Она изучила фотографии.

– Он ещё не развил свой стиль.

– Верно, – признал Флорес. – Есть парик и волосы коротко острижены, но он не оставил розу. Хотя и она была задушена розовой лентой.

– Он слишком торопился, чтобы её усаживать, – сказала Райли. – Нервы взяли верх. Это был его первый раз и ему не хватало уверенности в себе. С Эйлин Роджерс получилось лучше, но до убийства Ребы Фрай нельзя было сказать, что он достиг нужного уровня.

Она вспомнила, о чём хотела спросить.

– Вы нашли какую-нибудь взаимосвязь между жертвами? Или между детьми обеих матерей?

– Ничего, – ответил Флорес. – Проверка родительских комитетов тоже ничего не дала. В них почти никто не знает друг друга.

Это разочаровало Райли, но, в общем-то, не удивило.

– А что насчёт первой женщины? – спросила Райли. – Она тоже была матерью, я так понимаю?

– Нет, – быстро ответил Флорес, как будто ожидал от неё этого вопроса. – Она была замужем, но детей у неё не было.

Райли была поражена. Она была *уверена*, что убийца ищет матерей. Как она могла ошибаться?

Она снова почувствовала, что её уверенность в себе резко падает.

Когда Райли замешкалась, Билл спросил:

– Как далеко мы до того, чтобы установить личность подозреваемого? У вас получилось достать информацию из колючек из парка Мосби?

– Нам не повезло, – сказал Флорес. – Вместо крови мы нашли следы кожи. Убийца был в перчатках. Похоже, он действительно очень дотошный. Даже на первом месте преступления никаких следов ДНК обнаружено не было.

Райли вздохнула. Она так надеялась, что нашла что-то, что другие проглядели. Но попытка была напрасной. Они вернулись к тому же, с чего начали.

– Зацикливается на деталях, – прокомментировала она.

– Даже несмотря на это, я думаю, что скоро мы на него выйдем, – добавил Флорес.

С помощью электронной указки он показал на места преступлений и провёл между ними линии.

– Теперь, зная об этом раннем убийстве, у нас появилось какое-то представление о поле его действий, – сказал Флорес. – Первая жертва, Маргарет Герати, была найдена к северу от Белдинга, вот здесь, вторая, Эйлин Роджерс, неподалёку от Даггетта, на юге, а третья, Реба Фрай, к западу от парка Мосби.

Райли посмотрела, как три точки сформировали на карте треугольник.

– Площадь выделенной области около 2500 квадратных километров, – сказал Флорес. – Но всё не так плохо. Большей частью это сельская местность, там всего несколько небольших городов. В северной части есть несколько крупных поместий, как сенаторское. Множество пустых пространств.

Райли увидела профессиональное удовлетворение на лице Флореса. Ему явно нравилась его работа.

– Я собираюсь достать информацию о зарегистрированных в этом районе насильниках, – сказал Флорес. Он набрал на компьютере команду, и в треугольнике зажглось порядка двадцати маленьких красных точек.

– Теперь уберём гомосексуалов, – сказал он. – Мы уверены, что наш убийца к ним не относится.

Флорес набрал другую команду, отчего исчезла почти половина точек.

– Теперь сузим круг до самых жестоких случаев – возьмём тех, кто сидел в тюрьме за изнасилование или убийство, или за то и другое.

– Нет, – резко сказала Райли, – это не то.

Трое мужчин с удивлением посмотрели на неё.

– Мы ищем не заядлого преступника, – сказала она.

Флорес застонал.

– Ну точно! – запротестовал он.

Воцарилась тишина. Райли чувствовала, как у неё в голове формируется идея, но она ещё не приняла чёткую форму. Она уставилась на куклу, которая нелепо сидела на столе и выглядела здесь настолько не к месту, насколько это было возможно.

“Вот бы ты могла говорить”, – подумала она.

Затем она начала медленно излагать свои мысли.

– Я про то, что убийства были не *явно* жестокими. Маргарет Герати не была изнасилована. Мы уже знаем, что и Роджерс с Фрай не были.

– Их всего лишь пытали и убили, – проворчал Флорес.

В комнате стала напряжённая атмосфера. Брент Мередит выглядел обеспокоенным, а Билл уставился в один из мониторов, не отводя от него глаз.

Райли указала на крупный план отвратительно изувеченного трупа Маргарет Герати.

– Его первое убийство было самым жестоким, – сказала она. – Раны глубокие и страшные, хуже, чем у обеих его последующих жертв. Я уверена, что вы, криминалисты, уже установили, что он наносил их очень быстро, одну за другой.

Флорес восхищённо кивнул.

– Ты права.

Мередит с любопытством посмотрел на Райли.

– И о чём это говорит?

Райли глубоко вдохнула. Она снова почувствовала, как соскальзывает в разум преступника.

– Я уверена в одном, – сказала она. – Что у него никогда ни с кем не было секса. Скорей всего, он никогда не был на свидании. Он невзрачный и непривлекательный. Женщины всегда отталкивали его.

Райли помедлила, собираясь с мыслями.

— Однажды его пробило, — сказала она. — Он похитил Маргарет Герати, связал её, раздел и попытался изнасиловать.

Флорес охнул от неожиданного понимания.

— Но он не смог! — воскликнул он.

— Правильно, потому что он импотент, — сказала Райли. — А когда он не смог изнасиловать её, он пришёл в ярость. Он начал бить её ножом — самое похожее на сексуальное проникновение, что он мог придумать. Это был первый акт насилия, который он когда-либо совершал в своей жизни. Я предполагаю, что он даже не заботился о том, чтобы подольше держать её в живых.

Флорес показал на абзац в официальном протоколе.

— Твоя догадка верна, — сказал он. — Тело Герати было найдено всего через пару дней после того, как она пропала.

Райли почувствовала усиливающийся ужас от своих собственных слов:

— А ему это понравилось, — продолжала она. — Ему понравился страх и боль Герати. Ему понравилось резать и бить её. Так что он сделал это своим ритуалом. И научился растягивать удовольствие, наслаждаться каждой минутой. В случае с Ребой Фрай страх и насилие продолжалось больше недели.

В комнате как будто подуло холодом.

— А откуда связь с куклами? — спросил Мередит. — Почему ты так уверена, что он создаёт кукол?

— Тела выглядят, как куклы, — сказал Билл. — Последние два как минимум. Райли в этом права.

— В куклах суть, — тихо сказала Райли. — Но я ещё не знаю точно, почему. Видимо, это как-то связано с местью.

Наконец, Флорес спросил:

— Так как ты считаешь, ищем ли мы зарегистрированного насильника или нет?

— Возможно, — ответила Райли. — Но не насильника, не жестокого хищника. Это будет кто-то более безобидный, менее угрожающий — любитель подглядывать, эксгибиционист, или тот, кто мастурбирует на публике.

Флорес быстро записывал.

— Ладно, — сказал он. — Я убираю жестоких насильников.

На карте осталось всего несколько красных точек.

– И кто у нас остался?

Флорес взглянул на записи и вздохнул.

– Думаю, мы нашли его, – сказал Флорес. – Мы нашли твоего типа. Его зовут Росс Блэквелл. Смотри: он работал в магазине игрушек, когда его застукали на усаживании кукол таким образом, будто бы они занимаются сексом во всевозможных извращённых позах. Владелец магазина вызвал полицию. Блэквелл отделался условным сроком, но местная полиция с тех пор наблюдает за ним.

Мередит задумчиво погладил подбородок.

– Может оказаться нашим клиентом, – сказал он.

– Может, нам с агентом Пейдж поехать и проверить его прямо сейчас? – предложил Билл.

– У нас нет ничего против него, – сказал Мередит. – И мы не можем получить ордер на его обыск. Лучше не пугать его. Если это наш клиент и он настолько умён, как мы думаем, он может проскользнуть у нас между пальцев. Зайдите к нему завтра. Расспросите его о себе. И будьте с ним осторожны.

Глава 11

К тому времени, когда Райли вернулась домой из Фредриксбёрга, она почувствовала, что в тот день всё, пожалуй, будет становиться только хуже. У неё появилось ощущение дежавю, когда она остановила машину перед огромным домом в респектабельном пригородном районе. Раньше она жила здесь с Райаном и их дочерью. С этим домом было связано множество воспоминаний, большинство из них были хорошими. Но было достаточно и плохих, а некоторые были и вовсе ужасными.

Как раз тогда, когда она уже собралась вылезти из машины и пойти к дому, входная дверь открылась. Вышли Эприл с Райаном и остановились, освещённые ярким светом из дверного проёма. Райан махнул Райли, и когда Эприл пошла прочь от дома, он вернулся внутрь и закрыл дверь.

Райли показалось, что он достаточно решительно захлопнул дверь, но она знала, что скорей всего ей просто показалось. Дверь закрылась навсегда уже давно, та жизнь осталась позади. Хотя правда заключалась в том, что она никогда не чувствовала себя на своём месте в этом безвкусном, безопасном, благовоспитанном мире порядка и рутины. Её сердце всегда было где-то на полевых работах, где царили хаос, непредсказуемость и опасность.

Эприл подошла к машине и села на пассажирское сиденье.

– Ты опоздала, – бросила она, скрестив на груди руки.

– Прости, – сказала Райли. Ей хотелось сказать что-то ещё, попросить у Эприл прощения не только за вечер, не только за её отца, но и за всю жизнь. Райли так хотелось быть лучшей матерью, быть всегда дома ради Эприл. Но работа её не отпускала.

Райли отъехала от обочины.

– Нормальные родители не работают сутками напролёт, – сказала Эприл.

Райли вздохнула.

– Я тебе уже говорила… – начала она.

– Я знаю, – перебила Эприл. – У преступников нет выходных. Но это банально, мам.

Какое-то время Райли молча вела машину, она хотела поговорить с Эприл, но чувствовала себя слишком уставшей, слишком ошеломлённой от этого дня. Да она и не знала, что сказать.

— Как прошёл вечер с отцом? — наконец спросила она.

— Паршиво, — ответила Эприл.

Это был предсказуемый ответ. Эприл была последнее время зла на отца ещё больше, чем на мать.

Последовало очередное долгое молчание.

Наконец Эприл добавила помягче:

— Слава Богу, была Габриэлла. Всегда приятно увидеть для разнообразия дружелюбное лицо.

Райли слегка улыбнулась. Ей тоже очень нравилась Габриэлла, гватемалка средних лет, которая много лет работала у них горничной. Габриэлла всегда была удивительно ответственная и здравомыслящая, чего Райли не могла сказать про Райана. Она была рада, что Габриэлла всё ещё остаётся в их жизни — и всё ещё приглядывает за Эприл, когда та проводит время у отца.

По дороге домой Райли чувствовала острую нужду пообщаться с дочерью. Но что она могла сказать, чтобы достучаться до неё? Конечно, проблема была не в том, что она не понимает, что чувствует Эприл в такие вечера, как сегодня. Бедняжка, должно быть, ощущала себя никому не нужной, когда её вот так швыряли между домами родителей. Конечно, это трудно для четырнадцатилетнего подростка, которого и так в жизни многое раздражает. К счастью, Эприл согласилась поехать к отцу после уроков, когда Райли встретила её со школы. Но сегодня, в первый же день, Райли нарушила договор и опоздала.

Райли была готова расплакаться прямо за рулём, не в силах придумать ничего, чтобы начать разговор. Она была слишком вымотана. Она всегда была слишком вымотана.

Когда они добрались до дома, Эприл молча прошествовала в свою комнату и громко захлопнула за собой дверь. Райли на мгновение остановилась в коридоре. Затем постучала в дверь Эприл.

— Милая, выйди на минутку, — попросила она. — Давай поговорим. Давай посидим на кухне и попьём мятный чай. Или даже во дворе. Сегодня отличный вечер, нельзя его упускать.

Она услышала из-за двери ответ Эприл:

— Сиди одна, мам, я занята.

Райли устало облокотилась о дверной косяк.

— Ты всегда говоришь, что я провожу с тобой мало

времени, – проговорила она.

– Уже далеко за полночь, мам. Правда, поздно.

У Райли сжалось горло, а глаза наполнились слезами. Но она не хотела позволять себе плакать.

– Я пытаюсь, Эприл, – сказала она. – Я пытаюсь изо всех сил.

Тишина.

Наконец, Эприл ответила из-за двери.

– Я знаю.

И снова стало тихо. Райли очень хотелось бы увидеть сейчас лицо дочери. Правда ли в этих двух словах она услышала проблеск сочувствия? Нет, скорей всего, нет. А может быть, злость? Райли так не думала. Скорей всего, просто отчуждение.

Райли пошла в ванную и долго стояла под горячим душем. Она чувствовала, как пар и горячие капли, ударяющиеся о кожу, массируют её тело, которое болело с ног до головы после такого долгого и сложного дня. К тому времени, когда она вылезла и высушила волосы, она чувствовала себя лучше физически, но внутри неё по-прежнему была пустота и беспокойство.

И она знала, что не сможет спать.

Она надела тапочки и халат и пошла на кухню. Когда она открыла буфет, первое, что она увидела, была почти полная бутылка виски. Она подумала о том, чтобы сделать себе двойную порцию.

“Это плохая идея”, – тут же строго сказала она себе.

В её текущем расположении духа одной дело не ограничится. Несмотря на все свои переживания за последние шесть недель, ей удалось не позволить алкоголю взять над собой верх. Сейчас не время терять контроль. Вместо этого она налила себе чашку горячего чая с мятой.

Потом Райли села в гостиной и стала проглядывать папку, полную фотографий и информации о трёх последних убийствах.

Она уже знала немного о жертве, убитой больше полугода недалеко от Даггетта – которая, как они уже знали, была вторая из трёх убийств. Эйлин Роджерс была замужней женщиной с двумя детьми, которая владела и управляла рестораном вместе со своим мужем. И, естественно, Райли видела место, где была найдена третья жертва, Реба Фрай, и разговаривала с семьёй

Фрай, включая поглощённого собой сенатора.

Но вот дело Белдинга двухлетней давности было для неё ново. По мере того, как она читала протокол, перед ней стал вырисовываться образ настоящей Маргарет Герати, женщины, которая когда-то жила и дышала. Она работала бухгалтером в Белдинге и недавно переехала в Вирджинию с севера, с Нью-Йорка. Не считая мужа, её семья включала двух сестёр, брата и овдовевшую мать. Друзья и родственники описывали её, как добродушного, но немного замкнутого человека – возможно, даже одинокого.

Сделав глоток чая, Райли невольно задумалась, что бы стало с Маргарет Герати, останься она в живых. В тридцать шесть лет жизнь всё ещё полна всяких возможностей – детей и всего остального.

Райли почувствовала на коже мурашки, когда в голову к ней пришла другая мысль. Всего лишь шесть недель назад её собственная жизнь подошла ужасно близко к тому, чтобы оказаться в папке – такой же, как та, что сейчас лежала перед ней. От всего её существования осталась бы лишь стопка жутких фотографий и официальное заключение.

Она закрыла глаза, стараясь стряхнуть нахлынувшие воспоминания. Но несмотря на все попытки, она не могла их остановить.

Она кралась по тёмному дому и тут услышала, что под половицами кто-то скребётся, затем раздался крик о помощи. Ощупав стены, она нашла, что искала: маленькую квадратную дверцу, которая вела в проход под домом. Она посветила туда фонариком.

Луч осветил перепуганное лицо.

– Я пришла вам помочь, – сказала Райли.

– Вы пришли! – плакала жертва. – Слава Богу, вы пришли!

Райли быстро побежала по грязному полу к маленькой клетке в углу. Немного повозившись с замком, она достала перочинный нож и стала ковырять им в замочной скважине, пока не сломала замок. Через секунду женщина выползла из клетки.

Вместе с Райли они заторопились обратно к квадратному выходу. Но когда женщины уже почти оказались снаружи, путь Райли преградила угрожающая мужская фигура.

Она оказалась в ловушке, но у второй женщины оставался

шанс.

– Беги! – закричала Райли. – Беги!

Райли заставила себя вернуться к настоящему. Эти кошмары её когда-нибудь оставят? Конечно, работа над новым делом, полном насилия и смертей, этому никак не способствовала.

И всё же был один человек, к которому она всегда могла обратиться за поддержкой.

Она достала телефон и написала Мари.

“Привет. Ты ещё не спишь?”

Через несколько секунд пришёл ответ.

“Нет. Как ты?”

Райли написала: “Не очень. А ты?

“Слишком страшно, не могу заснуть”.

Райли хотелось написать что-то такое, что помогло бы им обеим почувствовать себя лучше. Почему-то ей показалось, что переписки будет недостаточно.

“Хочешь поговорить? – написала она. – По телефону, я имею в виду”.

Через несколько долгих секунд пришёл ответ Мари.

“Нет, наверное, не стоит”.

Райли немного удивилась. Потом поняла, что её голос может иметь обратный эффект для Мари. Иногда он даже провоцировал для неё ужасные воспоминания.

Райли вспомнила последние слова Мари, когда они разговаривали в прошлый раз. “Найди этого ублюдка и убей его за меня”. Поразмыслив над этим, Райли решила, что у неё есть новости, которые могут успокоить Мари.

“Я вернулась к работе”, – напечатала Райли.

Она тут же получила от Мари целый фейерверк напечатанных фраз:

“Здорово! Я так рада! Я знаю, что это непросто. Я горжусь тобой. Ты очень смелая”.

Райли вздохнула. Она не чувствовала себя смелой – по крайней мере, точно не сейчас.

Вдогонку пришло ещё одно сообщение от Мари:

“Спасибо. От новости, что ты снова работаешь, мне полегчало. Возможно, теперь я засну. Спокойной ночи”.

Райли ответила: “Держись там”, а затем отложила телефон.

Ей тоже стало получше. В конце концов, она чего-то достигла, вернувшись на работу. Медленно, но верно она начинает выздоравливать.

Райли допила остаток чая и пошла в постель. Утомление настигло ее, и она мгновенно уснула.

Райли шесть лет, она в кондитерском магазине вместе с мамой. Она так радуется тем сладостям, которые мама покупает ей. Но тут к ним идёт мужчина. Большой, страшный. На его лице что-то надето – нейлоновые чулки, такие, как её мама носит на ногах. Он достаёт пистолет. Он кричит на маму, чтобы та отдала ему кошелёк. Но мама так его боится, что не в силах пошевелиться. И не может отдать его ему.

И тут он стреляет ей прямо в грудь.

Она падает на пол, из раны бежит кровь. Мужчина подбирает кошелёк и убегает.

Райли начинает кричать, она кричит не переставая.

И тут она слышит голос мамы:

"Ты ничего не сможешь с этим сделать, дорогая. Я ухожу, и ты не можешь мне помочь".

Маленькая Райли всё ещё стоит в кондитерском магазине, но теперь она взрослая. Мама стоит прямо перед ней, прямо над своим собственным телом.

"Я должна вернуть тебя!" – кричит Райли.

Мама грустно ей улыбается:

"Ты не сможешь, – говорит она. – Мёртвых нельзя вернуть".

Райли села, тяжело дыша, разбуженная каким-то грохотом. Она нервно оглянулась вокруг. В доме тишина.

Но тут она что-то услышала, на этот раз уверенная, что это шум у входной двери.

Райли вскочила на кровати, включились её инстинкты. Она схватила фонарик и пистолет из ящика и осторожно пошла по дому в сторону входной двери.

Она выглянула в маленькое окно рядом с дверью, но ничего не увидела. Тишина.

Райли приготовилась, быстро открыла дверь нараспашку и посветила наружу фонариком. Никого. И ничего.

Светя фонариком в разные стороны, она вдруг заметила

что-то на крыльце, что привлекло её внимание. На крыльце лежало несколько маленьких камешков. Может быть, кто-то бросил их в дверь, и она услышала этот шум?

Райли напрягла мозги, стараясь вспомнить, лежали ли они здесь, когда она вернулась домой прошлой ночью. Но в голове стоял туман, она не могла быть уверена, как именно всё было.

Райли постояла несколько мгновений, но вокруг не было и признака жизни.

Она закрыла и заперла на замок дверь, и пошла по коридорчику к своей спальне. Когда она дошла до его конца, она с удивлением увидела, что дверь в спальню Эприл немного приоткрыта.

Райли открыла дверь настежь и заглянула туда.

Её сердце замерло от ужаса.

Эприл там не было.

Глава 12

– Эприл! – закричала Райли. – Эприл!

Она побежала в ванную и заглянула внутрь. Её дочери не было и там.

Тогда Райли в отчаянии начала бегать по дому, открывая все двери, заглядывая во все комнаты и шкафы. Ничего.

– Эприл! – снова закричала она.

Райли почувствовала горький привкус желчи во рту. Это был вкус ужаса.

Наконец, она почувствовала на кухне странный запах, залетающий в открытое окно. Она вспомнила этот запах со старых добрых времён учёбы в колледже. Её страх угас, осталось лишь грустное раздражение.

– О Боже, – с огромным облегчением пробормотала вслух Райли.

Она рывком распахнула заднюю дверь. В раннем утреннем свете она увидела свою дочь, которая всё ещё в пижаме сидела за столом для пикников. Эприл выглядела виноватой и смотрела робко.

– Что тебе надо, мама? – спросила Эприл.

Райли прошагала через двор и протянула руку.

– Отдай мне, – сказала Райли.

Эприл неумело постаралась изобразить искреннее недоумение.

– Дать тебе что? – спросила она.

В голосе Райли скорей звучала грусть, нежели злость.

– Косяк, который ты куришь, – сказала она. – И пожалуйста, не ври, что это не так.

– Ты с ума сошла, – сказала Эприл, изо всех сил стараясь звучать праведно негодующей. – Я ничего не курила. Ты всегда думаешь обо мне только плохое. Ты сама-то это понимаешь, мам?

Тут Райли заметила, что её дочь сидит на лавочке, наклонившись вперёд.

– Убери ногу, – сказала Райли.

– Что? – переспросила Эприл, притворившись, что не поняла.

Райли указала на подозрительную ногу.

– Ногу подвинь.

Эприл громко застонала и послушалась. И конечно, под её домашним тапочком скрывалась только что раздавленная сигарета марихуаны. От неё шёл дымок и запах усилился. Райли наклонилась и подняла его.

— Теперь давай остальное.

Эприл пожала плечами.

— Что остальное?

Райли уже не могла говорить спокойно:

— Эприл, я не шучу. Не ври мне. Пожалуйста.

Эприл закатила глаза и полезла в карман шорт. Она достала сигарету, которая ещё не была раскурена.

— О господи, да держи, — сказала она, отдавая её матери. — Не пытайся мне доказать, что сама не куришь травку всякий раз, когда выпадает шанс.

Райли сунула обе сигареты в карман халата.

— Что ещё у тебя есть? — потребовала она.

— Это всё, больше ничего нет, — бросила Эприл в ответ. — Не веришь? Что ж, тогда давай, обыщи меня! Обыщи мою комнату. Всё обыщи. Это всё, что у меня есть.

Райли затрясло. Она старалась контролировать свои эмоции.

— Где ты это достала? — спросила она.

Эприл пожала плечами.

— Синди дала.

— Какая Синди?

Эприл цинично рассмеялась.

— Ну откуда тебе знать, мам? Ты ведь почти ничего не знаешь о моей жизни. Да тебе вообще интересно? Тебе-то какая разница, накурюсь я или нет?

Эприл ударила прямо по больному месту и Райли уже не могла сдержать слёз.

— Эприл, почему ты меня ненавидишь? — плакала она.

Девочка выглядела удивлённой, но не раскаивающейся.

— Я не ненавижу тебя, мама.

— Тогда за что ты меня наказываешь? Чем я это заслужила?

Эприл уставилась перед собой.

— Может тебе стоит самой задуматься над этим?

Она встала со скамейки и пошла в дом.

Райли стала ходить по кухне, на автомате доставая всё необходимое, чтобы сделать завтрак. Доставая из холодильника яйца и бекон, она размышляла, как поступить в данной ситуации. Она должна наказать Эприл. Но как ей это сделать?

Когда у Райли был отпуск, она могла следить за дочерью. Но сейчас всё иначе. Теперь, когда Райли снова вышла на работу, её расписание будет совершенно непредсказуемым. Как и её дочь.

Перебирая в голове варианты, Райли выкладывала шипящие полоски бекона на сковороду. Одно бесспорно – поскольку Эприл придётся проводить больше времени с отцом, Райли должна рассказать Райану о том, что произошло. Но это вызовет ещё больше проблем. Райан и так уверен, что Райли – никудышная мать и жена. Если она расскажет ему о том, что застукала Эприл с травкой во дворе, он в этом только лишний раз убедится.

"И, наверное, будет прав", – печально подумала она, опуская два кусочка хлеба в тостер.

Пока что Райану и Райли удавалось избежать борьбы за опеку. Она знала, что, хотя он никогда этого не признает, Райану слишком нравилась его холостяцкая свобода, чтобы он хотел брать на себя воспитание подростка. Он не обрадовался, когда Райли сказала ему, что Эприл будет проводить с ним больше времени.

Но она понимала и то, что отношение её бывшего мужа может измениться со скоростью света, особенно, если это даст ему повод в чём-то её обвинить. Если он узнает, что Эприл курила, он сможет попытаться забрать её у Райли насовсем. Эта мысль была невыносима.

Через несколько минут мать и дочь вместе сидели за кухонным столом и ели. Молчание было ещё более неловким, чем обычно.

Наконец, Эприл спросила:

– Ты расскажешь папе?

– Ты думаешь, мне стоит это сделать? – спросила Райли.

Вопрос казался логичным, учитывая все обстоятельства.

Эприл озабоченно повесила голову.

Потом Эприл попросила:

– Пожалуйста, только не рассказывай Габриэлле.

Эти слова ударили Райли прямо в сердце. Эприл больше беспокоилась, что о её проступке узнает горничная, нежели о том, что о нём думают отец или мать.

“Когда всё стало так плохо?” – несчастно подумала Райли.

То немногое и очень ценное, что осталось от её семейной жизни, рассыпалось прямо на её глазах. Она почувствовала, что её едва ли вообще можно назвать матерью. Интересно, навещают ли Райана подобные мысли об его отцовстве? Вероятно, нет. Чувствовать себя виноватым – не в стиле Райана. Иногда она завидовала его эмоциональному безразличию.

После завтрака, пока Эприл собиралась в школу, дом погрузился в тишину и Райли стала преследовать другая мысль: мысль о том, что произошло сегодня утром – если произошло. Кто или что вызвало эту возню у дверей? Была ли вообще там возня? Откуда могли появиться камешки?

Она вспомнила панику Мари по поводу странных телефонных звонков, и внутри неё стал расти навязчивый страх, выходя из-под её контроля. Она достала мобильник и набрала знакомый номер.

– Бетти Рихтер, криминалистическая экспертиза, ФБР, – раздался в трубке холодный голос.

– Бетти, это Райли Пейдж, – Райли с трудом сглотнула. – Думаю, ты знаешь, зачем я звоню.

Как-никак, Райли звонила по одному и тому же делу каждые два или три дня за последние шесть недель. Агент Рихтер отвечала за исследование деталей дела Петерсона, и Райли отчаянно хотела услышать заключение.

– Ты хочешь, чтобы я тебе сказала, что Петерсон правда мёртв, – сочувственно сказала Бетти. Бетти была само терпение, понимание и хорошее чувство юмора, так что Райли всегда была рада, что с ней можно поговорить об этом.

– Я знаю, это смешно.

– После всего, через что ты прошла? – сказала Бетти. – Нет, я так не считаю. Но у меня нет для тебя новостей. Всё по-старому. Мы нашли тело Петерсона. Конечно, оно обгорело, но труп в точности такого же роста и строения, как он. Он не может принадлежать кому-то другому.

– Насколько вы уверены? Скажи в процентах.

– Я бы дала девяносто девять процентов, – сказала девушка.

Райли медленно и глубоко вдохнула.

– Но не сто? – спросила она.

Бетти вздохнула.

– Райли, я не могу дать сто процентов ни о чём в этой жизни. Как и никто другой. Никто не уверен на сто процентов, что завтра солнце снова встанет. В Землю может врезаться огромный астероид, и мы все умрём.

Райли горько усмехнулась.

– Спасибо за новый повод для беспокойства, – сказала она.

Бетти тоже рассмеялась.

– Обращайся, – сказала она. – Всегда рада помочь.

– Мам? – позвала Эприл, готовая ехать в школу.

Райли закончила звонок, чувствуя себя немного лучше, теперь она была готова ехать. Они договорились с Биллом, что она подберёт его после того, как отвезёт Эприл. Им надо опросить подозреваемого, который подходит под все характеристики.

И у Райли было ощущение, что он может оказаться тем беспощадным убийцей, которого они и ищут.

Глава 13

Райли выключила зажигание, сидя в машине перед домом Билла и любуясь его приятным двухэтажным коттеджем. Её всегда поражало, что он умудрялся держать газон перед домом таким зелёным, а кустарник безупречно ровно подстриженным. В семейной жизни у Билла мог быть хаос, но его двор всегда был в идеальном состоянии, превосходно вписываясь в живописный квартал. Интересно, как выглядят остальные дворы в этом милом райончике неподалёку от Квантико?

Вышел Билл, а сзади него появилась его жена, Мегги, и кинула на Райли свирепый взгляд. Райли отвернулась.

Билл рухнул на пассажирское кресло и захлопнул за собой дверь.

– Поехали поскорей отсюда, – простонал он.

Райли завела машину и тронулась с места.

– Мне кажется, дома у тебя не всё в порядке, – сказала она. Билл покачал головой.

– Мы крупно поссорились, когда я вчера поздно вернулся домой. А утром всё началось сначала.

Он помолчал с минуту, а затем мрачно добавил:

– Она снова заговорила о разводе. И она хочет полную опеку над мальчишками.

Райли посомневалась, но затем всё-таки задала ему вопрос, который крутился у неё в голове:

– Дело ведь и во мне?

Билл помолчал.

– Да, – признал он наконец. – Она не обрадовалась, когда узнала, что мы снова работаем вместе. Она считает, что ты плохо на меня влияешь.

Райли не знала, что ответить.

Билл добавил:

– Она говорит, что со мной невозможно иметь дело, когда я работаю с тобой. Что я становлюсь ещё более отчуждённым и зацикливаюсь на работе.

“Это справедливо”, – подумала Райли: они с Биллом оба зациклены на работе.

В машине снова повисло молчание. Через несколько минут Билл открыл ноутбук.

– Я узнал кое-какие подробности о том типе, с которым мы будем разговаривать, Россе Блэквелле.

Он посмотрел на экран.

– Он зарегистрированный насильник, – добавил он.

У Райли от отвращения дрогнула губа.

– За что?

– Хранение детской порнографии. Он подозревался и в большем, но ничего не было доказано. Он есть в базах данных, но его действия никак не ограничены. Это было десять лет назад, так что эта фотография уже устарела.

“Пронырливый, – подумала Райли. – Его может быть трудно поймать”.

Билл продолжал читать:

– Был уволен с нескольких должностей по неясным причинам. Последний раз он работал в сети магазинов в большом торговом центре в Белтвее, целевой аудиторией которого в основном являются семьи с детьми. Когда Блэквелла поймали на том, что он придаёт куклам извращённые позы, его уволили и сообщили в полицию.

– Человек с пунктиком на куклах и коллекцией детской порнографии, – пробормотала Райли.

Пока что Росс Блэквелл вписывался в образ, который начинал у неё складываться.

– А сейчас он чем занимается? – спросила она.

– Работает в магазине товаров для хобби и сборных моделей, – ответил Билл. – Ещё один сетевой магазин в ещё одном торговом центре.

Райли была удивлена.

– Разве менеджеры не знали о судимости Блэквелла, когда принимали его на работу?

Билл пожал плечами.

– Может быть, им было неважно. Его интересы сугубо гетеросексуальны. Может быть, они решили, что он не принесёт вреда в месте, где продаются лишь модели машинок, самолётов и поездов.

Она почувствовала, что её прошиб холодный пот. Как вообще такой человек может получить работу? Он скорей всего злобный убийца. Как он может расхаживать целыми днями среди беззащитных людей?

Наконец они проехали через нескончаемые пробки Санфилда. Пригород столицы был для Райли типичным примером “города-спутника”, сделанного большей частью из торговых и бизнес-центров. Ей он казался бездушным, пластиковым и вгонял в депрессию.

Она припарковалась у огромного торгового центра. Какое-то время она сидела на водительском кресле и смотрела на старую фотографию Блэквелла на ноутбуке Билла. В его лице не было ничего примечательного – обычный парень с тёмными волосами и надменным выражением лица. Сейчас ему должно быть за пятьдесят.

Они с Биллом вылезли из машины и пешком пошли через потребительский рай, пока не увидели магазин моделей.

– Мы не должны позволить ему скрыться, – сказала Райли. – Что если он заметит нас и удерёт?

– Загоним его в угол и обездвижим, – сказал Билл. – А покупателей выпроводим.

Райли положила руку на пистолет.

“Не сейчас, – сказала она себе. – Не вызывай напрасную панику”.

Она постояла какое-то время, глядя, как приходят и уходят посетители магазина. Может быть, Блэквелл – один из них? Может быть, он уже убегает?

Райли и Билл вошли в магазин моделей. Большую часть пространства занимал крупный и детальный макет небольшого городка, на котором было всё вплоть до движущихся поездов и мигающих огнями машин. С потолка свисали модели самолётов. В поле зрения не было ни одной куклы.

В магазине работало несколько мужчин, но никто не был похож на человека с фотографии, которую Райли держала в голове.

– Я его не вижу, – сказала Райли.

Билл спросил у стойки:

– Здесь работает некий Росс Блэквелл?

Кассир кивнул и показал на полку с наборами для сбора моделей. Невысокий, пухлый мужчина с седеющими волосами спиной к ним разбирал товары.

Райли снова коснулась пистолета, но оставила его в кобуре. Они с Биллом разделились, чтобы иметь возможность задержать Блэквелла, если он попытается уйти.

Её сердце билось всё сильней, когда она подошла к нему.

– Росс Блэквелл? – спросила Райли.

Человек обернулся. На нём были очки с толстыми стёклами, а живот вываливался из ремня. Райли особенно поразила малокровная бледность его кожи. Она подумала, что ошибалась, думая, что он решит бежать, но вот с определением "подонок" она не промахнулась.

— Зависит от того, что вы хотели, — ответил Блэквелл с широкой улыбкой. — Что вам нужно?

Райли и Билл показали ему свои значки.

— Оу, федералы, да? — сказал Блэвелл почти даже с удовольствием. — Это что-то новенькое. Я привык к местной полиции. Вы пришли не арестовывать меня, я надеюсь, потому что, честно говоря, я думал, что все эти недоразумения остались в прошлом.

— Мы бы только хотели задать вам несколько вопросов, — сказал Билл.

Блэквелл усмехнулся и вопросительно наклонил голову.

— Несколько вопросов? Что ж, я билль о правах знаю наизусть. Я могу не разговаривать с вами, если не захочу. Но хэй, почему бы и нет? Это даже может быть весело. Если вы угостите меня чашечкой кофе, я согласен.

Блэквелл подошёл к стойке, а Райли и Билл последовали за ним. Райли была готова отреагировать на любую его попытку к бегству.

— Я сделаю перерыв на кофе, Берни, — сказал Блэвелл кассиру.

По выражению лица Билла Райли понимала, что он сомневается, правильного ли человека они поймали. Она понимала, почему он так думает: Блэквелл не казался хоть немного расстроенным. На самом деле, он выглядел даже довольным.

Однако, по мнению Райли, из-за этого он казался ещё более безнравственным психопатом. Некоторые из самых мерзких серийных убийц обнаруживали море шарма и уверенности в себе. Последнее, чего она ожидала от убийцы, это хоть сколько-нибудь виноватое выражение.

До фуд-корта было совсем близко. Блэквелл проводил Райли и Билла прямо к прилавку с кофе. Если мужчина и нервничал из-за сопровождения в лице двух фэбээровцев, то вида он не показывал.

Девочка, которая плелась за своей матерью, споткнулась и упала прямо перед ними.

— Упс! — бодро воскликнул Блэвелл. Он наклонился и поднял ребёнка на ноги.

Мать на автомате поблагодарила его и повела дочь дальше

за руку. Райли увидела, что Блэквелл остановил взгляд на голых ногах девочки под коротенькой юбочкой, и ей чуть не стало плохо. Её подозрительность усилилась.

Райли дёрнула Блэквелла за рукав, но он недоумённо и невинно посмотрел на неё в ответ. Она тряхнула его руку и отпустила.

– Выбирай, – сказала она, кивая на прилавок с кофе.

– Я хочу капучино, – сказал Блэвелл молодой девушке за стойкой. – Эти товарищи угощают.

Потом он спросил, повернувшись к Биллу и Райли:

– А вы что будете?

– Ничего, – ответила Райли.

Билл оплатил капучино, и они втроём сели за столик, рядом с которым не было людей.

– Ну, так и что вы хотели узнать от меня? – спросил Блэквелл. Он казался дружелюбным и расслабленным. – Надеюсь, что вы не собираетесь наезжать на меня, как местные полицейские, к которым я привык? Люди последнее время такие консервативные.

– Консервативные, потому что не ставят кукол в неприличные позы? – спросил Билл.

Блэквелл выглядел искренне обиженным.

– Вы говорите об этом так грязно, – сказал он. – В этом не было ничего неприличного. Да посмотрите сами!

Блэквелл достал телефон и стал показывать фотографии своих трудов – это были сцены, реконструированные внутри кукольных домов. Маленькие человеческие фигурки были в разной степени обнажены и расположены в разных группах и позициях в разных частях дома. У Райли кругом пошла голова от всего разнообразия сексуальных актов, изображённых на фотографиях – некоторые из них скорей всего были запрещены во многих штатах.

“По мне так очень неприлично”, – подумала Райли.

– Это была сатира, – объяснил Блэквелл. – Я сделал важное общественное заявление. Наша культура пошлая и материалистическая. Кто-то должен был вынести что-то вроде протеста. Я испробовал своё право слова максимально ответственным способом. Я им не злоупотреблял. Я не кричал “пожар” в переполненном театре.

Райли заметила, что на лице Билла отразилось возмущение.

– А как же дети, которые смотрят на эти ваши сценки? – спросил Билл. – Вы не думаете, что могли им навредить?

– Да нет, не думал, – самоуверенно сказал Блэквелл. – Они каждый день по телевизору видят и что похуже. Детской невинности больше нет. Именно это я и пытался донести миру. Это разбивает мне сердце.

“Звучит так, как будто он правда так думает”, – подумала Райли.

Однако ей было очевидно, что это вовсе не так. Ни одна клеточка Росса Блэквелла не отличалась моралью или сочувствием. Райли всё больше подозревала его с каждой секундой.

Она пыталась понять что-нибудь по его лицу, однако это было не так-то просто. Как самый настоящий социопат, он прекрасно прятал свои истинные чувства.

– Скажите мне, Росс, – спросила она. – Вам нравится проводить время на улице? Я имею в виду жить в палатках, рыбачить.

Лицо Блэквелла озарила широкая улыбка.

– О, да! С самого детства. Я был скаутом-орлом в то время. Иногда я уходил на природу в одиночку и пропадал там неделями. Я иногда думаю, что был Дэниелем Буном в прошлой жизни.

– А охотиться вы тоже любите? – поинтересовалась Райли.

– Конечно, всё время, – сказал он воодушевлённо. – У меня дома полно трофеев. Ну, знаете, чучела голов лося или оленя. Я их сам делал. У меня настоящий дар к таксидермии!

Райли прищурившись посмотрела на Блэквелла.

– У вас есть любимые места? Какие-то леса, например. Государственные и национальные парки.

Блэквелл задумчиво потёр подбородок.

– Я часто езжу в Йеллоустон, – сказал он. – Наверное, это моё любимое место. Хотя мало что может сравниться с Грейт-Смоки-Маунтинс. И Йосемити. Трудно выбрать что-то одно.

Встрял Билл:

– А как насчёт Государственного парка Мосби? Или национального парка недалеко от Даггетта?

Блэквелл вдруг насторожился.

– Почему вы спрашиваете? – спросил он тревожно.

Райли понимала, что пришёл момент правды – или наоборот. Она вытащила свою сумочку и достала из неё фотографии жертв убийств, сделанные при жизни.

– Вы узнаёте кого-то из этих женщин? – спросила Райли.

У Блэквелла в страхе расширились глаза.

– Нет, – сказал он дрожащим голосом. – Я никогда их не видел.

– Вы уверены? – подстегнула Райли. – Возможно, их имена освежат вашу память. Реба Фрай. Эйлин Роджерс. Маргарет Герати.

Блэквелл, казалось, вот-вот начнёт паниковать по-настоящему.

– Нет, – сказал он. – Я никогда их не видел. Впервые слышу эти имена.

Райли пристально разглядывала его лицо. Наконец, она полностью всё поняла. Она узнала о Россе Блэквелле всё, что хотела.

– Спасибо, что выделили нам время, Росс, – сказала она, вставая. – Будем на связи, если у нас понадобятся ещё вопросы.

Билл недоумённо последовал за ней с фуд-корта.

– Что там происходило? – бросил он. – О чём ты думаешь? Он виновен и теперь знает, что мы на него вышли. Мы должны не выпускать его из виду, пока у нас не будет достаточно доказательств для ареста.

Райли издала лёгкий стон нетерпения.

– Подумай об этом, Билл, – попросила она. – Ты обратил внимание на его бледную кожу? И ни одной веснушки. Едва ли этот тип проводит на улице целые дни.

– То есть он не из скаутов-орлов?

Райли рассмеялась.

– Нет, – сказала она. – И я могу поклясться, что он никогда не был ни в Йеллоустоне, ни в Йосемити, ни в Грейт-Смоки-Маунтинс. И ничего не знает о таксидермии.

Билл выглядел смущённым.

– А я и правда ему поверил, – признался Билл.

Райли кивнула, соглашаясь.

– Ещё бы, – сказала она. – Он прекрасный лжец. Он заставляет людей поверить в то, что говорит правду о чём угодно. Ему просто нравится врать. Он делает это всегда, когда выпадает шанс, и чем крупнее ложь – тем лучше.

Она помедлила на мгновение.

– Проблема в том, – добавила Райли, – что у него совсем не получается говорить правду. Он не привык к ней. Когда он пытается сказать её, он перестаёт выглядеть наглым.

Билл медленно шёл рядом с ней, пытаясь понять, что она имеет в виду.

– То есть, ты хочешь сказать, что… – начал он.

– Он говорил правду про женщин, Билл. Поэтому и выглядел таким виноватым. Правда всегда звучит как ложь в его устах. Он в самом деле никогда не видел ни одну из этих женщин. Я не говорю, что он не способен на убийство – возможно и способен. Но *эти* убийства совершал не он.

Билл негромко выругался.

– Чёрт, сказал он.

Райли ничего не произнесла во весь оставшийся путь до машины. Это был большой шаг назад. Чем больше она об этом думала, тем больше беспокоилась. Настоящий убийца всё ещё был на свободе, а у них нет ни малейшей идеи, кто это может быть. И она знала, она просто знала, что он скоро снова убьёт.

Райли расстраивала её неспособность раскрыть это дело, но, когда она напрягла мозги, она внезапно поняла, с кем ей нужно поговорить. И как можно скорее.

Глава 14

Они уже подъезжали к Санфилду, когда Райли внезапно пересекла две полосы и съехала с эстакады.

Билл удивился.

– Куда мы едем? – спросил он.

– В Белдинг, – ответила Райли.

Билл уставился на неё с пассажирского сиденья, ожидая объяснений.

– Здесь всё ещё живёт муж Маргарет Герати, – сказала она. – Его зовут Рой, так? Рой Герати. У него, вроде, своя автозаправка?

– Точнее, ремонтная мастерская и склад, – сказал Билл.

Райли кивнула.

– Мы заглянем к нему, – сказала она.

Билл с сомнением пожал плечами.

– Хорошо, не знаю только зачем, – сказал он. – Полиция его очень тщательно опрашивала по поводу убийства его жены. Они не получили от него никаких зацепок.

Райли какое-то время ничего не произносила. Она уже это знала. И всё же, ей казалось, что она может узнать что-то ещё. С Белдингом, который находился совсем недалеко от ферм Вирджинии, была связана какая-то недосказанность. Она должна выяснить, какая – если только у неё получится. Но она начинала сомневаться в себе.

– Я потеряла форму, Билл, – пробормотала Райли. – Какое-то время я действительно была уверена, что Росс Блэквелл – наш убийца. Мне следовало разобраться во всём с первого взгляда. Мои инстинкты не срабатывают.

– Не вини себя, – ответил Билл. – Он идеально подходил под описание.

Райли простонала.

– Да, только описание было ошибочным! Наш тип не будет так расставлять кукол – и уж точно не в общественном месте.

– Почему нет? – недоумевающе спросил Билл.

Райли подумала с минуту.

– Потому что он намного серьёзней относится к куклам, – сказала она. – Они для него обладают глубокой важностью. Это что-то личное. Я думаю, его бы оскорбили мелкие шутники типа Блэквелла, то, как он расставлял их. Он бы счёл это вульгарным. Куклы для него не игрушки. Они… Я не знаю. Я не до конца понимаю.

— Я знаю, как работает твоя голова, — ободрил её Билл. — И что бы то ни было, в конце концов ты это поймёшь.

Райли замолчала, проигрывая в уме события последних дней. Ощущение уязвимости у неё только увеличилось.

— Я ошибалась и в другом, — сказала она Биллу. — Я думала, что убийца выбирает матерей. Я была в этом уверена. Но у Маргарет Герати не было детей. Почему я ошиблась?

— Скоро ты разберёшься, — сказал Билл.

Они были уже на окраине Белдинга. Это был маленький серый городишко, который стоял здесь уже много лет, однако соседние фермы были выкуплены богатыми семьями, желающими стать “фермерами-любителями” и всё ещё занимающими влиятельные должности в столице, куда ездили на работу каждый лень. Город постепенно исчезал, через него можно было проехать и даже не заметить.

Автомастерскую и магазин автозапчастей Роя Герати было трудно пропустить.

Райли и Билл выбрались из машины и вошли в довольно потрёпанный офис. Там было пусто. Райли позвонила в маленький колокольчик у стойки. Они подождали, но никто не вышел. Через несколько минут ожидания они решили зайти прямо в мастерскую. Из-под одной из машин торчала пара ног.

— Вы — Рой Герати? — спросила Райли.

— Да, — раздался голос из-под машины.

Райли огляделась. Вокруг не было других работников. Неужели дела идут так плохо, что владелец вынужден делать всю работу сам?

Герати вылез из-под машины и подозрительно на них посмотрел. Это был грузный мужчина лет под сорок, одетый в испачканный маслом комбинезон. Он вытер руки о грязную одежду и встал на ноги.

— Вы не местные, — отметил он. Затем добавил: — Чем я могу вам помочь?

— Мы из ФБР, — сказал Билл. — Мы бы хотели задать вам несколько вопросов.

— О боже, — простонал мужчина. — За что мне всё это?

— Мы не займём у вас много времени, — сказала Райли.

— Что ж, пойдёмте, — пробурчал мужчина. — Давайте поговорим, раз надо поговорить.

Он провёл Райли и Билла в комнату отдыха работников, в которой стояла пара сломанных аппаратов для продажи закусок. Они сели на пластиковые стулья. Рой взял пульт и, как будто был один в комнате, включил старый телевизор. Он полистал каналы, пока не наткнулся на старый ситком. Тогда он уставился на экран.

– Спрашивайте, что хотели, и покончим с этим, – бросил он. – Последние пару дней здесь какой-то кошмар.

Райли без труда догадалась, о чём он.

– Мне жаль, что убийство вашей жены снова в новостях, – сказала она.

– В газетах пишут, что было ещё два, – сказал Герати. – Не могу в это поверить. У меня телефон разрывается от всех этих репортёров и просто каких-то придурков. Почта тоже переполнена. Никакого уважения к частной жизни! А бедняжка Эвелин, моя жена, – её это ужасно расстраивает.

– Вы снова женились? – спросил Билл.

Герати кивнул, всё ещё глядя на экран телевизора.

– Мы расписались через семь месяцев после того, как Маргарет…

Он не смог заставить себя закончить предложение.

– Все думают, что это слишком быстро, – сказал он. – А мне так не кажется. Я никогда не был более одинок за всю жизнь. Эвелин была просто подарком небес. Не знаю, во что я превратился бы без неё. Наверное, я бы умер.

Его голос охрип от эмоций.

– У нас родилась дочка. Ей шесть месяцев. Её зовут Люси. Свет моей жизни.

Не к месту раздался закадровый смех из сериала. Герати шмыгнул носом, прочистил горло и откинулся назад в кресле.

– Так или иначе, я совершенно не понимаю, о чём вы хотели меня спросить, – сказал он. – Мне кажется, я ответил на все возможные вопросы ещё два года назад. И это нисколько не помогло. Вы не смогли поймать его тогда, не сможете и сейчас.

– Мы всё ещё пытаемся, – возразила Райли. – Мы привлечём его к ответственности.

Но она сама чувствовала неискренность собственных слов.

Она помедлила мгновение, затем спросила:

– Вы живёте неподалёку? Я просто подумала, что мы могли бы пойти к вам в дом, осмотреться там.

Герати нахмурился в раздумьях.

– Я должен это сделать? Или у меня есть выбор? – спросил он.

Его вопрос слегка застал врасплох Райли.

– Это всего лишь просьба, – сказала она. – Но это могло бы нам помочь.

Герати твёрдо покачал головой.

– Нет, – сказал он. – Вы должны знать границы. Полицейские практически поселились у меня в тот раз. Некоторые из них были уверены, что это я убил её. Может быть, и вы сейчас думаете то же. Что я убил кого-то.

– Нет, – постаралась разубедить его Райли. – Мы пришли не поэтому.

Она увидела, что Билл пристально смотрит на механика.

Герати не поднимал глаз. Он продолжал:

– И бедняжка Эвелин – она дома с Люси и она и так уже на грани нервного срыва. Я не хочу снова заставлять её проходить через всё это. Простите, не хочу показаться неуступчивым, но мне кажется, уже хватит.

Райли видела, что Билл собирается настоять. Она заговорила раньше, чем он открыл рот.

– Я понимаю, – сказала она. – Всё нормально.

Райли была уверена, что им с Биллом скорей всего не удастся узнать что-то важное из сегодняшнего визита в дом Герати. Но на пару вопросов ему следовало бы ответить.

– Ваша жена – первая жена, Маргарет – любила кукол? – осторожно спросила Райли. – Может быть, она их коллекционировала?

Герати повернулся к ней, впервые оторвавшись от экрана телевизора.

– Нет, – удивлённо ответил он.

Райли вдруг поняла, что никто не задавал ему именно этот вопрос. Среди всех теорий полиции, которые возникали два года назад, мыслей о куклах ни у кого не возникало. Во всём творящемся хаосе, через который ему пришлось пройти, больше никто не проводил связи с куклами.

– Ей они не нравилось, – продолжал Герати. – Не то чтобы она их ненавидела, они просто её расстраивали. Она не могла – мы не могли – иметь детей, а куклы всегда заставляли её думать об этом. Напоминали ей. Иногда она даже плакала, когда видела кукол.

С глубоким вздохом он повернулся обратно к телевизору.

– Её это огорчало последние несколько лет, – сказал он низким, отчуждённым голосом. – То, что не было детей, я имею в виду. У многих наших друзей и родственников есть дети. Казалось, что все кроме нас постоянно рожают. А эти посиделки перед рождением ребёнка, на которые надо было ходить, и вечеринки для малышей, с которыми матери всегда просили её помочь. Это всё просто сводило её с ума.

Райли почувствовала комок сочувствия в горле. Её сердце болело за этого человека, который всё ещё пытался привести в порядок свою жизнь после невероятной трагедии.

– Спасибо, думаю, этого достаточно, мистер Герати, – сказала она. – Спасибо за ваше время. И, хотя уже совсем не вовремя, я всё-таки хочу сказать, что ужасно вам сочувствую.

Через несколько минут Райли с Биллом уже ехали прочь.

– Напрасная поездка, – сказала Райли Биллу.

Она посмотрела в зеркало заднего вида и увидела маленький городишко Белдинг, исчезающий позади них. Убийца живёт не здесь, она уверена. Но он где-то в том районе, который Флорес показал на карте. Где-то близко. Возможно, они прямо сейчас проезжают мимо его фургона и даже не знают об этом. Эта мысль доставляла Райли мучения. Она практически чувствовала его присутствие, его рвение, его желание мучать и убивать, потребность, которая становилась всё более явной.

И она должна его остановить.

Глава 15

Человек проснулся от будильника на мобильном телефоне. Сначала он не понял, где находится. Но он сразу же вспомнил, что сегодняшний день будет важным. В каком-то смысле, самым важным днём его жизни.

Он знал, что проснулся в странном месте именно поэтому – потому что сегодня такой день. Это будет день сладкого удовлетворения для него, чистого ужаса и невыносимой боли – для кого-то другого.

Но где он? Всё ещё в полусне, он не мог вспомнить. Он лежал на диване в маленькой, покрытой ковром комнате, прямо перед его глазами был холодильник и микроволновая печь. Утренний свет сочился в окно.

Он встал, открыл дверь в комнату и выглянул в тёмный коридор. Он щёлкнул включателем около дверной рамы и в комнате зажёгся свет. Свет осветил коридор и проник в открытую дверь напротив. Там мужчина увидел стол для медосмотра, обитый чёрной мягкой тканью и застеленный стерилизованной белой бумагой.

“Точно, – подумал он. – Бесплатная медицинская клиника”.

Теперь он вспомнил, где находится и как сюда попал. Он поздравил себя с тем, что был достаточно хитёр и искусен. Вчера он пришёл в клинику вечером, когда здесь было особенно много людей. В толпе пациентов он попросил измерить себе давление. И медсестрой, которая это сделала, оказалась *она*.

Та самая женщина, увидеть которую он пришёл. Женщина, за которой он наблюдал уже много дней у неё дома, в магазинах, на работе.

После процедуры он проскользнул в узкое пространство в глубине кладовой под полки с медицинскими принадлежностями. Как беспечен местный персонал! Клиника закрылась и все ушли домой, не проверив кладовые. Тогда он выбрался и расположился прямо здесь, в небольшой ординаторской. Он хорошо выспался.

И сегодняшний день обещает быть замечательным.

Он тут же выключил освещение на потолке. Никто снаружи не должен знать, что он внутри здания. Он посмотрел время на сотовом – почти семь утра.

Она придёт сюда с минуты на минуту. Он много дней за ней наблюдал. Её работа – подготавливать клинику для докторов и для приёма пациентов каждое утро. Клиника не открывается до восьми. Между семью и восемью она будет здесь совершенно одна.

Но сегодня всё иначе. Сегодня она не будет одинока.

Он услышал, что на парковку въехала машина. Он поднял жалюзи ровно настолько, чтобы выглянуть наружу: это была она, выходила из машины.

Он без труда успокоил нервы. Теперь всё было не так, как в два первых раза, когда он был пуглив и робок. После третьего убийства, когда всё прошло так гладко, он знал, что действительно нашёл свой ритм. Теперь он был опытным и ловким.

Но было кое-что, что он хотел сделать иначе, просто, чтобы разбавить рутину, сделать этот раз непохожим на другие.

Он собирался удивить её небольшим символом – своей собственной визитной карточкой.

*

Проходя по пустой парковке, Синди Маккинон мысленно проигрывала обязанности наступающего дня: разложив всё необходимое по местам, первым делом она подпишет запросы аптек и убедится, что график мероприятий обновлён.

Пациенты будут уже ждать у дверей, когда они откроются в восемь. Остаток дня будет посвящён обычной рутине: изучению основных жизненных показателей, забору крови, уколам, записи на приём и выполнению часто неразумных требований медсестёр и терапевтов.

Её работу здесь в качестве младшего медицинского работника вряд ли можно было назвать крутой. Но несмотря на это ей нравилось, что она делает. Ей доставляло радость помогать людям, которые не могут себе позволить иной медицинской помощи. Она знала, что здесь они спасают жизни, даже теми базовыми услугами, которые предлагают.

Синди достала ключи от клиники из кошелька и открыла парадную стеклянную дверь. Она быстро сделала шаг внутрь и закрыла за собой дверь. В восемь часов она откроет её снова. Затем он вбила код, чтобы деактивировать сигнализацию.

Когда она вошла в приёмную, что-то привлекло её внимание. Это был небольшой предмет, который лежал на полу. В тусклом свете она не могла понять, что это.

Она включила свет на потолке. Предмет на полу оказался розой.

Она подошла к ней и подобрала. Роза была ненастоящей. Это был искусственный цветок, сделанный из дешёвого материала. Но что он здесь делает?

Видимо, кто-то из пациентов обронил её вчера. Но почему никто не подобрал розу, когда клиника закрылась в пять вечера?

Почему она не видела её вчера? Она дождалась, пока уборщица закончит свою работу. Она уходила последней и была уверена, что розы здесь не было.

Тут её захлестнула волна адреналина и чистого страха. Она поняла, что значит роза. Она здесь не одна. Нужно уходить. Она не должна терять ни секунды.

Но когда она повернулась к двери, сильная рука схватила её за кисть, остановив на месте. Времени на размышления не было. Она позволила телу действовать самому по себе.

Она подняла локоть, сделала им резкое движение, перенося вес всего тела в сторону и назад. Она почувствовала, что её локоть ударился о твёрдую, но податливую поверхность. Она услышала злобный, громкий стон и почувствовала, как изогнулось тело нападающего.

Ей повезло и она попала в солнечное сплетение? Она не могла обернуться, чтобы это выяснить. Времени у неё в обрез – всего несколько секунд, и то в лучшем случае.

Она побежала к двери. Однако ощущение времени замедлилось и ей казалось, что она не бежит вовсе, а лишь барахтается в густом, прозрачном желатине.

Наконец она добежала до двери и толкнула её. Но, конечно же, она сама закрыла её, как только попала внутрь. Она лихорадочно стала рыться в кошельке, пока не нашла ключи. Однако её рука так сильно дрожала, что она не могла их удержать и они со звоном упали на пол. Время растянулось ещё сильней, пока она наклонялась, чтобы подобрать их. Она стала перебирать ключи, пока не нашла нужный. Тогда она вставила его в замочную скважину.

Бесполезно. У неё слишком сильно трясутся руки. Ей казалось, что её тело предаёт её.

Наконец, она краем глаза заметила движение. На тротуаре у парковки какая-то женщина выгуливала собаку. Всё ещё сжимая ключи, Синди подняла кулаки и стала стучать в очень толстое стекло. Она открыла рот, чтобы закричать.

Но её крик заглушило что-то твёрдое вокруг рта, особенно больно стягивающее уголки. Это была ткань – какой-то обрезок, платок или шарф. Нападающий безжалостно и неумолимо заткнул ей рот. У неё выпучились глаза и вместо крика она смогла издать лишь ужасный стон.

Она стала молотить руками, и ключи снова выпали. Её, абсолютно беспомощную, оттащили назад, от утреннего света во тьму, в угрюмый мир неожиданного и невообразимого ужаса.

Глава 16

— Ты не чувствуешь себя не в своей тарелке? — спросил Билл.

— Есть немного, — призналась Райли. — И, я уверена, это написано у нас обоих на лицах.

В фойе шикарного отеля на мягкой кожаной мебели в кажущемся случайным порядке сидели люди и куклы. Люди — в основном женщины, но были и мужчины — пили чай и кофе и болтали друг с другом. Куклы всевозможных видов, как мужского, так и женского пола, сидели среди них, как превосходно воспитанные дети. Райли показалось, что это какое-то экстравагантное семейное собрание, в котором все дети ненастоящие.

Райли не могла оторвать глаз от странной сцены. Оставшись без зацепок, они с Биллом решили прийти сюда, на этот кукольный съезд, в надежде, что наткнутся здесь на что-то, хотя бы отдалённо имеющее связь с делом.

— Вы двое уже зарегистрировались? — спросил голос.

Обернувшись, Райли увидела охранника, который пялился на куртку Билла, очевидно, заметив спрятанное оружие. Охранник сам держал руку на кобуре с пистолетом.

Она подумала, что, учитывая, сколько вокруг людей, у него есть повод для беспокойства: сумасшедший стрелок действительно мог нанести серьёзный ущерб в таком месте, как это.

Билл достал значок.

— ФБР, — сказал он.

Охранник усмехнулся.

— Нельзя сказать, что я удивлён, — сказал он.

— Почему? — поинтересовался Билл.

Охранник покачал головой.

— Потому что такую странную смесь людей я ещё нигде не встречал.

— Да, — согласился Билл. — Причём даже не все люди.

Охранник пожал плечами и ответил.

— Можно поспорить, что здесь есть те, кто не совсем чист.

Он покрутил головой то в одну в сторону, то в другую, осматривая комнату.

— Я буду счастлив, когда это всё закончится, — с этими словами он пошёл прочь с обеспокоенным видом и готовый ко всему.

Заходя вместе с Биллом в соседний зал, Райли не была уверена, что понимает, о чём беспокоился охранник. В общем-то, посетители выглядели скорее чудаковатыми, нежели опасными. Присутствовали женщины всех возрастов, от молоденьких до пожилых. Некоторые выглядели сурово и строго, другие казались открытыми и дружелюбными.

— Расскажи ещё раз, что ты надеешься здесь найти, — проворчал Билл.

— Я не знаю, — призналась Райли.

— Может быть, ты слишком делаешь упор на всю эту историю с куклами, — сказал он; по всей видимости, его напрягало находиться здесь. — Блэквелл сходил с ума по куклам, но он оказался ни при чём. А вчера мы выяснили, что первая жертва даже не любила кукол.

Райли не ответила. Билл мог оказаться прав. Но когда он показал ей брошюру про это мероприятие и шоу, она просто не могла пропустить его. Ей хотелось попытаться ещё раз.

Мужчины, которых видела Райли, в основном имели учёный и профессорский вид, большинство из них было в очках, многие щеголяли козлиными бородками. Никто из них не выглядел способным на убийство. Она прошла мимо женщины, которая сидела и любовно качала куклу-ребёнка на руках, напевая ей колыбельную. Чуть дальше пожилая женщина вела увлечённую беседу с игрушкой-обезьяной в натуральный размер.

“Да уж, — подумала Райли, — здесь, конечно, полно странностей”.

Билл на ходу достал из кармана куртки брошюру и стал изучать её.

— Будет что-нибудь интересное? — спросила его Райли.

— Семинары, лекции, тренинги — всё в таком духе. Пришли представители некоторых крупных фабрик, чтобы узнать, что нынче модно продавать. Есть ещё какие-то люди, которые прославились на всех этих куклах. Они будут давать лекции о том о сём.

Тут Билл рассмеялся:

— Смотри, будет лекция со сногсшибательным названием.

— Каким?

— “Социальная структура викторианского гендера на примере фарфоровых кукол”. Она начнётся через несколько минут. Хочешь послушать?

Райли тоже рассмеялась.

– Я уверена, что мы не поймём ни слова. Есть что-нибудь другое?

Билл покачал головой.

– Похоже, что нет. Ничего, что помогло бы понять мотивы садистского убийцы, по крайней мере.

Райли с Биллом пошли в следующую просторную комнату. Здесь был огромный лабиринт стендов и столов, где выставлялись всевозможные куклы и марионетки, каких только можно было представить. От крошечных, размером с палец, до кукол в полный человеческий рост, от антикварных до новейших, только что сошедших с конвейера. Некоторые ходили, некоторые разговаривали, но большинство просто висело или стояло, уставившись на зрителей, которые столпились вокруг каждой из них.

Райли впервые заметила, что здесь были и дети – не мальчики, только маленькие девочки. Большинство были под постоянным наблюдением родителей, но некоторые свободно разгуливали небольшими неуправляемыми группками, заставляя посетителей нервничать.

Райли подняла со стола крошечную камеру. Судя по надписи на ней, она была рабочая. На том же прилавки лежали миниатюрные газеты, мягкие игрушки, сумочки, бумажники, рюкзаки. На следующем столе стояли кукольные ванны и прочие купальные принадлежности.

Здесь был и прилавок, на котором печатались футболки как для кукол, так и для полноценных людей, но вот парикмахерский салон был только для кукол. Глядя на множество маленьких кукольных париков со стильными причёсками кожа Райли покрылась мурашками. ФБР уже обнаружили фабрики париков, которые были найдены на местах преступлений, и знали, что они продавались в бесчисленном множестве магазинов. От вида ряда париков, у Райли в голове всплыли картины, которые не могли всплыть у всех остальных – перед её глазами сидели мёртвые женщины, обнажённые, с расставленными как у кукол ногами, с неподходящими по размеру париками из кукольных волос на голове.

Райли была уверена, что эти картины ей никогда не забыть. Женщины, с которыми обращались так бездушно и всё же так аккуратно, чтобы донести… Что-то, чего она пока не могла полностью понять. Но, конечно, именно для этого они здесь с Биллом.

Она сделала шаг вперёд и заговорила с бойкой молоденькой женщиной, которая, судя по всему, заведовала кукольным салоном красоты.

– Вы здесь продаёте эти парики? – спросила Райли.

– Конечно, – ответила девушка. – Эти только на выставку, но у меня есть новенькие в коробках. Какой вы хотели?

Райли не знала, что ответить.

– Вы сами им делаете причёски? – наконец спросила она.

– Мы можем сделать причёску специально для вас. Доплатить придётся совсем немного.

– Кто их обычно покупает? – спросила Райли. Ей хотелось узнать, не ошивались ли у париков какие-то подозрительные личности.

Продавщица посмотрела на неё широко открытыми глазами.

– Я не совсем понимаю, о чём вы, – сказала она. – Их покупают самые разные люди. Иногда они приносят куклу, которая у них уже есть, чтобы сменить ей волосы.

– Я имею в виду, часто ли мужчины их покупают? – спросила Райли.

Девушке стало заметно не по себе.

– Не могу припомнить, – сказала она и резко отвернулась, чтобы обслужить нового покупателя.

Райли постояла у прилавка ещё с мгновение. Она почувствовала себя дурой, пристав к ней с такими вопросами. Ей казалось, что она пришла со своим тёмным миром в чей-то милый и простой.

Она почувствовала чьё-то прикосновение к своей руке.

– Не думаю, что ты найдёшь здесь преступника, – сказал Билл.

Райли почувствовала, что покраснела. Однако отвернувшись от кукольного салона красоты, она поняла, что была не самым странным посетителем, с которым организаторам выставок приходилось иметь дело. Она чуть не столкнулась с женщиной, которая изо всех сил вцепилась в свежекупленную куклу, страстно воя, очевидно, от радости. За другим столом разыгрался скандал между мужчиной и женщиной, которые спорили, кому из них купить редкий коллекционный экземпляр. Они буквально тянули его каждый на себя, грозя разорвать на части.

— Теперь я понимаю, о чём беспокоился охранник, — сказала Райли Биллу.

Она увидела, что Билл пристально смотрит на кого-то неподалёку.

— Что там? — спросила она.

— Посмотри на того парня, — сказал Билл, кивнув в сторону мужчины, который стоял рядом, разглядывая огромных кукол в платьях с оборками. Ему было за тридцать, и он был вполне приятной внешности. В отличие от большинства присутствующих мужчин, он не выглядел педантом или учёным. Напротив, у него был вид преуспевающего и уверенного в себе бизнесмена, стильно одетого в дорогой костюм и галстук.

— Он здесь выглядит не к месту, — пробормотал Билл. — Зачем парню типа него играть в куклы?

— Я не знаю, — ответила Райли. — Судя по его виду, он может нанять себе какую угодно живую игрушку, — какое-то время она понаблюдала за бизнесменом, разглядывающим кукол. Он осмотрелся, как будто из желания удостовериться, что за ним никто не наблюдает.

Билл повернулся к мужчине спиной и наклонился к Райли, как будто оживлённо с ней беседуя.

— Что он делает теперь?

— Рассматривает товары, — ответила Райли. — И мне не нравится, как.

Мужчина наклонился к одной из кукол и тщательно её осмотрел — возможно, немного слишком тщательно — и его губы расплылись в улыбке. Затем он снова осмотрелся.

— Или ищет потенциальных жертв, — добавила она.

Райли была уверена, что мужчина как-то слишком подозрительно исподтишка потрогал платье куклы, с явным удовольствием изучая его ткань.

Билл снова посмотрел на мужчину.

— О Боже, — пробормотал он. — Это парень псих или как?

Райли пробил озноб. Умом она понимала, что он не может быть убийцей. Кроме того, какой у них шанс столкнуться с ним вот так в толпе? И всё же, в этот момент Райли была уверена, что его намерения не совсем чисты.

— Не выпускай его из виду, — сказала она. — Если он станет

слишком странно себя вести, мы с ним поговорим.

Но тут реальность разрушила все эти тёмные домыслы – маленькая девочка лет пяти подбежала к нему.

– Папа! – окликнула она его.

Улыбка мужчины стала шире, а лицо засветилось любовью. Он показал дочке куклу, которую нашёл, а она захлопала в ладоши и засмеялась от радости. Он дал ей куклу в руки, и она крепко её обняла. Отец достал бумажник, чтобы заплатить продавцу.

Райли подавила стон.

“Мои инстинкты снова меня подводят”, – подумала она.

Она увидела, что Билл говорит с кем-то по телефону. Договорив, он с ошеломлённым лицом повернулся к ней:

– Он похитил ещё одну женщину.

Глава 17

Завернув на парковку у вытянутого здания с плоской крышей, Райли выругалась себе под нос. Около здания уже стояло трое человек в куртках с надписью ФБР среди нескольких местных полицейских.

– Это плохо, – сказала Райли. – Жаль, что мы не добрались сюда прежде, чем эта толпа.

– Это верно, – согласился Билл.

Им рассказали, что из этой провинциальной поликлиники сегодня рано утром похитили женщину.

– По крайней мере, в этот раз мы узнали об этом раньше, – сказал Билл. – Возможно, у нас есть шанс вернуть её живой.

Райли молча кивнула. В предыдущих случаях никто не знал, когда или где была похищена жертва. Женщина просто исчезала, а через какое-то время оказывалась мёртвой в окружении зашифрованных знаков, отражающих философию убийцы.

“Возможно, в этот раз всё будет иначе”, – подумала она.

Её порадовало, что в этот раз у них даже есть свидетели, которые и позвонили в 911. Местная полиция была предупреждена об угрозе в лице похитителя и убийцы, поэтому они вызвали ФБР. Все были уверены, что это орудует всё тот же маньяк.

– Он всё ещё нас опережает, – сказала Райли. – Если это действительно он, то я не ожидала, что он будет похищать кого-то из такого места.

Ей казалось более вероятным, чтобы убийца прокрался на закрытую стоянку или подкараулил свою жертву на уединённой алее в парке во время пробежки. Возможно, даже в плохо освещённом районе.

– Почему в бесплатной больнице? – спросила она. – Да ещё при свете дня? Почему он решил рискнуть пробраться в здание?

– Это точно не случайно, – согласился Билл. – Надо выяснить.

Райли припарковалась так близко к отгороженному защитной лентой участку, как только смогла. Выбравшись из машины, они с Биллом увидели старшего специального агента Карла Волдера.

– Это *очень* плохо, – пробормотала Райли Биллу, пока они шли к зданию.

Райли была невысокого мнения о Волдере – мужчине с детским веснушчатым лицом и кудрявыми рыжими волосами. Ни Райли, ни Билл не работали с ним лично, но у него была плохая репутация. Другие агенты говорили, что он относится к наихудшему типу боссов – тому, кто не понимает, что делает, но от этого только ещё больше любит раздавать указания и давить авторитетом.

Ещё хуже для Райли с Биллом было то, что Волдер по рангу превосходил их собственного начальника – Брента Мередита. Она не знала, сколько лет Волдеру, но была уверена, что он вскарабкался вверх по служебной лестнице ФБР слишком быстро, что пошла во вред как ему, так и всем остальным.

По мнению Райли, это был классический пример работы принципа продвижения посредственностей – принципа Питера: Волдер успешно поднялся до уровня своей некомпетентности.

Волдер сделал шаг вперёд, чтобы поприветствовать Райли и Билла.

– Агент Пейдж и Джеффрис, рад, что вы смогли добраться, – сказал он.

Без лишних любезностей Райли перешла к делу и задала Волдеру мучивший её вопрос:

– Почему вы решили, что это тот же преступник, который похитил тех трёх женщин?

– Вот почему, – сказал Волдер, вытаскивая прозрачный пакет, в котором лежала дешёвая искусственная роза. – Она лежала на полу прямо возле входа.

– Чёрт, – сказала Райли.

Бюро достаточно тщательно позаботилось о том, чтобы эта деталь его почерка – оставлять розы рядом с телом – не просочилась в прессу. Это не был подражатель, не был и новый убийца.

– Кто на этот раз? – спросил Билл.

– Её зовут Синди Маккиннон, – сказал Волдер. – Она медсестра. Её похитили, когда она пришла сюда рано утром открывать клинику.

Волдер указал на двух других агентов – молодую девушку и ещё более молодого парня.

– Возможно, вы уже знакомы с агентами Крейгом Хуангом

и Эмили Крейтон. Они помогут вам в расследовании.

Билл внятно проворчал:

– Какого…

Райли ткнула его в ребро, чтобы заставить замолчать.

–Хуанга и Крейтон уже ввели в курс дела, – добавил Волдер. – Они знают об убийствах столько же, сколько и вы.

Райли молча кипела от негодования. Ей хотелось сказать Волдеру, что нет, Хуанг и Крейтон *не знают* столько же, сколько она. И даже не столько же, сколько Билл. Они просто не могут знать столько же, ведь они не провели столько же времени на сценах преступления, не потратили бесчисленные часы в размышлениях над уликами. В них не наблюдалось и малой доли тех профессиональных усилий, которые они с Биллом уже вложили в это дело. И она была уверена, что никто из этих малолеток никогда не пытался примерить на себя разум убийцы, чтобы понять, что тот испытывает.

Райли глубоко вдохнула, чтобы заглушить свою ярость.

– Со всем уважением, сэр, – сказала она. – Агент Джеффрис и я отлично справляемся и нам нужно работать быстро. Лишняя помощь… не поможет. – Она чуть было не сказала, что лишняя помощь лишь замедлит их, но вовремя себя остановила. Зачем обижать детей?

Райли заметила усмешку на детском лице Волдера.

– Со всем уважением, агент Пейдж, – ответил он. – Сенатор Ньюбро не согласен с вами.

У Райли оборвалось сердце. Она вспомнила свой неприятный разговор с сенатором и то, что он сказал: "Вы, возможно, не в курсе, но у меня есть хорошие друзья в высших эшелонах власти агентства".

Конечно же, Волдер один из этих друзей.

Волдер поднял подбородок и заговорил с преувеличенной важностью:

– Сенатор считает, что вам не удаётся полноценно оценить дело.

– Боюсь, что сенатор позволяет себе увлечься эмоциями, – возразила Райли. – Это понятно и я ему сочувствую. Он убит горем. Он считает, что убийство его дочери было политическим или личным, или тем и другим. Очевидно, что это не так.

Волдер скептически прищурился.

– Очевидно? – сказал он. – Мне кажется очевидным, что он

прав.

Райли с трудом могла поверить собственным ушам.

– Сэр, дочь сенатора было третьей женщиной, которую похитили, теперь их четверо, – сказала она. – Временные рамки преступлений превышают два года. Это простое совпадение, что его дочь стала одной из жертв.

– Не могу согласиться, – сказал Волдер. – Как и агенты Хуанг и Крейтон.

Как по команде в разговор вклинилась агент Эмили Крейтон.

– Разве такое не случается периодически? – спросила она. – Я про то, что иногда преступник совершает другие преступления, прежде чем убить свою истинную жертву. Просто для того, чтобы убийство выглядело серийным, а не личностным.

– Последнее похищение могло преследовать именно такую цель, – добавил агент Крейг Хуанг. – Обманка.

Райли с трудом удалось не закатить глаза от наивности детей.

– Это старая, старая история, – сказала она. – Из книжек. В реальной жизни такого не случается.

– Ладно, – авторитетным тоном сказал Волдер. – Но в этот раз случилось.

– У нас нет на это времени, – бросила в ответ Райли. Её терпение подошло к концу. – У нас есть свидетели?

– Один, – сказал Волдер. – Грета Тедроу позвонила в 911, но она почти ничего не видела. Она сидит внутри. Администратор тоже там, но её не было, когда всё это произошло – когда она пришла в восемь часов, тут уже была полиция.

Через стеклянные двери клиники Райли видела двух женщин, сидящих в приёмной. Одна из них была стройной девушкой в одежде для пробежки, рядом с ней на поводке сидел кокер-спаниель. Вторая была крупная женщина средних лет, похожая на испанку.

– Вы уже опрашивали мисс Тедроу? – спросила Райли Волдера.

– Она была слишком взвинчена для опроса, – ответил Волдер. – Мы собираемся опросить её в Бюро.

В этот раз Райли всё-таки закатила глаза. Почему невинный свидетель должен чувствовать себя подозреваемым?

Зачем делать вид, что от этого она не станет волноваться ещё больше?

Игнорируя жест протеста Волдера, она распахнула двери и вошла в здание.

Билл последовал за ней внутрь, но предоставил Райли беседовать одной, пока он осматривал пару соседних офисов и приёмную.

Женщина с собакой встревоженно посмотрела на Райли.

– Что происходит? – спросила Грета Тедроу. – Я готова ответить на вопросы, но никто меня до сих пор ни о чём не спросил. Почему мне нельзя пойти домой?

Райли села в кресле рядом с ней и погладила её по руке.

– Вы пойдёте домой, мисс Тедроу, и очень скоро, – сказала она. – Меня зовут агент Пейдж, и я прямо сейчас задам вам несколько вопросов.

Грета Тедроу нервно кивнула. Кокер-спаниель лежал на полу и дружелюбно смотрел на Райли.

– Хорошая собачка, – сказала Райли. – Очень воспитанная. Сколько ему лет – или это она?

– Это он. Его зовут Тоби. Ему пять лет.

Райли медленно подняла руку, собираясь погладить собаку. С молчаливого согласия животного, она легонько почесала ему голову.

Женщина благодарно на неё посмотрела. Райли достала карандаш и блокнот.

– Теперь хорошо подумайте, не торопитесь, – сказала Райли. – Расскажите своими собственными словами, что произошло. Постарайтесь вспомнить всё, что сможете.

Женщина начала медленно рассказывать, то и дело делая паузы, чтобы вспомнить.

– Я гуляла с Тоби, – она показала на улицу. – Мы как раз выходили из-за угла за оградой, вон там. Клинику только стало видно. Мне показалось, что я что-то услышала. Я повернулась на звуки. В дверях клиники была женщина. Она колотила по стеклу. Мне кажется, у неё был заткнут рот. Затем кто-то оттащил её назад и больше ничего не было видно.

Райли снова погладила руку женщины.

– Вы отлично справляетесь, мисс Тедроу, – сказала она. – Вы вообще не видели нападающего?

Женщина сражалась со своей памятью.

– Я не видела его лица, – сказала она. – Я *не могла* видеть его. В клинике горел свет, но…

По лицу женщины Райли видела, что она вспоминает.

— О, — сказала женщина. — На нём была тёмная лыжная маска.

— Очень хорошо, что произошло потом?

Женщина взволновалась ещё больше.

— Я не раздумывая достала телефон и позвонила 911. Казалось, что прошло очень много времени, прежде чем я услышала голос оператора. Я разговаривала с оператором, когда из-за здания выехал пикап. У него взвизгнули шины, когда он выезжал с парковки, затем он повернул налево.

Райли быстро записывала. Она видела, что Волдер и два его молодых любимчика вошли в комнату и стоят рядом, но не обращала на них внимания.

— Какой это был пикап? — спросила она.

Женщина потёрла лоб.

— Додж Рам, я думаю. Да, всё верно. Очень старый — возможно, года девяностого. Он был очень грязный, но я думаю, что он очень тёмного синего цвета. И у него было что-то сверху на кузове. Такая алюминиевая штука, с окнами.

— Съёмная крыша? — предположила Райли.

Женщина кивнула:

— Думаю, именно так они и называются.

Райли была довольна и восхищена памятью женщины.

— Как насчёт номера? — спросила Райли.

Женщина выглядела немного ошеломлённой.

— Я… Я не запомнила его, — сказала она, как будто, разочарованная самой собой.

— Ни одной буквы или цифры? — недоверчиво спросила Райли.

— Мне жаль, но я даже не видела его. Не знаю, как я могла пропустить.

Волдер наклонился и с надрывом прошептал Райли в ухо.

— Мы должны отвезти её в Бюро, — сказал он.

Он отстранился, когда Райли встала.

— Спасибо, мисс Тедроу, — сказала Райли. — Пока на этом всё. Полиция уже взяла ваши контактные данные?

Женщина кивнула.

— Тогда идите домой и отдохните, — сказала Райли. — Мы скоро с вами свяжемся.

Женщина вывела собаку из клиники и направилась домой.

Волдер выглядел так, будто сейчас взорвётся от ярости и раздражения.

– Какого чёрта происходит? – закричал он. – Я же сказал, что мы отвезём её в Бюро.

Райли пожала плечами.

– Не вижу для этого повода, – сказала она. – Нам нужно заниматься расследованием, а она рассказала всё, что могла.

– Я хотел, чтобы с ней поработал гипнотизёр. Чтобы она вспомнила номер машины – он где-то у неё в голове.

– Агент Волдер, – сказала Райли, стараясь не дать воли своему нетерпению. – Грета Тедроу – одна из самых наблюдательных свидетелей, с кем мне приходилось разговаривать за долгое время. Она сказала, что не видела номер машины, не заметила его. Ни одной цифры. Это её обеспокоило. Она не понимала, как могла его пропустить. Судя по тому, насколько остра у неё память, это может значить только одно.

Она помедлила, давая Волдеру возможность самому догадаться, что это может значить, однако по его отсутствующему виду она увидела, что у него нет никаких идей.

– Что не было никакого номера, – наконец сказала она. – Похититель сам снял его, или же он загрязнился и стал нечитаемым. Она увидела пустое пространство на том месте, где должен был быть номерной знак. Если бы там был разборчивый номер, эта женщина запомнила бы хотя бы его часть.

Билл восхищённо хмыкнул. Райли хотела шикнуть на него, но подумала, что это сделает только хуже. Она решила сменить тему.

– Вы связались с родными жертвы? – спросила она Волдера.

Волдер кивнул.

– С мужем. Он приехал на несколько минут. Но не смог справиться. Мы отправили его домой. Он живёт всего в нескольких кварталах отсюда. Я пошлю агентов Хуанга и Крейтон опросить его.

Двое молодых агентов стояли в стороне, оживлённо что-то обсуждая. В этот момент они повернулись к Райли, Биллу и Волдеру. Они выглядели довольными собой.

– Эмили… э, агент Крейтон и я всё поняли, – сказал Хуанг.

– Здесь нет никаких следов взлома, ничто не говорит о насильственном проникновении. Это значит, что у преступника были здесь связи. Он знает кого-то, кто работает в этой клинике. Возможно, он сам здесь работает.

– Каким-то образом ему удалось раздобыть ключи, – встряла Крейтон. – Возможно, он их украл или взял и сделал копию, что-то в этом духе. И он знал код охраны. Он забрался внутрь и вышел, не побеспокоив их. Мы будем опрашивать персонал с учётом этого.

– И мы знаем, кого именно нам искать, – добавил Хуанг. – Кого-то, кто затаил злость на сенатора Ньюбро.

Райли сдержала бешенство. Эти двое делали поспешные, необоснованные выводы. Конечно, они могли быть правы. Но, может быть, они чего-то не учли? Она оглядела приёмную клиники и соседний коридор, и в голове её родилась другая идея. Она повернулась к испанке-администратору:

– *Perdóneme, señora*, – сказала она женщине. – *Dónde está el cuarto de provisiones?*

– *Allá*, – ответила женщина, указывая на дверь в коридор.

Райли подошла к двери и открыла её. Она заглянула внутрь, затем повернулась к Волдеру и сказала:

– Я могу точно рассказать, как он проник в здание. Он вошёл здесь.

Волдер выглядел раздражённым. Билл же, напротив, был далёк от раздражения – он выглядел очень радостным. Райли знала, что Билл не любит Волдера так же сильно, как и она. Он, без сомнения, надеялся, что Волдер получит хороший урок по детективной работе.

Двое молодых агентов уставились на открытый дверной проём, затем повернулись к Райли.

– Я не понимаю, – пожаловалась Эмили Крейтон.

– Это всего лишь кладовая, – эхом отозвался Крейг Хуанг.

– Посмотрите на эти коробки у стены, – сказала Райли. – Только ничего не трогайте.

Билл и Волдер присоединились к группе людей, разглядывающих большую кладовую с медикаментами. На широких полках лежали бинты и вата. В одном конце висели врачебные халаты. А вот несколько больших коробок на полу выглядели неуместно. Всё в подсобной было аккуратно расставлено, а коробки стояли под странными углами и за ними было видно пространство.

— Коробки отодвинули от дальней стены, — прокомментировал Билл. — Кто-то легко мог за ними спрятаться.

— Вызовите сюда команду по сбору улик, — бросил Волдер молодым агентам. Затем он спросил Райли: — Какова ваша теория?

Она на секунду задумалась, и перед её глазами быстро вырисовался возможный сценарий. Она начала излагать:

— Он прибыл в клинику вчера, — сказала она. — Скорее всего, вечером, в самый занятый час. В толпе пациентов он попросил администратора о какой-то простой услуге. Давление измерить, например. Возможно, именно *она* сделала это — Синди Маккинон, женщина, которую он выслеживал, которую он пришёл похитить. Он был рад.

— Вы не можете быть уверены, — сказал Волдер.

— Нет, — согласилась Райли. — И, конечно, он не назвал своё настоящее имя, но пусть кто-нибудь проверит врачебные записи о том, кого она обслуживала из незнакомых другим сотрудникам людей. Вообще, проверьте всех вчерашних пациентов.

Она знала, что это займёт время. Но им нужно использовать любую возможность настолько быстро, насколько это возможно. Его нужно остановить.

— Он был здесь, — сказала Райли, — в толпе других пациентов. Надо узнать, возможно, кто-то заметил что-то странное. И когда никто не видел, он проник в эту подсобку.

— Здесь не хранятся лекарства, и я не видел ничего важного, что можно было бы украсть, — добавил Билл, — так что, скорей всего за ней следят не очень тщательно.

— Он просочился вот сюда, прямо под полки и спрятался за коробками, — сказала Райли. — Персонал даже не подозревал, что здесь кто-то есть. Клиника закрылась как обычно и все пошли домой, ничего не заметив. Когда преступник убедился, что все ушли, он отодвинул коробки, вылез и обосновался здесь. Он прождал ночь. Я думаю, что он крепко проспал.

Пришла команда по сбору улик и агенты вышли, чтобы позволить им заняться поиском волос, отпечатков пальцев или ещё чего-нибудь, что могло дать им ДНК преступника или какую-то зацепку.

— Возможно, ты права, — пробормотал Волдер. — Значит, нам нужно проверить все места, где он мог быть за ночь. То есть все.

– Это самое простое решение, – сказала Райли. – И самое лучшее.

Она надела одноразовые перчатки и пошла по коридору, заглядывая в каждую комнату. Одной из них была ординаторская с удобным на вид диваном.

– Здесь он провёл ночь, – сказала она с уверенностью.

Волдер заглянул внутрь.

– Никому не заходить в эту комнату, пока здесь не закончит работу команда, – сказал он нарочито деловитым тоном.

Райли вернулась в приёмную.

– Он уже был здесь, когда Синди Маккиннон пришла утром ровно по расписанию. Он схватил её.

Райли показала на конец коридора.

– Затем он вытащил её через задний выход. Его пикап уже ждал там.

Райли на секунду закрыла глаза. Она почти видела его в уме, смутное изображение, на котором никак не могла сфокусироваться. Если он чем-то выделяется, кто-то заметил бы его. Значит, в его внешности нет ничего необычного. Не толстый, не непривычно высокий или низкий, без странных стрижек, без странных татуировок, с естественным цветом волос. Он будет одет в поношенную одежду, никак не связанную с какой-то работой. Старая повседневная одежда. Ему в ней удобно, подумала она. Так он обычно одевается.

– Как он связан с этими женщинами? – пробормотала она. – В чём причина его ярости?

– Мы выясним, – твёрдо сказал Билл.

Волдер молчал. И Райли знала, почему. Высосанная из пальца история его протеже о том, что похититель имеет с ним скрытую связь, теперь казалась совершенно абсурдной. Когда Райли снова заговорила, её тон граничил с покровительственным.

– Агент Волдер, я ценю молодой дух ваших агентов, – сказала она. – Они учатся, и однажды они станут хороши в этом деле. Я правда в это верю. Но я думаю, что вам лучше оставить опрос мужа пострадавшей на нас с агентом Джеффрис.

Волдер вздохнул и легко, еле видно кивнул.

Без лишних слов Райли с Биллом покинули сцену

похищения. У неё были важные вопросы к мужу жертвы.

Глава 18

Выехав по адресу, данному администратором клиники, Райли как обычно была в ужасе от необходимости разговаривать с семьями или супругами жертв. Отчего-то она чувствовала, что сегодня всё будет ещё хуже, чем обычно, хотя похищение только-только состоялось.

— Возможно, на этот раз мы найдём её раньше, чем он её убьёт, — сказала она.

— Если команда по сбору улик найдёт что-то на этого типа, — ответил Билл.

— Почему-то я сомневаюсь, что он окажется в нашей базе, — образ, который сформировался в голове у Райли, не был похож на образ обычного преступника. Всё это был глубоко личным для убийцы, но почему — она не могла понять. Она разберётся, она в этом уверена. Только нужно сделать это достаточно быстро, чтобы остановить ужас и муки, которые Синди испытывает прямо сейчас. Никто не должен терпеть боль от ножа… или темноты… или обжигающего пламени…

— Райли, — резко сказал Билл, — это вот здесь.

Райли резко вернулась в реальность. Она остановила машину у тротуара и осмотрелась. Район был немного обветшалым, но от этого только более тёплым и уютным. Здесь в основном было дешёвое жильё, где молодые люди без денег могли жить и осуществлять свои мечты.

Конечно, Райли понимала, что район не останется таким, его облагораживание без сомнения вот-вот должно было начаться. Но может быть, это пойдёт на пользу картинной галерее. Только бы девушка вернулась живой домой.

Райли и Билл вылезли из машины и подошли к маленькой витрине галереи. В ней стояла красивая металлическая скульптура, а спереди висела табличка: "ЗАКРЫТО".

Квартира пары располагалась сверху. Райли позвонила в дверь, и они с Биллом подождали несколько минут. Райли гадала, кто им откроет.

Когда дверь открылась, она с облегчением увидела приветствующее её сочувствующее лицо специалиста по помощи жертвам ФБР Беверли Чаддик. Райли и раньше работала с Беверли — специалист занималась этой работой уже двадцать лет и прекрасно справлялась с безутешными жертвами и их семьями.

— Нам нужно задать несколько вопросов мистеру Маккиннон, — сказала Райли. — Я надеюсь, он готов к этому?

— Да, — ответила Беверли. — Но вы на него сильно не давите.

Беверли отвела Билла и Райли наверх в маленькую квартирку. Весёлая, украшенная множеством прекрасных картин и скульптур Райли она показалась душераздирающей. Люди, которые здесь жили, любили жизнь во всём её многообразии. Неужели этому конец? У неё заболело сердце за юную пару.

Натаниель Маккиннон, мужчина лет под тридцать, сидел в комнате, которая одновременно являлась спальней и гостиной. Его долговязая фигура, разбитая горем, выглядела особенно тоскливо.

Беверли мягко окликнула его:

—Натаниель, пришли агенты Пейдж и Джеффрис.

Парень выжидающе посмотрел на Билла и Райли. Он проговорил хриплым от отчаяния голосом:

— Вы нашли Синди? С ней всё хорошо? Она жива?

Райли понимала, что должна как-то обнадёжить его и была очень благодарна Беверли, что та была рядом, и уже нашла с убитым горем мужем общий язык.

Беверли села рядом с Натаниелем Маккинноном.

— Пока ещё никто не знает, Натаниель, — сказала она. — Они пришли, чтобы помочь.

Билл и Райли сели неподалёку.

Райли спросила:

— Мистер Маккиннон, говорила ли ваша жена в последнее время, что ей кажется, что ей угрожают или что ей страшно?

Он молча помотал головой.

Билл вклинился в разговор:

— Это сложный вопрос, но я должен его задать. Есть ли у вас или у вашей жены какие-либо враги, кто-то, кто желает вам зла?

Муж, казалось, не понял вопроса.

— Нет, нет, — пробормотал он. — Слушайте, в моей работе иногда случаются конфликты. Но это просто мелочи, ссоры между художниками, это не те люди, которые бы могли…

Он остановился посередине предложения.

— И все они… *любят* Синди, — закончил он.

Райли отметила его беспокойство и неуверенность в правильности использования настоящего времени. Она почувствовала, что расспрашивать этого человека бессмысленно и, возможно, даже бестактно. Наверное, им с Биллом следует закругляться и оставить ситуацию в надёжных руках Беверли.

В то же время Райли оглядывала квартиру, стараясь наткнуться хоть на малейшую зацепку.

Ей не нужно было говорить, что у Синди с Натаниелем Маккиннон не было детей. Квартира была слишком маленькая, а окружающие предметы искусства никак не были защищены от детей.

Впрочем, она подозревала, что их ситуация отличалась от того, что было у Маргарет и Роя Герати. Райли чувствовала нутром, что Синди и Натаниель по собственной воле не заводили детей, и это было лишь временно. Они ждали правильного времени, когда у них будет выше доход, больше дом, более размеренный образ жизни.

“Они думали, что у них полно времени”, – думала Райли.

Она вернулась к мысли о своём предыдущем умозаключении, что убийца выбирает матерей, и снова задумалась, как могла так ошибиться.

Что-то ещё прояснилось для неё в этой квартире. Они не увидела нигде фотографий Натаниеля или Синди. Это не было особенно удивительным: будучи парой, им было более интересно творчество других, нежели изображения самих себя. Они ни капли не были зациклены на себе.

И всё же Райли хотелось получше узнать Синди.

– Мистер Маккиннон, – спросила она осторожно, – у вас не найдётся недавних фотографий вашей жены?

Он безучастно посмотрел на неё. Затем его выражение прояснилось.

– А, конечно, – сказал он. – У меня есть последние на телефоне.

Он открыл фотографии на мобильном и передал его Райли.

У Райли сердце подпрыгнуло в груди, когда она увидела это: Синди Маккиннон сидела с трёхлетней девочкой на коленях. Как она сама, так и ребёнок светились от радости, держа в руках красиво одетую куклу.

Райли снова смогла дышать только через несколько секунд. Похищенная женщина, ребёнок и кукла – здесь не может быть ошибки. Между убийцей и куклами должна быть связь.

— Мистер Маккиннон, кто этот ребёнок на фотографии? — спросила Райли так спокойно, как только могла.

— Это племянница Синди, Гейл, — ответил Натаниель Маккиннон. — Её мать — сестра Синди, Бекки.

— Когда была сделана фотография? — спросила Райли.

Мужчина задумался.

— Думаю, Синди отправила её мне в пятницу, — сказал он. — Да, точно тогда. Тогда был день рождения Гейл. Синди помогала сестре организовать вечеринку. Она отпросилась с работы пораньше ради этого.

Райли сражалась со своими мыслями, не будучи уверенной какое-то время в том, какой вопрос задать следующим.

— Эту куклу Синди подарила племяннице? — спросила она.

Натаниель кивнул.

— Гейл пришла в восторг. Это очень порадовало Синди. Она любит видеть Гейл довольной. Эта девочка ей почти как дочка. Она тут же позвонила мне, чтобы рассказать. И тогда же послала фотографию.

Райли с трудом могла говорить спокойно.

— Очень красивая кукла. Я понимаю, почему Гейл в таком восторге.

Она снова заколебалась, уставившись на изображение куклы, как будто та могла рассказать ей всё, что ей хотелось знать. Безусловно, эта нарисованная улыбка, эти пустые голубые глаза знают ответ на её вопросы. Но она даже не знает, что спросить.

Уголком глаза она видела, что Билл пристально на неё смотрит.

"Почему жестокий убийца садит своих жертв как кукол?"

Наконец, Райли спросила:

— Вы знаете, где Синди купила куклу?

Натаниель выглядел искренне изумлённым. Даже Билл удивился. Без сомнения, он гадал, к чему ведёт Райли. Но правда была в том, что Райли сама не знала этого точно.

— Не знаю, — сказал Натаниель. — Она мне не говорила. Это важно?

— Я не уверена, — призналась Райли. — Но думаю, что может быть и важно.

Натаниель заволновался ещё больше.

– Я не понимаю. К чему это всё? Вы думаете, мою жену похитили из-за куклы?

– Нет, я этого не говорила, – сказала Райли, стараясь звучать спокойно и убедительно. Конечно, она понимала, что именно это она и сказала. Она подумала, что его жена могла быть похищена из-за куклы маленькой девочки, хотя это и не имело никакого смысла.

Натаниель был заметно подавлен. Райли увидела, что специалист по работе с жертвами, Беверли Чаддик, сидящая неподалёку, тревожно на неё смотрит. Едва заметным кивком головы Беверли попыталась донести до Райли, чтобы та была поосторожней с расстроенным мужем. Райли снова вспомнила, что разговоры с жертвами и их семьями не были её сильной стороной.

“Мне нужно быть аккуратней”, – сказала она себе. Но она также ощущала крайнюю необходимость торопиться. В плену находится женщина. В клетке она или связана – неважно, жить ей осталось недолго. Разве можно сейчас воздерживаться от любого способа узнать информацию?

– Есть ли какой-то способ выяснить, где её купила Синди? – спросила Райли, стараясь говорить мягче. – Просто на всякий случай, если нам это понадобится.

– Мы с Синди сохраняем кое-какие чеки, – сказал Натаниель. – Для расчёта вычета налогов. Я не думаю, что она стала бы сохранять чек на семейный подарок. Но я поищу.

Натаниель подошёл к шкафу и достал коробку из-под обуви. Он снова сел, открыл коробку, которая была битком набита разными чеками. Он стал проглядывать их, но его руки дрожали.

– Думаю, я с этим не справлюсь, – сказал он.

Беверли мягко забрала у него коробку.

– Всё нормально, мистер Маккиннон, – сказала она, – давайте я посмотрю.

Когда Беверли стала перебирать содержимое коробки, Натаниель был уже готов расплакаться.

– Ничего не понимаю, – сказал он убитым тоном. – Она просто купила подарок. Это могло быть что угодно. Откуда угодно. Я думаю, что она рассматривала разные варианты, но в конце концов остановилась на кукле.

Райли стало плохо. Каким-то образом то, что Синди Маккиннон выбрала куклу, привело к трагедии. Была бы она сейчас дома, живая и счастливая, выбери она мягкую игрушку?

– Пожалуйста, объясните мне, что значит вся эта история с куклой? – настаивал Натаниель.

Райли знала, что он заслуживает объяснений, но не могла придумать мягкого способа их изложить.

– Я думаю, – начала она сбивчиво, – что похититель вашей жены может быть помешан на куклах.

Она заметила реакцию всех присутствующих в комнате. Билл покачал головой и уставился в пол. Беверли в шоке закачала головой. Натаниель уставился на неё с видом безнадёжного отчаяния.

– Почему вы так думаете? – спросил он сдавленным голосом. – Что вы о нём знаете? Почему вы не рассказываете мне?

Райли пыталась найти обнадёживающий ответ, но она уже видела зарождающееся осознание в его глазах.

– Он делал так и раньше, верно? – сказал он. – Были и другие жертвы. Это как-то связано с…?

Натаниель изо всех сил пытался вспомнить.

– О боже, – сказал он. – Я читал об этом в новостях. Серийный убийца. Он убил других женщин. Их тела были найдены в парке Мосби и в национальном парке у Даггетта, и ещё где-то под Белдингом.

Он согнулся пополам и начал бесконтрольно всхлипывать.

– Вы думаете, что Синди его следующая жертва, – плакал он. – Вы думаете, что она уже мертва.

Райли настойчиво помотала головой.

– Нет, – сказала она. – Мы так не думаем.

– Тогда как вы думаете?

У Райли в мыслях была суматоха. Что она может ему рассказать? Что, вероятно, его жена ещё жива, но до смерти испугана, и что скоро её будут жестоко мучить и калечить? И что её будут резать ножом до тех пор, пока Синди не будет спасена или мертва, смотря что окажется раньше?

Райли открыла рот, но не смогла произнести ни слова. Беверли наклонилась и положила руку на ладонь Райли. Лицо специалиста излучало добродушие и дружелюбие, однако пальцы были довольно цепкими.

Беверли медленно, как будто с ребёнком, заговорила:

– Я не могу найти чек, – сказала она. – Его здесь нет.

Райли поняла, что хотела сказать Беверли. Одними глазами

Беверли говорила ей, что опрос вышел из-под контроля и что им пора уходить.

— Я всё сделаю, — едва различимо проговорила Беверли. Райли прошептала ей в ответ:

— Спасибо. Прости меня.

Беверли улыбнулась и сочувственно кивнула.

Натаниель сидел с опущенным на руки лицом. Он не поднял его даже тогда, когда Райли и Билл встали, собираясь уходить.

Они вышли из квартиры и, спустившись по лестнице на улицу, забрались в машину Райли, однако она не завела её. Она чувствовала, что и в её глазах наворачиваются слёзы.

“Я не знаю, куда ехать, — думала она. — Я не знаю, что делать”.

Ей казалось, что последние несколько дней у неё нет другой жизни.

— Эти куклы, Билл, — сказала она. Ей хотелось донести свою новую теорию до себя не меньше, чем до него. — Это определённо как-то связано с куклами. Ты помнишь, что нам сказал Рой Герати в Белдинге?

Билл пожал плечами.

— Он сказал, что его первая жена, Маргарет, не любила кукол. Что они расстраивали её, так он сказал. Что иногда она плакала из-за них.

— Да, потому что не могла иметь своих детей, — сказала Райли. — Но он сказал кое-что ещё. Он сказал, что у них полно друзей и родственников, у которых есть дети. Он сказал, что ей постоянно приходилось ходить на вечеринки будущих матерей и помогать с днями рождениями детей.

По лицу Билла Райли видела, что он начинает понимать.

— Так что ей иногда приходилось покупать кукол, — сказал он. — Несмотря на то, что они расстраивали её.

Райли ударила по рулю кулаком.

— Они все покупали кукол, — сказала она. — Он видел, как они покупали кукол. И он видел, как они покупали кукол в одном и том же месте, в одном магазине.

Билл кивнул.

— Нам нужно найти этот магазин, — сказал он.

— Верно, — сказала Райли. — Где-то в районе площадью более 2500 квадратных километров есть кукольный магазин, в который ходили все похищенные женщины. И он в том числе.

Если мы сможем найти магазин, возможно – всего лишь возможно – что мы найдём и его.

В этот момент у Билла зазвонил телефон.

– Слушаю? – сказал он. – Да, агент Волдер, это Джеффрис.

Райли подавила стон. Она гадала, какие ещё преграды им придумал Волдер.

Она увидела, что у Билла открылся рот от удивления.

– О господи, – сказал он. – Господи. Хорошо. Хорошо. Сейчас будем.

Билл закончил телефонный звонок и в полном шоке уставился на Райли.

– Волдер и эти дети, которых он приводил, – сказал он. – Они его поймали.

Глава 19

Когда Райли и Билл прибыли в отдел поведенческого анализа, Волдер уже встречал их у дверей.

– Мы поймали его, – сказал Волдер, заходя вместе с ними в здание. – Мы поймали того парня!

В его голосе звучали восторг и облегчение.

– Как? – стала допытываться Райли.

– Агент Пейдж, вы серьёзно недооценивали агентов Хуанг и Крейтон, – сказал Волдер. – После того, как вы ушли, администратор рассказала им о странном парне, который в последнее время ошивался около клиники. Его зовут Даррелл Гамм. Пациентки жаловались на него: он всегда подходил к ним слишком близко, не уважал личное пространство, порой говорил им изрядно бестактные вещи. А раз или два он пробирался в женский туалет.

Райли размышляла над его словами, сравнивая их со своими собственными суждениям о преступнике. "Может быть он", – подумала она и задрожала от волнения.

Билл спросил Волдера:

– Никто в поликлинике не звонил в полицию насчёт Гамма?

– Их собственный охранник разобрался с ним, он выгнал его. В подобного рода заведениях у них иногда появляются чудики. Но Хуанг и Крейтон обратили внимание на его описание и поняли, что он похож на того типа, которого мы ищем. Они выяснили его адрес у администратора, и мы отправились к нему.

– Как вы узнали, что это он? – спросила Райли.

– Он сам признался, – твёрдо сказал Волдер. – У нас есть его признание.

Райли сама почувствовала облегчение.

– А Синди Маккиннон? – спросила она. – Где она?

– Мы работаем над этим, – ответил Волдер.

Облегчение Райли испарилось.

– Что вы имеете в виду "работаем над этим"? – спросила она.

– Наши полевые агенты прочёсывают район. Мы сомневаемся, что он мог отвезти её далеко. В любом случае, он скоро нам сам расскажет. Он много болтает.

"Хоть бы это был он", – подумала Райли. Синди

Маккиннон просто обязана быть жива. Они не могут пожертвовать ещё одной невинной женщиной для этой извращённой твари. Сроки прижимали, но он, конечно же, не мог убить её так скоро после похищения, не успев насладиться её мучениями.

Билл спросил Волдера:

— Где находится подозреваемый?

Волдер указал рукой.

— Он в камере предварительного заключения, — сказал он. — Пойдёмте, я вам покажу.

Волдер заполнил на них бланки и повёл их по длинному комплексу ОПА в здание, где содержались подозреваемые.

— Когда мы показали свои значки, — мрачно сказал Волдер, — он пригласил нас в дом и сказал располагаться. Самоуверенный ублюдок.

Райли подумала, что всё сходится — если Даррен Гамм действительно преступник, которого они ищут, приезд агентов мог быть развязкой, на которую он надеялся. Он вполне мог всё это время рассчитывать, что его поймают после глубокомысленной игры в кошки-мышки с федералами. Возможно, всё это время наградой, на которую он надеялся, была слава — тут будет побольше, чем пятнадцать минут по телевидению.

Проблема, по мнению Райли, была в том, что он мог до сих пор использовать последнюю жертву, чтобы поиграть с ними.

— Вам надо было видеть его жилище, — продолжал Волдер. — Мерзкий, маленький однокомнатный гадюшник с раздвинутым диваном и крохотной ванной, в которой ужасно воняет. А все стены, каждый квадратный сантиметр, завешаны новостями о нападениях, изнасилованиях и убийствах, совершаемых по всей стране. Нет ни следа компьютера, но, надо сказать, у него такая база преступников-психопатов, которой бы позавидовало любое полицейское отделение.

— И, дайте мне угадать, — встрял Билл. — У него целая куча вырезок о наших убийствах — скорей всего, вся информация, которая попадала в прессу о них за последние два года.

— Это уж точно, — сказал Волдер. — Крейтон и Хуанг задали ему несколько вопросов, и он вёл себя чертовски подозрительно. Наконец, Хуанг спросил его, что он знает о Синди Маккиннон и тот заткнулся. Было очевидно, что он понял, о ком речь. У нас было достаточно оснований для его ареста. И он во всём признался сам, как только попал сюда.

В этот момент Волдер завёл Райли и Билла в маленькую комнату с окном, прозрачным только с их стороны, которое выходило в помещение для допроса.

Допрос как раз шёл полным ходом. На одной стороне стола сидела агент Эмили Крейтон. Агент Хуанг мерял шагами пол сзади неё. Райли подумала, что молодые агенты сейчас действительно выглядят более умелыми, чем раньше. На другой стороне стола сидел Даррелл Гамм, его запястья были наручниками прикреплены к столешнице.

Райли мгновенно почувствовала к нему неприязнь. Он был очень скользким на вид мужчиной лет тридцати, среднего телосложения, довольно низкий. Но он был достаточно крепок, чтобы представлять нешуточную угрозу физической расправы, особенно для беззащитных женщин, застигнутых врасплох. Лоб у него был скошен назад, из-за чего его череп выглядел как у какого-то вымершего человеческого вида. Подбородок у него практически отсутствовал. В общем и целом, он отвечал ожиданиям Райли. А его признание и вовсе завершало всё дело.

– Где она? – закричала Крейтон на Гамма.

По ноте нетерпения в голосе Крейтон, Райли понимала, что она уже много раз задавала этот вопрос.

– Где кто? – спросил Гамм высоким и неприятным голосом. На его лице было написано высокомерие и надменность.

– Хватит играть с нами в игры, – резко сказал Хуанг.

– Я не должен говорить в отсутствие своего адвоката, верно? – спросил Гамм.

Крейтон кивнула.

– Мы вам уже говорили об этом. Мы приведём адвоката в любое время, когда вы попросите. Но вы заявляете, что он вам не нужен. Это также ваше право – отказаться от адвоката. Вы передумали?

Гамм откинул голову и уставился в потолок, как будто раздумывая.

– Дайте мне подумать. Нет, думаю, что нет. Пока нет, по крайней мере.

Хуанг наклонился к нему через стол, изо всех сил стараясь выглядеть угрожающе.

– Последний раз спрашиваю, – рявкнул он. – Где вы прячете пикап?

Гамм пожал плечами:

– А я последний раз говорю: какой пикап? У меня нет пикапа. У меня даже машины нет. Чёрт, да у меня нет даже водительских прав!

Понизив голос, Волдер проинформировал Райли и Билла:

– Последние слова – правда. Ни водительского удостоверения, ни регистрации на выборах, ни кредитной карты – ничего. Он живёт вообще вне системы. Неудивительно, что на пикапе не было номерного знака. Он, скорей всего, его украл. Но он не мог уехать далеко за то время. Это должно быть близко с его домом.

Агент Крейтон сердито смотрела на Гамма.

– Вы думаете, это смешно, да? – сказала она. – Вы связали бедную женщину и держите её где-то. Вы уже в этом признались. Она запугана до смерти и, я уверена, хочет есть и пить. Сколько вы хотите, чтобы она страдала? Вы действительно хотите, чтобы она умерла вот так?

Гамм захихикал.

– Вы сейчас типа играете в злого и доброго копа? – спросил он. – Или вы пытаетесь меня убедить, что вытяните из меня всё, не оставив на мне видимых следов?

Райли старалась молчать, но больше она не могла сдерживаться.

– Они задают неправильные вопросы, – сказала она.

Она оттолкнула Волдера и прошла через дверь, которая вела в комнату для допросов.

– Стойте, агент Пейдж, – скомандовал Волдер.

Но Райли проигнорировала его и вломилась в комнату. Она устремилась к столу, поставила на него обе руки и устрашающе склонилась к Гамму.

– Скажите мне, Даррелл, – прорычала она, – вы любите кукол?

На лице Даррелла впервые показались следы тревоги.

– Кто вы, чёрт подери? – спросил он Райли.

– Я та, кому ты не захочешь врать, – с угрозой сказала Райли. – Отвечай!

Глаза Даррелла забегали по комнате.

– Не знаю, – сказал он. – Кукол? Ну, они милые, вроде.

– О, ты думаешь, что они не просто милые, не так ли? – сказала Райли. – Когда ты был маленьким, ты был мальчишкой, который больше любил играть с куклами и над которым из-за этого все издевались.

Даррелл повернулся к зеркалу, за которым скрывалась комната для наблюдений.

— Я знаю, там кто-то есть, — крикнул он испуганно. — Кто-нибудь, заберите от меня эту сумасшедшую.

Райли обошла стол, оттолкнула Хуанга и встала прямо напротив Гамма. Затем она наклонилась и приблизила своё лицо к его. Он отклонился, стараясь избежать её взгляда. Но она не давала ему вздохнуть. Теперь между их лицами было всего сантиметров десять.

— И тебе всё ещё нравятся куклы, да? — прошипела Райли, стукнув кулаком по столу. — Маленькие куколки. Тебе нравится снимать с них одежду. Тебе нравится видеть их голенькими. Что ты любишь делать с ними, когда они голые?

У Даррелла расширились глаза.

Райли с минуту смотрела ему прямо в глаза. Она была в нерешительности, стараясь оценить выражение его лица. От презрения или от отвращения уголки его рта так резко развернулись вниз?

Она только открыла рот, чтобы спросить о чём-то ещё, но тут дверь в допросную распахнулась сзади неё. Она услышала строгий голос Волдера:

— Агент Пейдж, мне нужно, чтобы вы вышли прямо сейчас.

— Дайте мне ещё минуту, — сказала она.

— Сейчас же!

Райли на мгновение молча встала над Гаммом. Теперь он выглядел озадаченным. Она обернулась и увидела, что Хуанг и Крейтон смотрят на неё ошеломлённо и недоверчиво. Затем она развернулась и вышла вслед за Волдером в прилежащую комнату.

— Какого чёрта только что было? — потребовал Волдер. — Вы форсируете события. Вы не хотите, чтобы дело закрыли. Но его *уже* закрыли. Смиритесь с этим. Всё, что нам нужно сделать теперь, это найти жертву.

Райли громко застонала.

— Я думаю, что вы ошибаетесь, — сказала она. — Я не думаю, что этот парень реагирует на кукол так, как мог бы убийца. Но мне нужно больше времени, чтобы в этом убедиться.

Волдер посмотрел на неё с мгновение, а потом покачал головой.

– Сегодня не ваш день, агент Пейдж, это точно, – сказал он. – Честно говоря, во всём этом расследовании вы показали себя не на высоте. А, вы были правы относительно одного: Гамм никак не связан с сенатором – ни политически, ни лично. Но это ничего не меняет. Я уверен, что сенатор будет благодарен, что мы предадим правосудию убийцу его дочери.

Райли потребовалось приложить нечеловеческие усилия, чтобы не выйти из себя.

– Агент Волдер, со всем уважением… – начала она.

Волдер перебил её

– Это ваши проблемы, агент Пейдж. Вашего уважения ко мне катастрофически не хватает. Я устал терпеть ваше неповиновение. Не беспокойтесь, я не буду писать негативный отчёт. Вы хорошо справлялись со своей работой в прошлом, поэтому я даю вам кредит доверия сейчас. Я уверен, что вы всё ещё не отошли от того, через что вам пришлось пройти. Но теперь вы можете отдохнуть. Мы справимся со всем сами.

Волдер похлопал Билла по плечу.

– А вас, агент Джеффрис, я попрошу остаться, – сказал он.

Тут уже вспылил Билл.

– Если уходит она, я тоже ухожу, – прорычал он.

Билл вывел Райли в коридор. Волдер выглянул из комнаты, провожая их взглядом. Но уже через несколько шагов по коридору, Райли внезапно поняла: лицо подозреваемого выражало отвращение, она была в этом уверена. Её вопросы об обнажённых куклах не взволновали его, они его только смутили.

Райли трясло. Они с Биллом продолжали идти к выходу из здания.

– Это не тот парень, – тихо сказала она Биллу. – Я в этом уверена.

Билл посмотрел на неё в шоке, а она остановилась и пристально на него уставилась.

– Она всё ещё у него, – добавила она. – И они не имеют понятия, где она.

*

Уже давно стемнело, а Райли всё меряла шагами свою гостиную, прокручивая в голове каждую деталь дела. Она даже сделала е-мэйл и смс рассылку, пытаясь привлечь внимание

115

членов Бюро к тому, что Волдер арестовал не того человека.

Она отвезла Билла домой и снова чересчур поздно забрала Эприл. Райли была благодарна дочери за то, что хоть на этот раз та не устроила истерику – всё ещё подавленная после случая с травкой, Эприл вела себя более послушно, и они даже вместе приготовили поздний ужин и немного поговорили.

Полночь уже давно прошла и Райли чувствовала, что ходит по кругу. У неё не было никаких идей. Ей нужно было поговорить с кем-то, обсудить свои мысли. Может быть, позвонить Биллу? Конечно, он не будет возражать, что она звонит поздно.

Но нет, ей нужен кто-то другой, кто-то с редкой проницательностью, чьим суждениям она доверяет по прошлому опыту.

Наконец, она поняла, кто ей нужен.

Она набрала номер на мобильнике, но, к своему разочарованию, услышала лишь запись: "Вы позвонили Майклу Невинсу. Пожалуйста, оставьте сообщение после звукового сигнала".

Райли глубоко вдохнула, затем произнесла:

– Майк, мы можем поговорить? Если ты здесь, пожалуйста, сними трубку. Положение действительно критическое.

Никто не ответил. Она была не удивлена, что он недоступен. Он работает сутками, но ей лишь отчаянно хотелось, чтобы это был не тот случай.

Наконец, она сказала:

– Я работаю над чертовски сложным делом и, возможно, ты единственный, кто может мне помочь. Я подъеду к твоему офису завтра утром. Надеюсь, ты не против. Как я уже сказала, это крайняя необходимость.

Она повесила трубку. Больше она ничего не могла сделать. Она лишь надеялась, что ей удастся хоть немного поспать.

Глава 20

Ни удобный стул, ни приятный интерьер, ни мягкое освещение в офисе Майка Невинса не подняли настроение Райли. Синди всё ещё была в плену. Бог знает, что с ней происходит прямо сейчас. Мучают ли её, как мучали Райли?

Агенты, прочесывающие окрестности, всё ещё не нашли её, хотя прошло уже двадцать четыре часа. Райли это не удивляло – она знала, что они ищут не в том месте. Проблема заключалась в том, что ни она, ни кто другой не имели представления, какое место то. Она даже думать не хотела о том, насколько далеко её мог увезти убийца и жива ли она ещё.

– Мы теряем её, Майк, – сказала Райли. – С каждой минутой ей всё больнее, она всё ближе к смерти.

– Почему ты так уверена, что они поймали не того человека? – спросил её судмедэксперт Майкл Невинс.

Всегда безупречно выглядящий, одетый в дорогую рубашку и жилет, Невинс был щепетильным и дотошным человеком – именно это нравилось в нём Райли всё больше и больше. Рядом с ним она приходила в себя. Они впервые познакомились лет десять назад, когда он консультировал ФБР в деле, получившем широкую огласку, расследованием которого занималась она. Его офис располагался в столице, так что они встречались не часто. Но за эти годы они нередко обнаруживали, что сочетание её инстинктов и его фундаментальных познаний давали им уникальную возможность понять изощрённые идеи преступников. Она приехала к нему первым делом этим утром.

– С чего начать? – спросила Райли, пожав плечами.

– Подумай, – сказал он.

Она сделала глоток вкусного чая, который он ей налил.

– Я видела его, – сказала она. – Задала ему несколько вопросов, но Волдер не дал мне провести с ним достаточно времени.

– И он не подходит под твой образ?

– Майк, этот Даррелл Гамм – подражатель, – продолжала она. – Почему-то он тащится по психопатам. Он хочет быть таким же. Он хочет прославиться из-за этого. Но он не знает, каково это на самом деле. Он мерзкий, но он не убийца. И прямо сейчас он намерен осуществить свою фантазию до конца. Сбывается его мечта.

Майк задумчиво погладил подбородок.

– А ты думаешь, настоящий убийца не ищет славы?

– Может быть, слава и интересует его, и может быть, он её ищет, но не это заставляет его действовать. Им движет нечто другое, нечто более личное. Его жертвы что-то для него олицетворяют, и ему нравится смотреть на их мучения из-за того или чего, что они символизируют. Он выбрал их не случайно.

– А как тогда?

Райли покачала головой. Она жалела, что не может облечь свои мысли в слова более ясно.

– Это как-то связано с куклами, Майк. Этот тип помешан на них. А куклы как-то указывают на то, как он выбирает женщин.

Тут она вздохнула. Сейчас даже ей это не казалось убедительным. И всё же, она знала, что стоит на правильном пути.

Майк помолчал с мгновение. Затем он сказал:

– Я знаю, что у тебя талант распознавать природу зла. Я всегда доверял твоим инстинктам. Но если ты права, то подозреваемый, которого они поймали, обдурил всех остальных. А агенты ФБР далеко не дураки.

– Кроме некоторых из них, – сказала Райли. – Я никак не могу перестать думать о женщине, которую он вчера похитил. О том, через что она сейчас проходит, – тут она выпалила разом свою цель визита к психиатру: – Майк, ты не мог бы поговорить с Дарреллом Гаммом? Ты бы раскусил его за секунду.

Майк выглядел удивлённым.

– Они даже не предлагали мне это сделать, – сказал он. – Я справлялся о деле сегодня утром и мне сказали, что доктор Ралстон сегодня с ним беседовал. Очевидно, он согласен, что он убийца. У него даже есть подписанное признание Гамма. Бюро закрывает дело. Они думают, что теперь им лишь осталось найти женщину. Они уверены, что смогут разговорить Гамма.

Райли раздражённо закатила глаза.

– Но Ралстон обманщик, – сказала она. – Он ходит под Волдером. Он придёт к тому заключению, которое ему скажет Волдер.

Майк ничего не ответил. Он лишь улыбнулся Райли. Райли

была уверена, что он презирает Ралстона так же, как и она, только слишком профессионален, чтобы это признать.

— У меня не получилось раскусить его, — сказала Райли. — Хотя бы прочитай документы и скажи мне своё мнение, ладно?

Майк, казалось, погрузился в мысли. Затем он сказал:

— Давай немного поговорим о тебе. Давно ты вернулась к работе?

Райли пришлось подумать. Это дело началось совсем недавно, но уже успело поглотить её целиком.

— Около недели, — ответила она.

Он обеспокоенно наклонил голову.

— Ты очень упорна. Как всегда.

— За это время мужчина успел убить одну женщину и взять в плен другую. Мне не следовало прекращать расследовать это дело с того самого дня, как я впервые увидела его работу полгода назад. Я не должна была бросать его.

— Тебе помешали.

Она знала, что он говорит о её собственном плену и пытках. Она часами рассказывала об этом Майку, и он помог ей это пережить.

— Теперь я вернулась. И другая женщина в беде.

— С кем ты сейчас работаешь?

— Снова с Биллом Джеффрисом. Он замечательный, но его воображение слабее моего. У него ещё не возникло никаких идей.

— Как тебе работается? Нравится находиться с ним каждый день?

— Вполне. А почему не должно?

Майк молча посмотрел на неё несколько мгновений, затем обеспокоенно наклонился к ней.

— Уверена ли ты, что у тебя ясная голова? Ты уверена, что снова в деле? Я о том, что знаешь ли ты, за каким преступником охотишься?

Райли прищурилась, немного удивлённая такой резкой сменой темы.

— Что ты имеешь в виду «за каким»? — спросила она.

— За новым или за старым?

Повисло молчание.

— Я думаю, что возможно ты пришла поговорить о себе, — тихо сказал Майк. — Я знаю, что ты никак не можешь поверить, что Петерсон погиб от взрыва.

Райли не знала, что сказать. Она не ожидала такого, не ожидала, что стрелки переведут на неё.

– Это к делу не относится, – возразила она.

– Что с твоими таблетками, Райли? – спросил Майк.

Райли снова не ответила. Она уже много дней не принимала прописанные транквилизаторы, чтобы не притуплять концентрацию.

– Я не уверена, что мне нравится то, к чему ты клонишь, – сказала Райли.

Майк сделал большой глоток из своей чашки с чаем.

– На тебе большой эмоциональный груз, – сказал он. – В этом году ты развелась и я понимаю, что у тебя смешанные чувства на этот счёт. И конечно, то, что твоя мама погибла при таких ужасных трагических обстоятельствах много лет назад.

У Райли вспыхнуло от досады лицо. Она не хотела продолжать этот разговор.

– Мы обсуждали обстоятельства твоего собственного похищения, – продолжал Майк. – Ты вышла за пределы допустимого. Взяла на себя большой риск. Твои действия были очень безрассудными.

– Я вызволила Мари, – сказала она.

– И заплатила за это высокую цену.

Райли глубоко вздохнула.

– Ты хочешь сказать, что я во всём виню себя, – сказала она. – В разрушенном браке, в том, что убили маму. Ты говоришь, что, может быть, я считаю, что заслужила это. И поэтому притянула это к себе. Сама себя поставила в такую ситуацию.

Майк сочувствующе улыбнулся.

– Я лишь говорю, что тебе нужно хорошенько разобраться в себе. Спросить себя, что на самом деле творится у тебя внутри.

Из-за стремящихся прорваться слёз Райли с трудом могла дышать. Майк был прав. Она обо всём этом задумывалась. Поэтому его слова так задевали её. Но она не обращала внимания на эти полу-подсознательные мысли. А сейчас пришла пора выяснить, есть ли в них доля правды.

– Я делала свою работу, Майк, – сказала она приглушённо.

– Я знаю, – сказал он. – Ты ни в чём не виновата. Ты это понимаешь? Я беспокоюсь, что ты занимаешься самобичеванием. Люди притягивают то, что, им кажется, они заслуживают. Мы сами создаём нашу жизнь.

Райли встала. Она не могла слушать его дальше.

— Меня схватили не потому, что я привлекла это, доктор, – сказала она, – а потому, что в мире полно психов.

*

Райли торопливо вышла через ближайшую дверь во двор. Стоял прекрасный летний день. Она несколько раз медленно и глубоко вдохнула, стараясь успокоиться. Затем села на лавочку и опустила голову на руки.

В этот момент у неё зазвонил телефон.

Мари.

Она сразу же почувствовала, что звонок срочный.

Райли подняла трубку, но услышала только судорожные всхлипы.

— Мари, – обеспокоенно сказала Райли, – что случилось?

Какое-то время Райли слышала только рыдания. Мари, по всей видимости, было ещё хуже, чем ей сейчас.

— Райли, – наконец проговорила Мари, – ты его нашла? Ты искала его? *Кто-нибудь* его искал?

У Райли упало сердце. Конечно, Мари говорила о Петерсоне. Ей хотелось разубедить её, сказать, что он на самом деле мёртв, погиб от взрыва. Но как она могла сказать с уверенностью то, в чём сама сомневалась? Она вспомнила, что специалист по судмедэкспертизе Бетти Рихтер сказала ей несколько дней назад относительно шансов, что Петерсон действительно мёртв.

“Я бы сказала, 99%”.

Эта цифра нисколько не успокоила Райли. И это было далеко не то, что Мари сейчас хотелось бы или нужно было услышать.

— Мари, – горько сказала Райли, – я ничего не могу сделать.

Мари испустила вопль отчаяния, от которого Райли продрало до костей.

— О Боже, значит это он! – плакала она. – Это не может быть никто другой.

У Райли кровь застыла в жилах.

— О чём ты говоришь, Мари? Что случилось?

Из трубки посыпался поток исступлённых слов:

— Я тебе говорила, что он мне звонит. Я отключила домашний телефон, но он как-то достал номер моего мобильника. Он постоянно мне звонит! Он ничего не говорит, просто дышит в трубку, но я знаю, что это он. Кто ещё это может быть? И он был здесь, Райли. Он был у меня дома!

Тревога Райли усиливалась с каждой секундой.

— Что ты имеешь в виду? — спросила она.

— Я слышу шум по ночам. Он бросает что-то в мою дверь и в окно спальни. Какие-то камешки.

У Райли подпрыгнуло сердце, когда она вспомнила камешки на своём собственном крыльце. Возможно ли, что Петерсон жив? Неужели они с Мари снова в опасности?

Она знала, что должна тщательно выбирать слова. Мари, по-видимому, стоит на краю, и край этот очень опасный.

— Я еду к тебе, Мари, прямо сейчас, — сказала она. — И я заставлю Бюро заняться этим.

Мари истерично, отчаянно и горько рассмеялась.

— Заняться чем? — переспросила она. — Забудь об этом, Райли. Ты уже всё сказала: ты ничего не можешь сделать. Никто ничего не сделает. Никто ничего не может сделать.

Райли села в машину и включила телефон на громкую связь, чтобы ехать и разговаривать.

— Оставайся на линии, — сказала она, заведя машину и направляясь в сторону Джорджтауна. — Я еду к тебе.

Глава 21

Сражаясь с трафиком, Райли старалась не переставая разговаривать с Мари. Она проехала перекрёсток после того, как жёлтый свет сменился на красный. Она опасно вела машину и знала об этом. Но что она могла сделать? Она была на своём автомобиле, а не на служебном транспорте с мигалками и сиренами.

– Я бросаю трубку, Райли, – в пятый раз сказала Мари.

– Нет! – снова рявкнула Райли в ответ, подавляя волну отчаяния. – Оставайся на телефоне, Мари.

Голос Мари прозвучал устало.

– Я больше не могу, – сказала она. – Спасай себя, если можешь, но я правда не могу. Мне надоело. Я собираюсь покончить с этим прямо сейчас.

Райли казалось, что она сейчас взорвётся от паники. О чём это Мари? Что она собирается сделать?

– Ты сможешь, Мари, – сказала Райли.

– Пока, Райли.

– Нет! – закричала Райли. – Просто подожди. Подожди! Это всё, что нужно сделать. Я вот-вот приеду.

Она ехала намного быстрей, чем поток основного транспорта, перестраиваясь с ряда в ряд, как сумасшедшая. Несколько раз ей просигналили.

– Не бросай трубку, – решительно потребовала Райли. – Слышишь меня?

Мари ничего не ответила. Но Райли слышала, как она плачет и причитает.

Тем не менее, звуки радовали: они значили, что Мари по крайней мере всё ещё там. Всё ещё на телефоне. Но сможет ли Райли удержать её? Она знала, что бедняга провалилась в пропасть чистого животного ужаса. У Мари в голове больше не было разумных мыслей. Она почти сошла с ума от страха.

Собственные воспоминания Райли заполнили её голову. Воспоминания об ужасных днях, проведённых в полуживотном состоянии, когда кажется, что человеческого мира просто нет. Полная темнота, ощущение, что жизнь вне её проносится мимо, полная потеря восприятия времени.

“Я не должна этому поддаваться”, – сказала она себе.

Но память уже окутала её…

Ничего не было видно или слышно, Райли старалась задействовать остальные органы чувств. Она почувствовала в горле горький привкус страха, он поднялся в рот, пока не превратился в электрическое покалывание на кончике языка. Она скребла грязный пол, на котором сидела, ощущая его сырость. Она вдыхала запах влаги, окружающий её.

Эти ощущения были единственным, что ещё связывало её с миром живых.

Тут в густой темноте появился ослепляющий свет и рёв пропановой горелки Петерсона.

Резкий удар вывел Райли из ужасных фантазий. Ей потребовалась секунда, чтобы понять, что она наехала на бордюр и рисковала врезаться во встречные машины. Машины сигналили.

Райли снова вернула контроль над машиной и осмотрелась: она уже недалеко от Джорджтауна.

– Мари? – крикнула она. – Ты ещё здесь?

Она снова услышала лишь приглушённые рыдания. Это хорошо. Но что Райли может сделать теперь? Она была в нерешительности. Она может вызвать на помощь ФБР из столицы, но бог знает, что произойдёт к тому времени, как она объяснит проблему и добьётся того, чтобы по адресу выехали агенты. Кроме того, для этого будет необходимо закончить телефонный разговор с Мари.

А ей нужно продолжать с ней разговаривать, но как?

Как она собирается вытащить Мари из этой пропасти? Она едва сама в неё не провалилась.

Райли что-то вспомнила. Когда-то давно её учили, что делать, чтобы люди в кризисе не вешали трубки. Ей никогда не пригождались эти уроки до настоящего момента. Она старалась вспомнить, что должна делать. С тех пор прошло уже столько времени.

Она вспомнила часть – нужно делать что угодно, говорить что угодно, чтобы заставлять звонящего говорить. Неважно, насколько бессмысленные или бесполезные вещи говорятся, главное, чтобы он слышал обеспокоенный человеческий голос.

– Мари, ты должна кое-что сделать ради меня, – сказала Райли.

– Что?

У Райли бешено работал мозг, стараясь придумать, что сказать, а она уже продолжала:

– Мне нужно, чтобы ты пошла на кухню, – сказала она. – И сказала мне точно, какие травы и специи хранятся в твоём кухонном шкафу.

Мгновение Мари не отвечала и Райли забеспокоилась. Правильное ли состояние у Мари, чтобы подчиниться такому нелепому требованию?

– Хорошо, – сказала Мари. – Я иду туда.

Райли выдохнула с облегчением. Возможно, так она выиграет немного времени. Она слышала в трубке позвякивание баночек со специями. Голос Мари теперь звучал совсем странно – одновременно истерично и безэмоционально.

– У меня есть сушеный орегано. И молотый красный перец. И мускатный орех.

– Отлично, – сказала Райли. – Что ещё?

– Тимьян. И имбирный порошок. И чёрный перец горошком.

Мари замолчала. Сколько ещё Райли сможет это растягивать?

– А карри есть? – спросила Райли.

После звона баночек в трубке раздался голос Мари:

– Нет.

Райли заговорила медленно, как будто выдавая жизненно важные указания, впрочем, именно этим она и занималась:

– Так, возьми листочек бумаги и карандаш, – сказала она. – Запиши это. Тебе понадобится список, когда ты пойдёшь в магазин.

Райли услышала, что Мари записывает.

– Что ещё у тебя есть?

Последовала гробовая тишина.

– Это бесполезно, Райли, – тоном глубокого отчаяния произнесла Мари.

Райли беспомощно пробормотала:

– Просто сделай это ради меня.

Ещё одна пауза.

– Он здесь, Райли.

Райли почувствовала в горло комок, твёрдый, как камень.

– Он где? – переспросила она.

– Он в доме. Теперь я это поняла. Он был здесь всё это время. Ты ничего не можешь сделать.

Мысли Райли бурлили, она пыталась понять, что происходит. Мари могла нести параноидальный бред – Райли прекрасно это знала, она сама боролась с посттравматическим стрессом.

С другой стороны, Мари могла говорить правду.

– Откуда ты знаешь, Мари? – спросила Райли, стараясь придумать, как обогнать медленную фуру.

– Я слышу его, – сказала Мари. – Я слышу его шаги. Он наверху. Нет, он в передней. Нет, он в подвале.

«Галлюцинации?» – гадала Райли.

Это было вполне возможно. Райли сама наслушалась несуществующих звуков в первые дни после освобождения из плена. Даже теперь она не всегда могла доверять своим органам чувств. Травма играла ужасные шутки с воображением.

– Он повсюду в доме, – сказала Мари.

– Нет, – твёрдо ответила Райли. – Он не может быть везде.

Ей наконец удалось обогнать неповоротливую фуру. Ощущение бесполезности усилий накрыло её лавиной. Ужасное чувство, она как будто тонула.

Когда Мари снова заговорила, она уже не всхлипывала. Она казалась смирившейся и отчего-то спокойной.

– Возможно, он стал призраком, Райли. Может быть, он превратился в него, когда ты его взорвала. Ты убила его тело, но не уничтожила его злой дух. Теперь он может быть во всех местах одновременно. Теперь его никак не остановить, никогда. Призрака нельзя победить. Оставь это, Райли. Ты ничего не сделаешь. Как и я. Всё, что я могу, это не дать этому снова со мной случиться.

– Не вешай трубку! Я хочу, чтобы ты кое-что сделала для меня!

Последовало секундное молчание. Затем Мари произнесла:

– Что? Что теперь, Райли?

– Мне нужно, чтобы ты продолжала разговаривать со мной, и при этом позвонила в 911 с домашнего телефона.

В голосе Мари послышалось лёгкий оттенок раздражения:

– Боже, Райли, сколько я должна тебе повторять, что я отключила домашний телефон?

К своему смущению, Райли об этом забыла. Мари действительно говорила немного сердито. Это хорошо: злость лучше, чем паника.

— Кроме того, – продолжала Мари, – какой смысл мне
звонить в 911? Чем они смогут мне помочь? Никто не сможет.
Он повсюду. Он достанет меня рано или поздно. И тебя
достанет. Нам обеим нужно сдаться.

Райли была в тупике. Заблуждения Мари обрели
собственную неуправляемую логику. А у неё нет времени
разубеждать Мари, что Петерсон не призрак.

— Мы ведь подруги, Мари, верно? – наконец сказала Райли.
– Однажды ты сказала, что сделаешь для меня всё, что угодно.
Ты говорила правду?

Мари снова начала плакать.

— Конечно, правду.

— Тогда повесь трубку и позвони в 911. Для этого
необязательно нужна причина. Это не должно принести тебе
какую-то пользу. Просто сделай так потому, что я тебя прошу.

Последовала долгая пауза. Мари вообще ещё на линии?

— Ты обещаешь? – спросила Райли.

Со щелчком закончился разговор. Позвонит Мари или нет,
Райли не могла полагаться на случайность. Она подняла свой
мобильник и набрала 911.

— Это специальный агент Райли Пейдж, ФБР, – сказала она,
когда трубку снял оператор. – Я звоню заявить о возможном
взломщике. Очень опасном.

Райли дала адрес Мари.

— Мы сейчас же отправим туда команду, – обещал
оператор.

— Хорошо, – сказала Райли и повесила трубку.

Затем Райли снова набрала номер Мари, но никто не
ответил.

“Кто-то должен приехать туда вовремя, – думала она. –
Кто-то должен приехать туда прямо сейчас”.

В то же время она сражалась с новым потоком тёмных
воспоминаний. Она должна контролировать себя. Что бы ни
случилось, она не может потерять голову.

Когда показался дом Мари из красного кирпича, Райли
почувствовала прилив тревоги. Транспорт спасателей ещё не
прибыл. Вдалеке она слышала вой полицейских сирен. Они
едут.

Она шагнула внутрь и подняла пистолет.

— Мари! – крикнула Райли. – Мари!

Никакого ответа.

Райли была уверена, что здесь только что произошло нечто ужасное – или происходит прямо сейчас. Она пошла дальше по коридору.

– Мари! – снова закричала она. В доме царила тишина.

Полицейские сирены становились всё громче, но подмога ещё не прибыла.

Райли начала верить в худшее – в то, что Петерсон был здесь и, возможно, всё ещё здесь находится.

Она шла по плохо освещённому коридору и продолжала выкрикивать имя Мари, заглядывая в каждую дверь. Может быть, он в кладовке? Или в ванной справа?

Если она встретит Петерсона, она не даст ему снова захватить себя в плен.

Она убьёт ублюдка раз и навсегда.

Глава 22

Несмотря на все крики Райли, Мари ничего не отвечала. В доме не было слышно ни звука кроме тех, что производила сама Райли. Дом казался пустым. Она поднялась по лестнице и осторожно вошла на второй этаж.

Повернув за угол, Райли почувствовала, что не может дышать. Ей показалось, что почва ушла у неё из-под ног.

Там была Мари: она висела в воздухе, привязанная за шею к верёвке, закреплённой за балку на потолке. На полу лежала перевёрнутая стремянка.

Время остановилось, мозг Райли отказывался воспринять реальность.

Затем её колени подогнулись и она кое-как удержалась за дверной косяк. Она издала долгий пронзительный крик:

— НЕЕЕЕЕЕЕЕТ!

Она рванулась через всю комнату, поставила стремянку и взобралась по ней. Затем она обхватила тело Мари, чтобы снизить давление на шею, и пальцами стала нащупывать вены на шее Мари в поисках пульса.

Теперь рыдала Райли.

— Будь живой, Мари, будь живой, чёрт побери!

Но было слишком поздно. Шея Мари была сломана. Она была мертва.

— Боже, — сказала Райли, опускаясь на стремянку. Глубоко в её теле возникла нарастающая боль. Ей тоже хотелось умереть.

Через несколько мгновений до Райли как в тумане дошло, что внизу шумят. Прибыла помощь. Сработал знакомый эмоциональный механизм – примитивный человеческий страх уступил место холодной профессиональности.

— Наверх! – закричала она.

Она протёрла рукавом лицо, стирая слёзы.

Пятеро тяжело вооружённых офицеров в кевларовых одеждах взбежали по лестнице. Женщина, которая бежала впереди, была явно удивлена, увидев Райли.

— Офицер Рита Грехэм, старшая в команде, – представилась она. – Кто вы?

Райли спустилась со стремянки и показала свой значок:

— Специальный агент Райли Пейдж, ФБР.

Женщина выглядела встревоженно.

– Как вам удалось приехать сюда раньше нас?

– Она была моей подругой, – сказала Райли, полностью переключившись в профессиональный режим. – Её звали Мари Сайлис. Она позвонила мне, сказала, что что-то не так, и я уже ехала к ней, когда позвонила 911. Я не успела вовремя. Она умерла.

Спасатели быстро проверили и подтвердили заключение Райли.

– Самоубийство? – спросила офицер Грэхэм.

Райли кивнула. Она не сомневалась, что Мари покончила с собой.

– Что это? – спросила старшая, указывая на свёрнутый листок бумаги, стоящий на прикроватной тумбочке рядом с кроватью.

Райли посмотрела на бумажку. Там было очень неразборчиво написано всего три слова:

Другого пути нет.

– Предсмертная записка?

Райли хмуро кивнуло. Но она знала, что это не обычная предсмертная записка. Это не объяснение и, конечно, не извинение.

“Это совет, – подумала Райли. – Совет для меня”.

Команда стала делать снимки и записи. Райли знала, что они дождутся следователя, прежде чем уносить тело.

– Пойдёмте вниз, – предложила офицер Грэхэм. Она отвела Райли вниз в гостиную, где села в кресло и жестом предложила присесть Райли.

Занавески всё ещё были задёрнуты, в комнате было темно. Райли хотела распахнуть их и впустить в комнату немного солнечного света, но знала, что лучше ничего не трогать. Она села на диван.

Грэхэм включила настольную лампу рядом со своим креслом.

– Расскажите мне, что произошло, – попросила офицер, достав свой блокнот и карандаш. Хотя у неё было суровое лицо бывалого копа, в её глазах светилось сочувствие.

– Она была жертвой похищения, – сказала Райли. – Это произошло почти восемь недель назад. Мы обе были жертвами.

Возможно, вы читали про нас. Дело Сэма Петерсона.

У Грэхэм широко раскрылись глаза.

— О боже, — сказала она. — Тип, который пытал и убил всех тех женщин, тот, с горелкой? Так это были вы – агент, которой удалось бежать и взорвать его?

— Верно, — сказала Райли. Затем после паузы она продолжила: — Проблема в том, что я не уверена полностью, что взорвала его, и не могу быть полностью уверена, что он мёртв. Мари в это тоже не верила. Это её в конце концов и добило. Она просто не могла принять эту неизвестность. А может быть, он действительно снова начал её преследовать.

Райли рассказывала, а слова автоматически рождались у неё во рту, как будто она выучила всё наизусть. Теперь она полностью избавилась от наваждения, в которое вогнала её жуткая сцена, и будто бы слушала собственный доклад о том, как произошла эта ужасная история.

Введя офицера Грэхэм в курс дела, Райли предложила ей связаться с родственниками Мари. Но во время всего разговора под внешней профессиональной оболочкой в ней рождалась ярость – холодная, ледяная ярость. Петерсон унёс жизнь ещё одной жертвы. Мёртв он или нет – неважно, это он убил Мари.

И Мари умерла абсолютно уверенная в том, что Райли обречена стать следующей жертвой, погибнув от его или от своей руки. Райли хотелось схватить Мари и в буквальном смысле вытрясти эту идею из её головы.

“Другой путь *есть!*” – хотела она сказать ей.

Но поверила бы она? Райли не знала. На этот чёртов вопрос Райли просто не могла знать ответ.

Следователь приехал ещё когда Райли и офицер Грэхэм не закончили разговор. Грэхэм встала поприветствовать его. Затем она повернулась к Райли и сказала:

— Я поднимусь наверх на пару минут. Мне бы хотелось, чтобы вы меня дождались и ещё немного рассказали обо всём об этом.

Райли покачала головой.

— Я должна идти, — сказала она. — Мне нужно кое с кем поговорить, — она достала свою визитку и положила на стол. — Вы можете связаться со мной.

Офицер начала было возражать, но Райли не дала ей и шанса, она просто встала и вышла из тёмного дома Мари. У неё было срочное дело.

*

Спустя час Райли ехала на восток через сельские районы Вирджинии.

“Неужели я действительно хочу это сделать?” – снова и снова спрашивала она себя.

Она была ужасно измучена. Прошлой ночью она плохо спала, а сегодняшний день стал кошмаром наяву. Слава Богу, она успела поговорить с Майком между этим. Он помог ей успокоиться, но она была уверена, что он не одобрил бы то, что она собирается сделать. Она сама не была уверена, что полностью в своём уме.

Она ехала по кратчайшей дороге от Джорджтауна до родового поместья сенатора Митча Ньюбро. Самовлюблённый политик должен ответить за многое. Он что-то скрывал, что-то, что могло привести её к настоящему убийце. И это делало его отчасти ответственным за новую жертву.

Райли знала, что нарывается на проблемы. Но ей было неважно.

Был уже вечер, когда она въехала на круговой подъезд перед каменным особняком. Она припарковалась, вышла из машины и подошла к огромной парадной двери. Когда она позвонила в дверной звонок, ей открыл официально одетый джентльмен – дворецкий Ньюбро, решила она.

– Чем я могу вам помочь, мадам? – спросил он сухо.

Райли показала ему значок.

– Специальный агент Райли Пейдж, – сказала она. – Я знакома с сенатором. Мне нужно с ним поговорить.

Со скептическим выражением лица дворецкий отвернулся от неё. Он достал из кармана рацию, поднёс её к губам, что-то прошептал, затем послушал. Швейцар повернулся к Райли с надменной ухмылкой.

– Сенатор не желает вас видеть, – сказал он. – И он довольно категоричен. Хорошего дня, мадам.

Но прежде чем он успел захлопнуть дверь, Райли оттолкнула его и прошла в дом.

– Я скажу охране! – крикнул ей вслед дворецкий.

– Приступай! – крикнула ему Райли через плечо.

Райли не знала, где ей искать сенатора. Он мог быть где угодно в своём огромном и лабиринтоподобном особняке. Но она решила, что это не имеет значения. Он скорей всего сам придёт к ней.

Она направилась в гостиную, в которой встретилась с ним в прошлый раз, и села на огромный диван. Она сказала себе располагаться поудобней перед появлением сенатора.

Всего через несколько секунд вошёл огромный мужчина в чёрном костюме. По его манере поведения Райли поняла, что это охранник сенатора.

— Сенатор попросил вас уйти, — сказал он, скрестив на груди руки.

Райли не сдвинулась с места. Она осмотрела мужчину, оценивая, какую угрозу он представляет на самом деле. Он был достаточно мощным, чтобы заставить её удалиться силой. Но её собственные навыки самозащиты тоже хороши. Если он бросит ей вызов, больше чем один из них будет серьёзно ранен и бесспорно пострадает антиквариат сенатора.

— Надеюсь, вас предупредили, что я из ФБР, — сказала она, пристально глядя ему в глаза. Она очень сомневалась, что он поднимет оружие на агента ФБР.

Мужчина, которого было не так просто запугать, выдержал её взгляд, однако приближаться к ней не стал.

Райли услышала приближающиеся сзади шаги, а за ними и голос сенатора.

— Вы знаете, который час, агент Пейдж? Вообще-то я очень занятой человек.

Охранник отступил в сторону, и Ньюбро вошёл в комнату и встал перед ней. Его фотогеничная улыбка политика отдавала сарказмом. Он помолчал. Райли тут же почувствовала, что между ними вот-вот разразится война интересов. Она была полна решимости не вставать с дивана.

— Вы ошибались, сенатор, — сказала Райли. — В убийстве вашей дочери не было ничего политического — как и личного. Вы дали мне список ваших врагов и, я уверена, передали такой же список своей «шестёрке» в Бюро.

Улыбка Ньюбро искривилась в презрительную усмешку.

— Я так понимаю, вы говорите о старшем специальном агенте Карле Волдере? — сказал он.

Райли знала, что слишком опрометчиво подбирает слова и что потом о них очень пожалеет, но в тот момент это её мало беспокоило.

— Этот список потратил много времени Бюро, сенатор, —

продолжала Райли. – За это время преступник успел похитить новую жертву.

Ньюбро не двигался с места, он как будто прирос к точке, где стоял.

– Мне известно, что Бюро произвело арест, – сказал он. – Подозреваемый признался. Но больше он ничего не рассказывает, верно? Здесь есть какая-то связь со мной, вы можете быть в этом уверены. Он расскажет, когда время придёт. Я уверен, что агент Волдер заставит его.

Райли старалась скрыть своё изумление. После ещё одного похищения Ньюбро продолжает считать себя единственной мишенью ярости убийцы. Эго этого человека не вписывалось ни в какие рамки. Его способность верить, что *всё* на свете касалось только его, не имела границ.

Ньюбро с любопытством наклонил голову.

– Но вы как будто меня в чём-то обвиняете, – сказал он. – Меня это оскорбляет, агент Пейдж. Я не виноват, что ваша собственная безалаберность привела к тому, что была похищена ещё одна жертва.

У Райли от ярости загорелось лицо. Она не решалась отвечать, зная, что скажет что-то совсем неосторожное.

Он подошёл к домашнему бару и налил себе большой стакан чего-то, что, как показалось Райли, было очень дорогим виски. Он, по всей видимости, специально сделал это, чтобы не предложить ей напиток.

Райли понимала, что ей пора переходить к делу.

– В мой предыдущий визит было кое-что, чего вы мне не рассказали, – сказала она.

Ньюбро повернулся к ней, делая большой глоток из бокала.

– Разве я не ответил на все ваши вопросы? – спросил он.

– Дело не в этом. Вы о чём-то умолчали. Насчёт Ребы. И, я думаю, пришло время устранить недосказанности.

Глаза Ньюбро буровили её.

– Ей нравились куклы, сенатор? – спросила Райли.

Ньюбро пожал плечами.

– Думаю, всем девочкам они нравятся, – сказал он.

– Я не про девочек, я говорю о ней как о взрослом человеке. Она коллекционировала их?

– Боюсь, что я не знаю.

Пока что это были первые слова Ньюбро, которым Райли

действительно поверила. Естественно, что человек, так патологически зацикленный на самом себе, мало что знает о предпочтениях и интересах других людей – даже своей собственной дочери.

– Мне бы хотелось поговорить с вашей женой, – сказала Райли.

– Я не дам вам такой возможности, – бросил Ньюбро. Теперь на его лице было новое выражение – Райли видела его по телевизору. Как и улыбка, это выражение было тщательно отрепетировано, и, несомненно, повторялось перед зеркалом тысячи раз – выражение праведного морального гнева.

– Вам в самом деле незнакомы нормы приличия, агент Пейдж, – сказал он дрожащим от продуманной ярости голосом. – Вы врываетесь в дом скорби, не принося облегчения или ответов в осиротевшую семью. Вместо этого вы осмеливаетесь делать завуалированные обвинения. Вы обвиняете абсолютно невинных людей в своей собственной некомпетентности!

Он затряс головой с видом оскорблённой добродетели.

– Какая вы ничтожная и жестокая женщина, – сказал он. – Вы, наверное, принесли много боли огромному количеству людей.

Райли почувствовала, будто её пнули в живот. Это была тактика, к которой она не была готова – полный извращт моральных устоев, поворот ситуации в свою сторону. И он ударил в её искреннее чувство вины и неуверенность в себе.

“Он точно знает, куда мне надавить”, – подумала она.

Она знала, что ей нужно уходить прямо сейчас, или же она сделает что-то такое, о чём будет очень жалеть. К этому он и вёл её. Не произнося больше ни слова, она вскочила с дивана и пошла прочь из гостиной по направлению к главному выходу.

За спиной она услышала голос сенатора:

– Ваша карьера окончена, агент Пейдж. Хочу, чтобы вы это знали.

Райли пробежала мимо дворецкого и выбежала в парадную дверь. Она села в машину и завела её.

Она тонула в волнах ярости, печали и переутомления. На кону стояла жизнь женщины, и никто на этом свете не занимался её спасением. Она была уверена, что Волдер лишь расширил зону поисков вокруг жилья Гамма. А это неправильное место для поиска. Если кто-то и сделает что-то, так это она. Но теперь у неё вообще не было идей относительно того, что делать. Поездка сюда, разумеется, ничем не помогла. Может ли она продолжать доверять своей проницательности?

Райли ехала не больше десяти минут, прежде чем почувствовала вибрацию своего мобильного телефона. Она опустила на него глаза и увидела сообщение от Волдера. Она без труда догадалась, о чём оно.

“Что ж, – подумала она с горечью, – по крайней мере, сенатор не теряет времени”.

Глава 23

Когда Райли добралась до Квантико и вошла в офис Волдера в отделе поведенческого анализа, где её уже ждали шеф с Биллом. Она поняла, что Билла пригласили сюда специально ради этой встречи.

Старший специальный агент Карл Волдер поднялся из-за стола.

— «Шестёрка» сенатора? — сказал Волдер и его детское лицо исказила ярость.

Райли опустила глаза. С этим комментарием она действительно зашла слишком далеко.

— Мне очень жаль, сэр, — сказала она.

— Одними извинениями тут не отделаешься, агент Пейдж, — возразил Волдер. — Вы полностью съехали с катушек. О чём вы думали, являясь в дом сенатора с такими заявлениями? Вы хоть представляете, какой ущерб вы нанесли?

Под ущербом, Райли была уверена, Волдер подразумевал свой личный позор. Её он не слишком беспокоил.

— Вы уже нашли Синди Маккиннон? — спросила она негромко.

— Да нет, — резко сказал Волдер. — И, откровенно говоря, вы нам в этом мало помогаете.

Райли больно укололи его слова.

— Я не помогаю? — переспросила она. — Сэр, я всё время говорю вам, что вы нашли не того человека и что смотрите не в том…

Райли остановилась на половине предложения.

Синди Маккиннон — вот, что сейчас важно, а не её бесконечная борьба с Волдером. У них просто нет времени на все эти мелочные распри. Когда она снова заговорила, её голос звучал мягче.

— Сэр, несмотря на то, что я думаю, что сенатор может что-то от нас скрывать, я, скорей всего поступила неправильно, явившись к нему по собственной инициативе, не предупредив вас, и я прошу за это прощения. Но забудьте об этом на мгновение. Бедная женщина находится в плену уже больше двадцати четырёх часов. Что если я права и она у кого-то другого? Представьте, что сейчас с ней творится. Сколько ей ещё осталось?

Билл осторожно добавил:

– Нам следует рассмотреть такую вероятность, сэр.

Волдер сел и несколько мгновений ничего не говорил. По выражению его лица Райли видела, что его тоже беспокоит такой вариант. Затем он медленно, взвешивая каждое слово, произнёс:

– Бюро справится с этим.

Райли не знала, что думать. Она не вполне понимала, что имеет в виду Волдер. Признаёт ли он свою вероятную ошибку? Или всё ещё намерен не отклоняться от принятого курса?

– Садитесь, агент Пейдж, – сказал Волдер.

Райли села в кресло рядом с Биллом, который смотрел на неё с возрастающим беспокойством.

Волдер сказал:

– Я слышал, что произошло сегодня с вашей подругой, Райли.

Райли вздрогнула. Её не удивило, что Волдер знает о смерти Мари – как ни крути, молва о том, что она оказалась на месте первой, не могла не дойти до Бюро. Но к чему он сейчас об этом вспомнил? Сочувствие ли она услышала в его голосе?

– Что случилось? – спросил Волдер. – Почему она это сделала?

– Она больше не могла с этим жить, – прошептала Райли.

– Жить с чем? – спросил Волдер.

Повисло молчание. Райли не могла сформулировать ответ на этот вопрос.

– Я слышал, что вы сомневаетесь в том, что Петерсон мёртв, – сказал Волдер. – Думаю, я понимаю, почему вам сложно свыкнуться с этой мыслью. Но вы должны понимать, что это глупо.

Последовала очередная пауза.

– Вы говорили своей подруге об этом? – спросил Волдер. – Вы говорили ей о своей собственной навязчивой идее?

Райли вспыхнула. Она поняла, к чему он клонит.

– Она была для этого слишком слаба, агент Пейдж, – сказал Волдер. – Вы должны были предвидеть, какой эффект это окажет на неё. Вы должны были быть более проницательной. Но, честно говоря, агент Пейдж, ваша проницательность ни к чёрту. Мне не хочется этого говорить, но это так.

“Он винит меня в смерти Мари”, – осознала Райли.

Теперь Райли с трудом сдерживала слёзы. Были ли это

слёзы негодования – она не знала, как и не знала, что сказать. С чего начать? Не она поселила в голове Мари эту идею, это точно. Но как ей заставить понять это Волдера? Как ей объяснить ему, что у Мари были свои собственные причины сомневаться в смерти Петерсона?

Билл снова заговорил:

– Сэр, давайте помягче с ней, ладно?

– Мне кажется, я и так с ней крайне мягко, агент Джеффрис, – сказал Волдер, его голос посуровел. – И очень терпелив.

Волдер остановил на ней взгляд и долго не отводил его.

– Отдайте мне своё оружие и значок, агент Пейдж, – наконец сказал он.

Райли услышала, что Билл недоверчиво охнул.

– Сэр, это сумасшествие, – сказал Билл. – Она нужна нам!

Но Райли не надо было повторять дважды. Она встала со стула, достала пистолет со значком и положила их на стол Волдера.

– Вы можете забрать вещи из офиса, когда вам будет удобно, – сказал Волдер ровным и безэмоциональным тоном. – А пока отправляйтесь домой и отдохните. И возвращайтесь к терапии. Она вам необходима.

Когда Райли повернулась, чтобы выйти из комнаты, Билл встал, собираясь пойти с ней.

– А вы останьтесь, агент Джеффрис, – приказал Волдер.

Райли встретилась с Биллом глазами. Взглядом она сказала ему послушаться. В этот раз. Он кивнул, но выражение лица у него было разбитое. Затем Райли вышла из офиса. Идя по коридору, она чувствовала себя безучастной и оцепенелой, она не знала, что теперь делать.

Когда она вышла на холодный воздух, слёзы наконец покатились с её глаз. Но она с удивлением поняла, что это слёзы облегчения, а не отчаяния. Впервые за много дней она чувствовала себя свободной, избавленной от нелепых ограничений.

Если никто не собирается делать то, что нужно, она сделает это сама. Но теперь наконец-то никто не будет ей говорить, как она должна выполнять свою работу. Она найдёт убийцу и спасёт жизнь Синди Маккиннон – чего бы то ни стоило.

Когда Райли, снова опоздав, забрала Эприл и отвезла её домой, она поняла, что не сможет приготовить ужин. Перед её глазами до сих пор висело лицо Мари, ещё никогда в жизни она не была так измучена.

– У меня был плохой день, – сказала она Эприл. – Даже ужасный. Ты сможешь обойтись горячими бутербродами с сыром?

– Я не очень голодная, – сказала Эприл. – Габриэлла всё время откармливает меня до отвала.

Райли почувствовала приступ отчаяния. «Очередной провал», – с горечью подумала она.

Но тут Эприл снова посмотрела на мать, на этот раз с оттенком сочувствия.

– Бутерброды подойдут, – сказала она. – Я сама сделаю.

– Спасибо, – сказала Райли. – Ты просто чудо.

Она почувствовала, что настроение немного улучшилось. По крайней мере, сегодня у неё дома не будет конфликта. Ей действительно нужен перерыв.

Они быстро съели лёгкий ужин, потом Эприл пошла в комнату доделывать домашнюю работу и ложиться спать.

Несмотря на всю усталость Райли чувствовала, что не может терять времени. Она вернулась к работе. Включила ноутбук, открыла карту с местоположением жертв и распечатала район, который хотела изучить.

Райли нарисовала на карте треугольник, соединив линиями точки, в которых были найдены жертвы. Самая северная из них указывала на поле, где было выброшено тело Маргарет Герати два года назад. В западной точке была уже более тщательно усажена Эйлин Роджерс недалеко от Даггетта шесть месяцев назад. И, наконец, точка на юге отмечала место, где убийца достиг полного мастерства, расположив Ребу Фрай у ручья в парке Мосби.

Райли всё смотрела и смотрела на этот район и думала, гадала. Ещё одну женщину скоро найдут мёртвой где-то здесь – если она ещё не мертва. Время терять нельзя.

Райли повесила голову. Она так устала. Но на кону жизнь человека. И теперь, похоже, только она может спасти её – безо всякой официальной помощи или одобрения. Даже Билл ей не поможет. Но сможет ли она полностью самостоятельно раскрыть это дело?

Она должна попытаться. Она должна сделать это ради Мари. Она должна доказать её духу – и, может быть, даже своему, – что самоубийство – не единственный выход.

Райли нахмурилась на треугольник. Знание о том, что жертву держат где-то на этих 2500 квадратных километрах, уже многого стоило.

“Мне лишь нужно найти правильное место, – думала она. – Но как?”

Она знала, что нужно сократить зону поиска, хоть это и непросто. Впрочем, по крайней мере, некоторые места в этом районе ей знакомы.

На самом верху треугольника, ближайшая к Вашингтону точка была элитным, богатым и привилегированным районом. Райли была почти уверена, что убийца произошёл не оттуда. Кроме того, он наверняка держит жертву в месте, где никто не услышит её криков: криминалисты не нашли следов того, что у женщин во рту был кляп или его заклеивали скотчем. Райли поставила жирный крест на этом зажиточном районе.

Две самые южные точки были парковыми зонами. Мог ли убийца держать женщин в снятой охотничьей хижине или в кемпинге?

Райли тщательно это обдумала.

“Нет, – решила она. – Это было бы как-то ненадёжно”.

Все её инстинкты говорили ей, что мужчина действует из своего собственного дома – возможно, того, в котором он прожил всю свою жизнь, где он провёл необычайно несчастное детство. Ему бы доставило удовольствие приводить своих жертв туда, к себе домой.

Так что она перечеркнула и парковые зоны. То, что осталось, было в основном фермерскими землями или маленькими городами. Райли почти не сомневалась, что ей нужна ферма где-то в этом районе.

Она снова посмотрела на карту на компьютере, затем увеличила исследуемую зону. От вида переплетений многочисленных просёлочных дорог она упала духом. Если она права, то убийца живёт на какой-то старой грязной ферме в этом лабиринте. Но здесь слишком много дорог, чтобы наскоро всё обыскать на машине, кроме того, ферму может быть и не видно с дороги.

Она громко простонала от отчаяния. На какое-то

мгновение всё это показалось ей безнадёжным. Ужасная боль потери и предчувствия неудачи угрожала вот-вот вернуться.

Но тут она воскликнула:

– Куклы!

Она напомнила себе о выводе, к которому пришла вчера: о том, что убийца, вероятно, заметил всех своих жертв в одном-единственном магазине кукол. Где может находиться этот магазин?

Она нарисовала на бумажной карте ещё одну фигуру поменьше. Она лежала к востоку от большого треугольника, а в её углах находились места жительства четырёх женщин. Где-то в этом районе, она более чем уверена, располагается магазин, в котором все женщины покупали кукол, и где они стали мишенью убийцы. Она должна сначала найти этот магазин, а уже потом сможет отследить место, где он прятал женщин.

Она снова вернулась к карте на компьютере и увеличила её в нужном месте. Самая восточная точка нового, меньшего по размеру района находилась не так далеко от дома Райли. Она заметила, что главная дорога здесь под дугой уходит на запад через несколько небольших городков, ни один из которых не отличается богатством или историческим значением. Это как раз такие города, которые она ищет. И в каждом из них есть магазин кукол или игрушек, это точно.

Она распечатала маленькую карту и задала новый поиск, отмечая магазины в каждом городе. Наконец Райли захлопнула ноутбук. Ей надо поспать.

Завтра она отправится на поиски Синди Маккиннон.

Глава 24

К тому времени, когда Райли въехала в Глендив, на город уже опустились сумерки. День был долгий, и она успела отчаяться. Время пролетало безвозвратно вместе с надеждами найти какие-то жизненно важные улики.

Глендив был восьмым городом на её пути. В каждом городе Райли заходила в магазины с игрушками и куклами, расспрашивая всех, кто мог и хотел с ней разговаривать. Она была уверена, что ещё не нашла нужный ей магазин.

Никто в этих магазинах не вспомнил, что видел женщин с фотографий, которые она им показывала. Конечно, интересующие её женщины были похожи по возрасту и внешности на десяток других, которых работники таких магазинов видели каждый день. Что ещё хуже, ни одна из выставленных кукол не показалась ей возможным источником вдохновения для создания образов жертв.

Въехав в Глендив, у Райли появилось странное ощущение дежавю. Главная улица была до жути похожа на улицы в других городах: та же кирпичная церковь, с одного боку от которой находится кинотеатр, а с другого – аптека. Все города слились в одно в её изнурённой голове.

“А чего я ожидала?” – спросила она себя.

Прошлой ночью она никак не могла заснуть и выпила предписанные ей успокоительные. Это оказалось не такой уж и плохой идеей, но вот запивать их двумя шотами виски было неразумно. Теперь её мучала ужасная головная боль, но она должна была продолжать поиски.

Припарковав машину у магазина, который она планировала проверить, она увидела, что дневной свет почти угас. Она уныло вздохнула. У неё остался ещё один город и ещё один магазин, который нужно было проверить. Она не сможет вернуться в Фредриксбёрг и забрать Эприл от Райана раньше, чем через три часа. Сколько ещё вечеров она будет опаздывать?

Она достала мобильник и набрала его домашний номер. Она надеялась, что трубку возьмёт Габриэлла, но вместо этого услышала голос Райана.

– Что такое, Райли? – спросил он.

– Райан, – пробормотала Райли, – мне ужасно жаль, но…

– Но ты снова опоздаешь, – сказал Райан, закончив вместо

неё предложение.

– Да, – призналась Райли. – Прости.

Повисло молчание.

– Знаешь, это очень важно, – сказала Райли наконец. – Жизнь женщины находится в опасности. Мне нужно доделать то, что я начала.

– Я слышал об этом и раньше, – неодобрительно сказал Райан. – Это всегда дело жизни и смерти. Что ж, продолжай. Занимайся этим. Только я начинаю думать, зачем вообще тебе утруждаться забирать Эприл? Она может прекрасно оставаться и здесь.

Райли почувствовала, что у неё сжалось горло. Как она и опасалась, Райан, похоже, готовится к борьбе за опеку. И не из искреннего желания воспитывать Эприл – он слишком занят собственной жизнью, чтобы заботиться о дочери – всё, чего он хочет, это причинить Райли боль.

– Я приеду и заберу её, – сказала Райли, стараясь сделать голос твёрдым. – Обсудим всё позже.

Она повесила трубку.

После этого она вышла из машины и прошла два шага до магазина – «Дебби Долл Бутик», так он назывался. Она зашла внутрь и увидела, что название слишком громкое для магазина, в котором продавались обычные товары широкого потребления.

В нём не было ничего странного или необычного.

Вряд ли это было то место, которое она ищет. Магазин, который она представляла, должен быть хотя бы в чём-то особенным, чтобы его репутация, передаваемая по сарафанному радио, привлекала покупателей из соседних городов. И всё же Райли должна была проверить и этот, чтобы быть полностью уверенной.

Райли подошла к стойке продавца, за которой у кассового аппарата стояла высокая женщина преклонных лет с толстыми стёклами в очках и птичьими чертами лица.

– Я специальный агент Райли Пейдж, ФБР, – сказала она, снова почувствовав себя как будто голой без значка. Пока что все продавцы были согласны поговорить с ней и без него. Она надеялась, что и эта женщина не откажется.

Райли достала четыре фотографии и положила их на прилавок

– Скажите, не видели ли вы кого-то из этих женщин, –

сказала она, показывая фотографии одну за другой. – Вы, вероятно, не вспомните Маргарет Герати – она могла заходить сюда два года назад. Но Эйлин Пейдж приходила примерно полгода назад, а Реба Фрай могла покупать куклу шесть недель назад. Вот эта женщина, Синди Маккиннон, вероятно, была здесь на прошлой неделе.

Женщина пристально посмотрела на фотографии.

– О, милая, – сказала она, – мои глаза уже не те. Дай мне посмотреть повнимательней.

Она взяла увеличительное стекло и стала тщательно изучать фотографии. В это время Райли заметила, что в магазине есть кое-кто ещё. Это был довольно неприглядный мужчина среднего роста и телосложения. На нём была надета футболка и поношенные джинсы. Райли могла бы и не заметить его, если бы не важная деталь.

В руках у него был букет роз.

Розы были живые, но сочетание роз и кукол могло говорить о мании убийцы.

Мужчина не смотрел на неё. Едва ли он слышал, как она представлялась агентом ФБР. Или он избегает зрительного контакта?

В этот момент она услышала голос женщины:

– Я не думаю, что видела кого-то из них, – сказала она. – Но всё-таки, как я уже говорила, я вижу не очень хорошо. И у меня всегда была плохая память на лица. Простите, что не смогла вам помочь.

– Всё хорошо, – сказала Райли, складывая фотографии обратно в сумочку. – Спасибо, что уделили мне время.

Она снова повернулась к мужчине, который перешёл к изучению содержимого соседнего прилавка. Её пульс ускорился.

“Это определённо может быть он, – думала она. – Если он купит куклу, я буду уверена, что это он”.

Но она не могла просто стоять и смотреть на него. Если он виновен, вряд ли он себя выдаст. Он может ускользнуть у неё из рук.

Она улыбнулась продавщице и вышла.

Оказавшись снаружи, Райли немного прошла вдоль домов и остановилась в ожидании. Всего через несколько минут дверь в магазин открылась и оттуда вышел мужчина. Он всё ещё держал в одной руке розы, а в другой у него был пакет со свежекупленными товарами. Он повернулся и пошёл по тротуару в сторону, противоположную той, где стояла Райли.

Райли пошла за ним, сохраняя большую дистанцию, и по пути оценивала его рост и строение: она была немного выше его и, возможно, сильнее, будучи лучше натренированной. И она не собиралась упускать его.

Свернув на узкую аллею, мужчина, должно быть, услышал сзади себя шаги. Он резко повернулся, увидел её и отступил в сторону, как будто давая ей возможность обогнать его.

Однако Райли толкнула его на аллею – толкнула сильно и резко. Место было узкое, грязное и тёмное.

Мужчина, испугавшись, выронил пакет и розы. Цветы рассыпались по тротуару. Он поднял руку, чтобы защититься от неё.

Она схватила её и завернула ему за спину, толкнув его лицом к кирпичной стене.

– Специальный агент Райли Пейдж, ФБР, – выкрикнула она. – Где вы держите Синди Маккиннон? Она всё ещё жива?

Мужчину трясло с ног до головы.

– Кого? – спросил он дрожащим голосом. – Я не понимаю, о чём вы.

– Не играй со мной в игры, – бросила Райли, на этот раз чувствуя себя как никогда беззащитной без значка и особенно без оружия. Как она должна вывести преступника на чистую воду без пистолета? Она далеко от Квантико и у неё даже нет партнёра, который бы мог помочь.

– Леди, я не понимаю, к чему всё это, – сказал мужчина, начиная плакать.

– Для чего все эти розы? – допрашивала Райли. – Для кого они?

– Для дочери! – закричал мужчина. – У неё завтра первый фортепианный концерт!

Райли всё ещё держала его за правую руку. Левая рука мужчины была упёрта в стену. Неожиданно Райли заметила нечто, что раньше не бросилось ей в глаза.

На пальце у мужчины было обручальное кольцо. Убийца же не был женат, в этом она была совершенно уверена.

– Концерт фортепиано? – переспросила она.

– Концерт учеников миссис Тулли, – плакал он. – Можете спросить кого угодно в этом городе.

Райли немного ослабила хватку.

Мужчина продолжал:

— Я купил розы, чтобы подарить ей, когда она будет кланяться. Я купил ей и куклу.

Райли отпустила руку мужчины и пошла туда, где он уронил свой пакет. Она подняла его и вытащила содержимое.

Это и впрямь была кукла, одна из подростковых кукол, которые всегда раздражали и расстраивали её: она была сделана нарочито сексуальной, с пухлыми губами и пышным бюстом. Но какой бы мерзкой она ни была, она была нисколько не похожа на куклу, найденную у Даггетта. Та кукла была маленькой девочкой, как и кукла с фотографии Синди Маккиннон и её племянницы — с золотыми волосами и розовым платьем с оборочками.

Это не тот человек. Она едва могла дышать.

— Простите, — пробормотала она мужчине. — Я ошиблась. Мне очень, очень жаль.

Всё ещё трясясь от шока и смущения, мужчина стал собирать розы. Райли наклонилась, чтобы помочь ему.

— Нет! Нет! — воскликнул он. — Не помогайте! Держитесь от меня подальше! Просто держитесь подальше!

Райли повернулась и пошла прочь с аллеи, оставив несчастного мужчину одного собирать цветы и куклу для своей дочери. Как она могла такое допустить? Почему она зашла так далеко? Почему она не заметила кольцо на его пальце в тот момент, когда его увидела?

Ответ был прост: она устала, голова у неё раскалывалась. Она не могла ясно соображать.

Как в тумане шагая по тротуару, она заметила неоновую вывеску бара. Ей захотелось выпить. Она чувствовала, что просто обязана это сделать.

Она зашла в плохо освещённое заведение и села за стойку. Бармен был занят обслуживанием другого клиента. Райли гадала, чем сейчас занимается мужчина, к которому она только что пристала. Звонит в полицию? Может быть, её саму скоро арестуют? Это была бы горькая ирония.

Но она решила, что он, скорей всего, не станет звонить в полицию. Как-никак, тогда ему бы пришлось рассказать обо всём, что произошло, а ему наверняка стыдно от того, что на него напала женщина.

В любом случае, если он позвонил в полицию и они уже едут сюда, она не станет скрываться. Если придётся, она возьмёт на себя ответственность за свои действия. А может быть, она и заслуживает того, чтобы быть арестованной. Она вспомнила свой разговор с Майком Невинсом, когда он указал ей на её ощущение собственной никчёмности.

“Возможно, я правильно считаю себя ни на что не годной, – подумала она. – Возможно, было бы лучше, если бы Петерсон просто убил меня”.

Перед ней появился бармен.

– Что желаете, мадам? – спросил он.

– Бурбон со льдом, – сказала Райли. – Двойной.

– Сейчас будет, – сказал бармен.

Она напомнила себе, что пить на работе не в её традициях. Её болезненное восстановление от посттравматического стресса отмечалось периодическими приступами распития спиртного в больших количествах, но она думала, что это всё осталось позади.

Она сделала глоток. Крепкий напиток сбежал вниз по пищеводу, успокаивая её.

Она всё ещё должна съездить в один город, поговорить по меньшей мере с одним человеком. Но прежде всего ей нужно как-то успокоиться.

“Что ж, – подумала она с горькой усмешкой, – по крайней мере, я не на официальной службе”.

Она быстро допила напиток и отговорила себя от того, чтобы заказывать следующий. Магазин игрушек в соседнем городе скоро закроется, так что ей срочно нужно ехать. Время Синди Маккиннон истекает, если ещё не истекло.

Покинув бар, Райли почувствовала, что идёт по краю знакомой бездны. Она думала, что оставила весь этот ужас, боль и самобичевание далеко позади. Неужели они снова её настигли?

Сколько ещё она сможет сопротивляться этому смертельному, засасывающему её болоту?

Глава 25

Рано утром телефон Райли завибрировал. Она сидела за столом со своим кофе, глядя на карту, которую использовала вчера, и планировала маршрут на сегодня. Когда она увидела, что звонит Билл, у неё ёкнуло сердце: с какими он новостями – хорошими или плохими?

– Что случилось, Билл?

Она услышала, как её бывший партнёр тяжело вздохнул.

– Райли, ты сейчас сидишь?

У Райли упало сердце. Она была рада, что действительно сидит. Тон Билла мог значить только что-то ужасное и от недоброго предчувствия у неё напряглись мускулы.

– Они нашли Синди Маккиннон, – сказал Билл.

– Мёртвую, да? – потрясённо проговорила Райли.

Билл ничего не сказал, но Райли было понятно и без слов. Она почувствовала, что в её глазах собираются слёзы – от шока и беспомощности. Она боролась с ними, твёрдо намереваясь не плакать.

– Где её нашли? – спросила Райли.

– Довольно далеко к западу от остальных жертв, в национальном лесу, почти на границе с Западной Вирджинией.

Она посмотрела на карту.

– Какой ближайший город?

Он дал название и она нашла примерное расположение места преступления. Оно находилось вне треугольника с вершинами в точках, где были найдены остальные тела. Но всё же какая-то связь с остальными местами была, хотя она не могла сказать, какая.

Билл продолжал описывать находку:

– Он посадил её у скалы на открытом пространстве, вокруг нет деревьев. Я сейчас на месте преступления. Зрелище ужасное. Он продолжает совершенствоваться, Райли.

«И ускоряться», – подумала Райли с отчаянием – его жертва продержалась в живых всего несколько дней.

– Так что Даррелл Гамм действительно не тот человек, – сказала она.

– Ты единственная об этом говорила, – сказал Билл, – и была права.

Райли изо всех сил старалась вникнуть в ситуацию.

– Так они освободили Гамма? – спросила она.

Билл с раздражённым стоном ответил:

– Без шансов, его будут судить за помехи следствию. Он должен за многое ответить. Хотя ему, похоже, всё равно. Однако мы позаботимся, чтобы его имя пропало из новостей как можно скорей – этот аморальный болван не заслуживает внимания общества.

Между ними повисла тишина.

– Чёрт побери, Райли, – сказал наконец Билл, – если бы только Волдер послушал тебя, возможно, мы бы её спасли.

Райли в этом сомневалась. Она вряд ли могла бы кардинально исправить ситуацию, однако если бы все человеческие ресурсы были направлены в нужное русло, они могли бы что-то обнаружить за эти драгоценные часы.

– У тебя есть фотографии? – спросила она. Сердце её колотилось.

– Да, Райли, но…

– Но ты не должен их мне показывать. Однако мне нужно их видеть. Сможешь отправить?

Спустя короткую паузу, Билл сказал:

– Готово.

Через несколько мгновений Райли уже разглядывала леденящие кровь снимки на своём сотовом. Первая крупным планом показывала лицо, которое она видела на фотографии всего несколько дней назад. Тогда оно светилось от любви к маленькой, счастливой девочке с её новой куклой. Теперь же лицо было мертвенно-бледным, веки пришиты, а на губах нарисована зловещая улыбка.

Она посмотрела на остальные фотографии и увидела, что по расположению тело очень похоже на тело Ребы Фрай. Присутствовали все детали. Поза в точности такая же. Тело также обнажено, ноги разведены, она сидела абсолютно прямо, в точности как кукла. Искусственная роза лежала на земле между её ног.

Это была настоящая подпись убийцы, его послание. Это и был тот эффект, которого он всё время пытался достичь. Он достиг мастерства со своими третьей и четвёртой жертвами. Райли прекрасно знала, что он готов повторить это.

Посмотрев фотографии, Райли вернулась к разговору с Биллом.

– Мне очень жаль, – сказала она хриплым от ужаса и грусти голосом.

– Да, мне тоже, – сказал он. – У тебя есть идеи?

Райли мысленно снова просмотрела фотографии.

– Я думаю, что парик и роза такие же, как и были, – сказала она. – И лента тоже.

– Верно, они выглядят так же.

Она снова помедлила. Какие улики надеются найти Билл и его команда?

– Вас достаточно рано вызвали, чтобы вы успели проверить следы шин и ног? – спросила она.

– В этот раз место отгородили достаточно рано. Её заметил рейнджер и позвонил напрямую в Бюро. Никаких местных полицейских не ошивалось. Но мы не нашли ничего полезного. Этот тип очень аккуратный.

Райли крепко задумалась. На фотографиях женщина сидела на траве, облокотившись на скалу. В её голове мелькали вопросы.

– Тело было холодным? – спросила она.

– Оно остыло к тому времени, когда мы приехали.

– Как ты думаешь, оно там долго находилось?

Она услышала, как Билл листает свой блокнот.

– Я точно не знаю, но её посадили в эту позу уже поле смерти. Судя по пятнам, в течение последних нескольких часов. Мы узнаем больше, когда её осмотрит патологоанатом.

Райли почувствовала, как в ней нарастает знакомое нетерпение. Она хотела ясно почувствовать порядок действий убийцы.

Она спросила:

– Мог ли он посадить её там, где убил её, а потом привезти на поляну, когда тело уже окоченело?

– Вероятно, нет, – сказал Билл. – Я не вижу в позе ничего странного. Я не думаю, что она уже застыла к тому моменту, когда оказалась здесь. А что? Ты думаешь, он привёз её сюда, а потом убил?

Райли закрыла глаза и задумалась.

Наконец, она сказала:

– Нет.

– Ты уверена?

– Он убил её там, где держал её, а потом привёз на эту поляну. Он бы не стал везти её живой. Он не хотел бороться с человеком в своём пикапе или на месте.

С всё ещё крепко закрытыми глазами, Райли заглянула в

себя, чтобы почувствовать убийцу.

— Он хотел привезти только сырой материал, чтобы сделать своё заявление, — сказала она. — Именно этим она для него стала, когда погибла, — предметом искусства, а не женщиной. Так что он убил её, вымыл, высушил, подготовил тело так, как хотел, и покрыл вазелином.

Сцена начала разыгрываться у неё в голове в ярких деталях.

— Он привёз её на место, когда уже начиналось окоченение, — сказала она. — Он всё точно выверял. После убийства трёх женщин он в точности понял, как всё это работает. Он начал творческий процесс с тех частей тела, которые застыли раньше, и придавал ей нужную позу по мере того, как она затвердевала, мало-помалу. Он лепил её, как из глины.

Райли не могла бы сказать, что в следующую очередь она увидит в своей голове — точнее, в голове убийцы. Слова появлялись медленно и болезненно.

— К тому времени, когда он покончил со всем телом, голова всё ещё лежала у неё груди. Он потрогал мышцы плеч и шеи, точно понял, где находятся остатки гибкости, и поднял голову. Он держал её, пока она не окоченела. Возможно, это заняло минуты две или три. Он был терпелив. После этого он отступил на шаг и насладился результатом своего труда.

— Боже, — пробормотал Билл сдавленно, — ты великолепна.

Райли горько вздохнула и ничего не ответила. Она не считала себя великолепной — теперь нет. Она была хороша лишь в одном — в примеривании на себя чьего-то больного разума. Что это говорит о ней? Как это помогло хоть кому-то? Это определённо не пошло на пользу Синди Маккиннон.

Билл спросил:

— Как далеко отсюда, ты думаешь, он держит жертв, пока они ещё живы?

Райли мысленно произвела расчёты, представляя зону на карте в голове.

— Не очень далеко от того места, где он её посадил, — сказала она. — Вероятно, не больше, чем в двух часах езды.

— Это всё ещё большая территория.

У Райли за секунду испортилось всё настроение. Билл был прав. Он не сказала ещё ничего, что могло бы помочь.

— Райли, ты нужна нам на этом деле, — сказал Билл.

Райли простонала сквозь зубы.

– Я уверена, что Волдер так не считает, – сказала она.

“Да и я так не считаю”, – подумала она.

– Что ж, Волдер ошибается, – сказал Билл. – И я скажу ему, что он ошибается. Я собираюсь вернуть тебя к работе.

Райли дала словам Билла повиснуть в воздухе.

– Это слишком рискованно для тебя, – наконец произнесла она. – Волдер может уволить тебя тоже, если ты будешь гнать волну.

Билл запнулся.

– Но Райли…

– Никаких “но”, Билл. Если тебя уволят, это дело так и останется нераскрытым.

Билл вздохнул. Его голос прозвучал устало и покорно.

– Хорошо, – сказал он. – Но у тебя есть какие-то идеи?

Райли задумалась. Пропасть, в которую она смотрела последние пару дней, становилась всё шире и глубже. Она почувствовала, что то немногое, что осталось от её решимости, ускользало сквозь пальцы. Она не справилась и из-за этого погибла женщина.

И всё же, возможно, ещё есть что-то, что она может сделать.

– У меня назревают кое-какие идеи, – сказала она. – Я дам тебе знать.

Когда они закончили разговор, Райли услышала запах кофе и жареного бекона, донёсшийся из кухни. Там была Эприл. Райли едва встала, а дочь уже готовила завтрак.

“Я её даже не просила!” – подумала Райли.

Возможно, проведение времени с отцом заставило её ценить Райли, хотя бы немного. Эприл никогда не нравилось быть с Райаном. Так или иначе, Райли была благодарна за любую помощь в такие дни, как этот.

Она сидела и думала, что делать дальше. Она планировала сегодня снова поехать на запад по новому маршруту, который нарисовала сегодня, однако чувствовала себя разбитой, выбитой из колеи ужасным поворотом событий. Вчера она была не в лучшей форме и даже позволила себе выпить в Глендиве. Она не может сегодня сделать то же – не в таком состоянии. Она наверняка допустит ошибку. А ошибок и так уже допущено слишком много.

Но местоположение магазина было важно – возможно, сейчас важнее, чем когда-либо. Убийца найдёт там свою следующую жертву, если ещё её не нашёл. Райли села за компьютер и написала Биллу письмо, скинув ему копию карты.

Она объяснила Биллу, какие города и магазины нужно проверить. Она предложила сфокусироваться на поисках дома убийцы самому Биллу, но, возможно, он сможет убедить Волдера отправить по маршруту кого-то другого – пока тот не выяснил, что это идея Райли.

Она продолжала сидеть и смотреть на карту, когда медленно начала замечать систему, которой не видела раньше. Дело было не в том, что места были как-то друг с другом связаны, но они неровным веером распространялись от другой пометки на карте – места, окружённого адресами всех четырёх женщин. Изучив всё это, она ещё больше убедилась, что поиск жертв сосредоточился вокруг какого-то места, в котором они все бывали, конкретного магазина кукол. И куда убийца ни отвозил своих жертв, это вряд ли было далеко от того места, где он их впервые увидел.

Но почему она не смогла найти магазин? Может быть, она избрала неправильный подход? Зациклилась на одной-единственной идее и не разглядела другие улики? Или она просто придумала эту закономерность, и она ведёт её в неверном направлении?

Райли отсканировала свою карту с пометками и отправила Биллу вместе с запиской.

– Завтрак готов, мам.

Сев кушать вместе с дочерью, Райли снова поймала себя на том, что вот-вот готова заплакать.

– Спасибо, – сказала она и молча начала есть.

– Мам, что не так? – спросила Эприл.

Райли удивил её вопрос. Неужели нотка заботы – это то, что она только что услышала в голосе дочери? Девочка мало разговаривала с Райли большую часть времени, но, по крайней мере, она не была откровенно грубой последние несколько дней.

– Да ничего, – ответила Райли.

– Это неправда, – сказала Эприл.

Райли ничего не ответила. Она не хотела посвящать Эприл в жуткие подробности дела. У её дочери и без того полно проблем.

– Это Билл звонил? – спросила Эприл.

Райли молча кивнула.

– Что он говорил?

– Я не могу тебе сказать.

Между ними повисло долгое молчание. Обе продолжали есть.

Наконец Эприл сказала:

– Ты всё пытаешься меня разговорить. Но это палка о двух концах, понимаешь? Ты сама со мной никогда не разговариваешь. Ты вообще с кем-нибудь разговариваешь?

Райли перестала есть и проглотила комок, который появился у неё в горле. Хороший вопрос. И ответ на него "нет". Она больше ни с кем не разговаривает. Но она не может заставить себя это признать.

Она напомнила себе, что сегодня суббота и ей не нужно отвозить Эприл в школу, а она не предупредила её, что та проведёт день с отцом. И хотя Райли уже решила не ехать на запад в поисках улик, всё же есть кое-что, что она должна сделать.

– Эприл, мне нужно кое-куда поехать, – сказала она. – Ты сможешь остаться одна?

– Конечно, – сказала Эприл. Затем она искренне печальным голосом спросила: – Мам, ты можешь хотя бы сказать мне, куда едешь?

– Я еду на похороны.

Глава 26

Райли прибыла в похоронный зал в Джорджтауне прежде, чем началось отпевание Мари. Похороны всегда приводили её в ужас. Для неё они были даже хуже посещений сцен преступлений с только что убитыми людьми. Они всегда продирали её до костей. И всё же Райли чувствовала, что должна Мари что-то, хоть и не была уверена, что именно.

Фасад похоронного зала был собран из кирпича, спереди его украшали белые колонны. Она вошла в устланное коврами, хорошо вентилируемое фойе, которое вело в холл в сдержанных пастельных тонах, как раз таких, которые по идее не должны были ни вгонять в депрессию, ни вызывать радость. Однако они дали обратный эффект на Райли, усилив её чувство отчаяния. Она не понимала, почему похоронные залы не могут быть такими же мрачными и отталкивающими, какими на самом деле являются, как мавзолеи и морги, без этой фальши.

Она прошла через несколько комнат, некоторые из которых были с гробами и посетителями, другие пустые, пока, наконец, не дошла до места, где должна была пройти служба по Мари. На дальнем конце комнаты она увидела открытый гроб, сделанный из блестящего дерева с длинными медными ручками с обеих сторон. Пришло порядка двадцати человек, многие из них сидели, кое-кто шёпотом переговаривался. В комнате играла безликая органная музыка. Около гроба образовалась небольшая очередь прощающихся.

Встав в неё, она вскоре оказалась у гроба и посмотрела на Мари. Несмотря на все свои попытки подготовиться к этому, Райли всё же вздрогнула: лицо Мари было неестественно неподвижным и строгим, на нём не было следов безумия или агонии, которые она видела, когда та свисала с балки. Лицо не было напряженным и испуганным, как тогда, когда они говорили лично. Это было странно. На самом деле даже хуже, чем странно.

Она быстро отошла от гроба, заметив какую-то старую пару, сидящую в переднем ряду. Она решила, что это родители Мари. По бокам от них сидели мужчина и женщина примерно возраста Райли. По-видимому, брат и сестра Мари. Райли залезла в воспоминания своих разговоров с Мари и извлекла оттуда их имена: Тревор и Шэннон. Как зовут её родителей, она не имела представления.

Райли подумала о том, чтобы принести семье Мари свои соболезнования. Но как ей представиться? Женщиной, которая спасла Мари из плена, а позже обнаружила её тело? Нет, она, конечно же, последний человек на свете, которого они хотели бы сейчас видеть. Лучше дать им скорбеть спокойно.

Проходя вглубь комнаты, Райли поняла, что не узнаёт здесь ни единого человека. Это казалось странным и ужасно грустным. Несмотря на бесчисленные часы общения по видео и единственную встречу лицом к лицу у них нет ни единого общего друга.

Зато у них есть один общий враг – психопат, который их обеих держал в плену. Пришёл ли он сегодня? Райли знала, что убийцы часто посещают похороны и могилы своих жертв. В глубине души она понимала, что именно это должна Мари, что именно поэтому пришла сюда сегодня – чтобы найти Петерсона. И поэтому она нелегально принесла оружие – свой личный пистолет, который обычно лежал в багажнике её машины.

Обходя комнату, она изучала лица присутствующих, которые уже сидели. Она видела Петерсона в свете фонаря и на фотографиях, но ей так и не удалось ни разу оказаться с ним лицом к лицу. Узнает ли она его?

У неё стучало сердце, пока она подозрительно оглядывала людей, ища в каждом из них убийцу. Вскоре они все слились в одно убитое горем лицо, озадаченно глядящее на неё в ответ.

Не заметив никого, хоть сколько-нибудь опасного, Райли села на стул у прохода на заднем ряду, отдельно от остальных, где бы она видела всех, кто войдёт или выйдет.

На подиум взошёл молодой священник. Райли знала, что Мари не религиозна, так что пригласить священника, очевидно, было идеей её родственников. Уселись последние из гостей и служба началась.

Тихим профессиональным голосом священник начал со знакомых слов:

– "Если я пойду и долиною смертной тени, не убоюсь зла, потому что Ты со мной".

Священник сделал паузу. В коротком молчании в голове Райли эхом отозвалась единственная фраза.

"Не убоюсь зла".

Почему-то Райли поразила эта совершенно неуместная фраза. Что вообще это значит "не убоюсь зла"? Разве это правильно? Если бы много страшных месяцев назад Мари была более осторожна, может быть, она и не попала бы в лапы Петерсона.

Зла определённо надо бояться – его полно вокруг.

Священник снова заговорил.

– Друзья мои, мы собрались здесь, чтобы оплакать потерю и воспеть жизнь Мари Сайлес – дочери, сестры, подруги и коллеги…

Священник начал свою обычную заученную проповедь о потерях, дружбе и семье. Хотя он назвал "кончину" Мари "преждевременной", он не упомянул о жестокости и ужасах, которые ознаменовали последние недели её жизни.

Райли вскоре перестала слушать его наставления, и ей вспомнились слова Мари в предсмертной записке:

"Другого пути нет".

Райли почувствовала, что внутри неё растёт чувство вины, достигая таких размеров, что она едва могла дышать. Она хотела выбежать на середину комнаты, оттолкнуть священника и признаться всем присутствующим, что всё это произошло только по её вину. Это ей не удалось спасти Мари. Это она подвела всех, кто её любил. И прежде всего себя.

Райли удалось подавить в себе это желание, но ей стало ясно, *что* вызывает её дискомфорт. Прежде всего, это кирпичи похоронного дома, его глупые белые колонны и пастельного цвета обои. Затем лицо Мари, такое неестественное и восковое в гробу. А теперь ещё и проповедник, который махал руками и нёс какой-то бред, как робот, и ряды голов, которые кивали в такт его словам.

"Кукольный театр", – поняла Райли.

И Мари, которая лежала в гробу – ненастоящее тело на ненастоящих похоронах.

Райли окатило волной ужаса. Два убийцы – Петерсон и кто бы то ни было, кто убил Синди Маккиннон и остальных женщин – смешались в её голове. Было неважно, что сопряжение их беспочвенно и неразумно. Она уже не могла их разъединить. Они стали для неё единым целым.

Казалось, что эти тщательно разыгранные похороны – последние штрихи монстра. Он заявлял о том, что будет ещё много новых жертв и много других похорон.

Тут, Райли краем глаза заметила, что кто-то тихонько вошёл на службу и сел на другом конце заднего ряда. Он осторожно повернула голову, чтобы посмотреть, кто пришёл посреди похорон, и увидела обычно одетого мужчину в низко надвинутой кепке, которая закрывала его глаза. У неё сильнее забилось сердце. Он выглядел достаточно высоким и сильным, чтобы у него хватило сил справиться с ней и взять в плен. У него было безжалостное лицо, стиснутые челюсти и как будто виноватое выражение лица. Может ли это быть убийца, которого она ищет?

Райли поняла, что дышит слишком часто. Она заставила себя успокоиться и очистить мысли. Ей нужно удержаться, чтобы не вскочить и не арестовать опоздавшего. Служба вот-вот должна закончиться, так что она не будет прерывать её из уважения к памяти Мари. Она должна подождать. Но что, если это не он?

Однако тут, к её удивлению, человек вдруг встал и тихо вышел из комнаты. Заметил её?

Райли вскочила и последовала за ним. Она почувствовала, что на её неожиданную возню повернулись головы, но это уже было неважно.

Она бежала по холлу похоронного здания к главному входу, а когда выбежала на улицу, увидела, что мужчина быстро идёт прочь по тротуару. Она достала пистолет и направила на него.

– ФБР! – закричала она. – Ни с места!

Мужчина обернулся и увидел её.

– ФБР! – повторила она, снова чувствуя себя обнажённой без значка. – Поднимите руки вверх!

Мужчина, стоящий перед ней, был очень изумлён.

– Паспорт! – потребовала она.

У неё дрожали руки – от страха или от негодования, Райли и сама не знала. Он выудил из бумажника водительское удостоверение и она его изучила, обнаружив, что он житель Вашингтона.

– Вот моё удостоверение личности, – сказал он. – А где ваше?

Решительность Райли начала угасать. Она вообще видела раньше лицо этого человека? Она была не уверена.

– Я юрист, – сказал мужчина, всё ещё в потрясении. – И я знаю свои права. Вам лучше иметь вескую причину для того, чтобы вот так просто брать и наставлять на меня пистолет прямо посреди улицы.

– Я агент Райли Пейдж, – сказала она. – Мне нужно знать, зачем вы пришли на похороны.

Мужчина пристально на неё посмотрел.

– Райли Пейдж? – переспросил он. – Агент, которая спасла её?

Райли кивнула. Лицо мужчины исказило отчаяние.

– Мари была моим другом, – сказал он. – Несколько месяцев назад мы были близки. А потом с ней произошла ужасная вещь и…

Мужчина проглотил слёзы.

– Я потерял с ней контакт. Это была моя вина. Она была хорошим другом, а я не поддерживал с ней связь. А теперь у меня больше никогда не будет такой возможности…

Мужчина покачал головой.

– Как жаль, что я не могу вернуться назад и сделать всё иначе. Мне так плохо от этой мысли. Я даже не смог высидеть все похороны. Пришлось уйти.

Райли осознала, что мужчина чувствует себя виноватым, что ему больно. И его причины были очень похожи на её собственные.

– Мне очень жаль, – тихо сказала Райли, опустив пистолет; она чувствовала себя опустошённой. – Правда, жаль. Я найду ублюдка, который довёл её до этого.

Повернувшись, чтобы уйти, она услышала, как он озадаченно её переспросил:

– А разве он уже не мёртв?

Райли не ответила. Она оставила осиротевшего мужчину стоять на тротуаре.

Уходя прочь, она точно знала, куда должна поехать. И она знала, что её не поймёт никто на свете, за исключением разве что Мари.

*

Райли ехала по городским улицам, которые меняли свой облик, сменяя элегантные дома Джорджтауна на запущенные районы в прошлом преуспевающей промышленной зоны. Многие дома и магазины были заброшены, а местные жители бедны. Чем дальше она ехала, тем хуже становилось вокруг.

Наконец она остановилась возле ряда одноквартирных

домов, уже не пригодных для проживания. Она вылезла из машины и быстро нашла то, за чем приехала.

Между двумя свободными домами находилась широкая, пустынная зона. Не так давно здесь стояло три заброшенных дома. Петерсон незаконно занял дом посередине, используя его как своё логово. Место подходило ему как нельзя лучше – оно было хорошо изолированно от местных жителей и крики, доносящиеся из-под дома, ни до кого не долетали.

Теперь же на месте дома была ровная площадка, любые признаки былого наличия здесь строений были сметены с лица земли и начали зарастать травой. Райли постаралась вспомнить, как здесь всё выглядело, когда дома ещё стояли. Это было непросто. Она была здесь всего однажды в то время. И тогда была ночь.

Она зашла на пустырь и на неё нахлынули воспоминания…

Райли следила за ним весь день и всю ночь. Билл уехал на другой срочный вызов и Райли приняла неблагоразумное решение отправиться сюда за мужчиной в одиночку.

Она увидела, как он заходит в полуразрушенный небольшой домишко с заколоченными окнами. Потом, буквально через пару минут, он снова вышел. Он шёл пешком и Райли не знала, куда он направляется.

Она быстро обдумала вызов подкрепления и отбросила этот вариант. Мужчина ушёл, и если внутри дома действительно находится жертва, она не может заставлять её ждать в одиночестве и мучениях больше ни одной минуты. Она зашла на крыльцо и протиснулась между досок, которыми дверной проём был заколочен лишь частично.

Она включила фонарик. Луч света отразился от по меньшей мере дюжины баллонов с пропаном. Это не было для неё сюрпризом: они с Биллом знали, что подозреваемый одержим огнём.

Тут она услышала, что под половицами кто-то скребётся и тихо плачет…

Райли остановила поток воспоминаний. Она огляделась. Она была уверена – сверхъестественное ощущение – что стоит на том самом месте, которого она боялась и искала. Именно тут они с Мари сидели в клетке в тёмном и грязном погребе.

Конец истории всё ещё причинял ей боль. Петерсон

поймал Райли, когда она отпускала Мари. Мари пробежала пару миль в состоянии полного шока и к тому времени, когда её нашли, она не имела понятия, где её держали в плену. Райли осталась одна в темноте и должна была сама найти способ выбраться.

После кажущегося бесконечным кошмара, снова и снова подвергаясь мучениям от горелки Петерсона, Райли высвободилась. Сделав это, она избила Петерсона до почти бессознательного состояния. Каждый удар приносил ей ужасное облегчение. Возможно эти удары, эта небольшая месть, думала она теперь, позволили ей поправиться быстрее, чем Мари.

Затем, обезумевшая от страха и истощения, Райли открыла все баллоны с газом. Выбегая из дома, она бросила на пол зажжённую спичку. Взрыв отбросил её через всю улицу. Все были поражены, что она выжила.

Теперь, спустя два месяца после взрыва, Райли смотрела на мрачное дело своих рук – свободное пространство, на котором никто не жил и вряд ли будет жить ещё долгое время. Ей показалось это прекрасной иллюстрацией того, во что превратилась её жизнь. В некотором роде это был тупик, по крайней мере, для неё.

Райли затошнило, у неё закружилась голова. Всё ещё стоя на траве, она почувствовала, будто падает, падает, падает... Она неслась прямо в бездну, которая разверзлась под ней. Несмотря на яркий солнечный свет, мир вокруг казался ужасно тёмным – темнее, чем он был в клетке под землёй. У бездны, казалось, не было дна, как и не было конца её падению.

Райли снова вспомнила оценку Бетти Рихтер вероятности, с которой Петерсон мёртв.

“Я бы дала девяносто девять процентов”.

Этот назойливый один процент делал остальные девяносто девять бессмысленными и абсурдными. Кроме того, если Петерсон действительно погиб, что это меняет? Райли вспомнила ужасные слова Мари по телефону, произнесённые в день её самоубийства.

“Возможно, он теперь призрак, Райли. Может быть, он превратился в него, когда ты его взорвала. Ты убила его тело, но не уничтожила его злой дух”.

Да, так оно и есть. Она всю жизнь ведёт борьбу, которая обречена на поражение. Зло заселило весь мир, это так же

точно, как и то, что оно есть здесь, в месте, где они с Мари
перенесли столько ужасных страданий. Это был урок, который
ей следовало бы усвоить ещё будучи маленькой девочкой,
когда она не смогла сделать так, чтобы её мать не убили.
Самоубийство Мари наконец окончательно донесло до неё
урок. Её спасение было бессмысленным. Нет смысла спасать
кого бы то ни было, даже себя. Всё равно зло в конце концов
победит. В точности, как Мари сказала ей по телефону.

"Призрака нельзя победить. Оставь это, Райли".

И Мари, которая оказалась гораздо храбрее, чем думала
Райли, в конце концов взяла всё в свои руки. Она объяснила
свой выбор тремя простыми словами:

"Другого выбора нет".

Однако забрать собственную жизнь не есть храбрость. Это
трусость.

Сквозь тёмные мысли Райли прорвался голос:

– С вами всё нормально, леди?

Райли подняла голову.

– Что?

Затем она постепенно поняла, что стоит на коленях на
пустыре. По её лицу бежали слёзы.

– Может быть, мне кому-нибудь позвонить? – спросил
голос. Райли увидела, что недалеко на тротуаре остановилась
женщина – пожилая дама в поношенной одежде с
обеспокоенным выражением лица.

Райли постаралась унять свои рыдания и встала на ноги, а
женщина побрела дальше. Райли в ступоре осталась стоять.
Если она не может положить конец собственному ужасу, она
знает, как заставить себя забыть о нём. Это не было
мужественно, не было и благородно, но Райли было уже всё
равно. Она больше не могла сопротивляться. Она села в
машину и поехала домой.

Глава 27

Всё ещё трясущимися руками Райли достала из бара на кухне припрятанную там бутылку водки, к которой она обещала себе никогда больше не притрагиваться. Она открутила пробку и постаралась тихонько, чтобы не услышала Эприл, налить её себе в стакан. Поскольку внешне напиток был очень похож на воду, она надеялась, что ей удастся пить его в открытую без необходимости врать. Она не хотела врать. Но бутылка неосторожно булькнула.

— Что ты делаешь, мам? — спросила её Эприл из-за кухонного стола.

— Ничего, — ответила Райли.

Она услышала, что её дочь застонала, поняв, что она делает, но слить водку обратно в бутылку было уже нельзя. Райли хотела вылить её, правда, хотела. Пить алкоголь — последнее, чего бы она хотела, особенно перед Эприл, но она ещё никогда не чувствовала себя такой опустошённой и подавленной. Ей казалось, что весь мир сговорился против неё. И поэтому она нуждалась в том, чтобы выпить.

Райли тихонько поставила бутылку обратно в бар, вернулась за стол и села со своим стаканом. Она сделала большой глоток, и напиток приятно обжёг её горло. Эприл задержала на ней взгляд.

— Это ведь водка, да, мам? — спросила она.

Райли ничего не сказала, но почувствовала, как по ней растекается чувство вины. Заслужила ли это Эприл? Райли оставила её на весь день дома, лишь изредка с ней созваниваясь, и девочка была удивительно ответственна и не попала в неприятности. А вот Райли теперь ведёт себя безрассудно и опрометчиво.

— Ты разозлилась, когда я курила травку, — сказала Эприл.

Райли продолжала молчать.

— Теперь ты скажешь мне, что это другое, — продолжала Эприл.

— Но это действительно другое, — устало сказала Райли.

Эприл уставилась на неё.

— С чего бы это?

Райли вздохнула; она знала, что её дочь права, и почувствовала усиливающееся чувство стыда.

— Травка незаконна, — сказала она. — А это нет. К тому же...

– К тому же ты взрослая, а я ребёнок?

Райли ничего не ответила. Конечно, она собиралась сказать именно это. И, конечно, это было бы лицемерием и несправедливостью.

– Я не хочу с тобой спорить, – сказала Райли.

– Ты в самом деле собираешься начать всё это сначала? – спросила Эприл. – Ты так много пила во время всех этих своих проблем – о которых ты даже не собираешься мне рассказать.

Райли стиснула челюсти. Злость? Но с чего бы ей вообще злиться на Эприл, к тому же сейчас?

– Есть вещи, о которых я не могу тебе рассказать, – сказала Райли.

Эприл закатила глаза.

– Боже, мама, почему? Я когда-нибудь буду достаточно взрослой, чтобы узнать ужасную правду о том, чем ты занимаешься? Это не может быть хуже чем то, что я представляю. А представляю я много, уж поверь.

Эприл встала со стула и протопала к бару. Она достала бутылку водки и стала наливать себе в стакан.

– Пожалуйста, не делай этого, Эприл, – слабо попыталась возражать Райли.

– Как ты мне помешаешь?

Райли встала и осторожно забрала у Эприл бутылку, затем она села обратно и выплеснула содержимое стакана Эприл в свой собственный стакан.

– Просто доедай свой завтрак, ладно? – попросила Райли.

Теперь плакала Эприл.

– Мама, как жаль, что ты сама ничего не видишь, – проговорила она сквозь слёзы. – Может, тогда ты бы поняла, как мне больно видеть тебя такой. И как больно, что ты никогда мне ничего не рассказываешь. Это очень обижает.

Райли открыла рот, чтобы что-то сказать, но не смогла.

– Поговори с кем-нибудь, мам, – сказала Эприл, всхлипывая. – Не со мной, так хоть с кем-нибудь. Должен быть хоть кто-то, кому ты доверяешь.

Эприл умчалась в свою комнату и захлопнула за собой дверь.

Райли опустила голову на руки. Почему у неё ничего не получается с Эприл? Почему она не может уберечь дочь от всех своих неприятностей?

Всё её тело сотрясалось от рыданий. Мир полностью

вышел из-под контроля, не оставив ни единой связной мысли.

Она сидела так, пока слёзы не перестали стекать по её щекам.

Тогда, взяв бутылку и стакан, она пошла в гостиную и села на диван. Она включила телевизор и стала смотреть первый попавшийся канал. Она не знала, какой там идёт фильм или телешоу, да ей и не было это важно. Она просто сидела, безучастно глядя на мелькающие картинки, а бессмысленные голоса заполняли пустоту в ней.

Однако она не могла остановить образы, наводнявшие её голову. Она видела лица убитых женщин. Она видела ослепляющее пламя горелки Петерсона, приближающееся к ней. И она видела мёртвое лицо Мари – когда та висела на верёвке и когда лежала в гробу.

По нервам поползла новая эмоция – та, которой она боялась больше всех остальных. Это был страх.

Она боялась Петерсона, и чувствовала его мстительное присутствие вокруг себя. Неважно, жив он или мёртв. Он забрал жизнь Мари, и Райли не могла стряхнуть с себя уверенность, что она сама – его следующая цель.

Ещё она боялась, возможно, даже больше, чем Петерсона, бездны, в которую падала прямо сейчас. Впрочем, не одно ли это и то же? Разве не из-за Петерсона возникла эта бездна? Этого Райли не знала. Кончатся ли когда-нибудь последствия её травмы?

Время для неё замедлилось. Всё её тело тряслось и болело от всепоглощающего и всестороннего страха. Она пила, но водка не приглушала его.

Наконец она пошла в ванную и, обшарив шкафчик с лекарствами, нашла то, что искала: трясущимися руками она достала прописанное ей успокоительное. Она должна была принимать по одной таблетке перед сном и ни в коем случае не смешивать с алкоголем.

Дрожа, она проглотила две таблетки.

Райли вернулась на диван в гостиной и уставилась в телевизор, ожидая, когда начнут действовать таблетки. Но они не работали.

Паника захватила её своей ледяной хваткой.

Комната закружилась вокруг неё, отчего её затошнило. Она закрыла глаза и растянулась на диване. Дурнота немного спала, однако темнота под веками была невыносима.

"Может ли быть ещё хуже?" – спросила она себя.

Вопрос был глупый, она сама это понимала: всё будет становиться только хуже и хуже. Лучше не станет никогда. Бездна бездонна. Она может лишь сдаться и полностью отдаться холодному отчаянию.

Она подошла к наивысшей точке уныния. Сознание оставило ее, и она погрузилась в сны…

Белый свет пропановой горелки в очередной раз прорезал тьму. Она услышала чей-то голос:

– Вставай, пойдём за мной.

Голос принадлежал не Петерсону. Голос был знакомый – чересчур знакомый. Кто-то пришёл спасти её? Она встала на ноги и стала идти за тем, кто нёс горелку.

Но к её ужасу, горелка освещала один труп за другим – сначала Маргарет Герати, затем Эйлин Пейдж, Реба Фрай и, наконец, Синди Маккиннон – все они обнажены, их тела неестественно вывернуты. Наконец, свет лёг на тело Мари, висящее в воздухе с ужасно искажённым лицом.

Райли снова услышала голос:

– Детка, ты всё испортила, это точно.

Райли повернулась на голос. В шипящем свете она увидела того, кто держал горелку.

Это был не Петерсон. Это был её собственный отец. На нём была полная униформа морского офицера. Ей показалось это странным, ведь он ушёл на пенсию много лет назад. И она уже больше двух лет не видела его и не разговаривала с ним.

– Во Вьетнаме я повидал всякого, – сказал он, качая головой. – Но здесь действительно какой-то кошмар. Да, ты облажалась, Райли. Хотя, конечно, я уже давно ничего от тебя не жду.

Он направил горелку так, чтобы та осветила последнее тело. То была её мама; она была мертва, а из её пулевого ранения бежала кровь.

– Ты так ей «помогла», что с тем же успехом могла бы и сама застрелить её, – сказал её отец.

– Пап, я была маленькой девочкой! – завыла Райли.

– Мне не нужны твои чёртовы извинения, – рявкнул её отец. – Ты ни одной живой душе никогда не принесла ни мгновения радости или счастья, ты об этом знаешь? Никогда не сделала ничего хорошего ни для кого. Даже для себя.

*Он нажал на кнопку на горелке и свет погас. Райли снова
оказалась в кромешной тьме.*

Райли открыла глаза. Была ночь и единственный свет в
комнате шёл от телевизора. Она чётко помнила свой сон. Слова
её отца всё ещё эхом отдавались в её ушах:

*"Ты ни одной живой душе никогда не принесла ни
мгновения радости или счастья".*

Правда ли это? Неужели она так непростительно подвела
всех – даже тех, кого любила больше всего?

*"Никогда не сделала ничего хорошего ни для кого. Даже
для себя".*

Её голова работала заторможено, она не могла думать
ясно. Возможно, она действительно не могла принести никому
радости и счастья. Возможно, в ней самой не было настоящей
любви. Возможно, она была не способна на любовь.

На пределе отчаяния, мечась в поисках поддержки, она
вспомнила слова Эприл.

«Поговори с кем-нибудь. Кому ты доверяешь».

Затуманенная алкоголем и не способная ясно соображать,
Райли почти на автомате набрала номер на мобильном. Через
несколько мгновений она услышала голос Билла.

– Райли? – спросил он сонным голосом. – Ты знаешь,
сколько сейчас времени?

– Понятия не имею, – сказала Райли, безбожно
проглатывая слова.

В трубке раздался раздражённый женский голос:

– Кто это, Билл?

Билл сказал жене:

– Прости, мне нужно ответить.

Она услышала шаги Билла и звук закрывающейся двери.
Она догадалась, что он пошёл куда-то в укромное место, чтобы
поговорить.

– Что случилось? – спросил он.

– Я не знаю, Билл, но...

Райли остановилась. Она почувствовала, что вот-вот
скажет что-то, о чём будет жалеть, возможно, вечно. Но
почему-то она не могла сдержаться.

– Билл, как ты думаешь, ты смог бы выбраться из дома
ненадолго?

Билл издал возглас недоумения.

– О чём ты?

Райли глубоко вздохнула. Действительно, о чём она? Ей было трудно собраться с мыслями. Но она знала, что хочет видеть Билла. Это был первобытный инстинкт, желание, с которым она не могла бороться.

Тем немногим, что осталось от её сознательности, она понимала, что должна извиниться и повесить трубку. Но её поглотили страх, одиночество и отчаяние, и она нырнула в них с головой.

– Я про то... – продолжала она, проглатывая части слов и стараясь более последовательно выражать свои мысли, – только ты и я. Проведём время вместе.

На другом конце провода была тишина.

– Райли, сейчас середина ночи, – сказал он. – Что значит «проведём время вместе»? – потребовал он ответа, его раздражение ощутимо нарастало.

– Ну, я... – начала она, подыскивая слова, желая, но будучи не в состоянии остановиться. – Ну, я о тебе думаю, Билл. И не только на работе. Разве ты обо мне не думаешь?

Райли почувствовала на себе огромную ношу, как только произнесла эти слова. Это было неправильно, но теперь пути назад не было.

Билл горько вздохнул.

– Райли, ты пьяна, – сказал он. – Я не собираюсь ехать к тебе. И ты никуда не поедешь. У меня есть брак, который я пытаюсь спасти, а ты... что ж, у тебя полно своих проблем. Соберись. И постарайся поспать.

Билл резко бросил трубку. На какое-то мгновение реальность остановилась. А потом Райли настигло ощущение ужасной ясности.

– Что я наделала? – простонала она вслух.

За несколько мгновений она потеряла десять лет профессиональных отношений. Лучшего друга. Единственного партнёра. И, возможно, самые удачные отношения за всю свою жизнь.

Она была уверена, что пропасть, в которую она проваливается, бездонна. Но теперь она знала, что она не права. Рано или поздно она достигнет дна и разобьёт его в дребезги. Но сейчас она всё ещё падает. И не знает, сможет ли она когда-нибудь подняться.

Она нащупала на кофейном столике бутылку водки – она

не знала, выпить ли остатки её содержимого или вылить их. Но координация движений уже была ни к чёрту и она даже не смогла её взять.

Комната закружилась вокруг неё, потом раздался грохот и всё провалилось в черноту.

Глава 28

Райли открыла глаза и тут же прищурилась, закрыв лицо рукой. У неё раскалывалась голова, во рту пересохло. Утренний свет, струящийся в окно, ослеплял и причинял боль, явственно напоминая о горелке Петерсона.

Она услышала голос Эприл:

– Я всё сделаю, мам.

Раздался шорох и света стало меньше. Она открыла глаза.

Она увидела, что Эприл только что закрыла жалюзи, чтобы на неё не падали прямые лучи солнца. Она подошла к дивану, села рядом с тем местом, где всё ещё лежала Райли, и протянула ей чашку с кофе.

– Осторожно, он горячий, – сказала Эприл.

Райли, чья комната всё ещё вращалась, медленно приняла сидячее положение и взяла кружку. Осторожно подняв её, она сделала маленький глоток. Действительно горячий, кофе обжигал кончики пальцев и язык. И всё же, она могла держать кружку и сделала ещё один глоток. По крайней мере, благодаря боли она чувствовала, что возвращается к жизни.

Эприл смотрела перед собой.

– Ты будешь завтракать? – спросила Эприл холодным и безучастным тоном.

– Может быть, попозже, – сказала Райли. – Я приготовлю.

Эприл хмыкнула немного грустно. Она, несомненно, видела, что Райли сейчас не в том состоянии, чтобы что-то готовить.

– Нет, я приготовлю, – сказала Эприл. – Просто скажи, когда захочешь поесть.

Они обе замолчали. Эприл продолжала смотреть в никуда. Райли постоянно точило изнутри её унижение. Она с трудом вспомнила свой позорный ночной звонок Биллу и свои последние мысли перед тем, как отключиться – отвратительное осознание того, что теперь она достигла дна. А сейчас, что было ещё хуже, рядом сидела её дочь, став свидетельницей её краха.

Всё ещё как будто издалека, Эприл спросила:

– Что ты собираешься делать сегодня?

Вопрос казался странным, но в то же время хорошим. Райли пора было определиться с планами. Если это дно, то с него нужно подниматься.

Она снова вспомнила свой сон, слова отца, и, сделав это, поняла, что настала пора сразиться со своими демонами.

Отец. Самая тёмная составляющая её жизни. Человек, который всегда находился где-то на задворках её сознания. Движущая сила, лежащая в основе всей тьмы, появляющейся в её жизни. Из всех людей ей нужно было увидеть именно его. Была ли это первобытная потребность в отцовской любви, желание посмотреть в лицо мраку своей жизни или же избавиться от воспоминаний о кошмаре – она не знала. Однако потребность была на лицо.

– Я думаю о том, чтобы съездить к дедушке, – сказала она.

– Дедушка? – в шоке спросила её дочь. – Ты с ним не виделась уже несколько лет. Зачем тебе ехать к нему? Он меня ненавидит.

– Я так не думаю, – сказала Райли. – Он всегда был слишком занят ненавистью ко мне.

Повисло молчание, и Райли почувствовала, что её дочь набирается решимости.

– Я хочу, чтобы ты кое-что узнала, – сказала Эприл. – Я вылила остаток водки. Там было немного. Кроме того, вылила всё виски, которое оставалось в баре. Извини. Думаю, это не моё дело. Мне не следовало этого делать.

У Райли по лицу побежали слёзы. Это было самое взрослое и ответственное решение, которое когда-либо принимала Эприл.

– Нет, ты должна была, – сказала она. – Это было правильно. Спасибо. Мне жаль, что я сама этого не сделала.

Райли вытерла слёзы и собралась с решимостью.

– Думаю, пришло время нам поговорить по-настоящему, – сказала она. – Думаю, сейчас самое время рассказать тебе то, о чём ты хотела узнать, – она вздохнула. – Но это будет неприятно.

Эприл наконец повернулась и посмотрела на неё, в её глазах читалось ожидание.

– Мне бы очень хотелось это услышать, мама, – сказала она.

Райли сделала длинный глубокий вдох.

– Пару месяцев назад я работала над одним делом, – сказала она. Она почувствовала облегчение, начав рассказывать Эприл о деле Петерсона. Ей следовало сделать это ещё давно.

— Я была нетерпелива, — продолжала она. — Я была одна и попала в ситуацию, когда мне не хотелось ждать. Я не вызвала подкрепление. Я думала, что смогу сама о себе позаботиться.

Эприл сказала:

— Именно это ты всегда и думаешь. Ты всегда пытаешься сделать всё в одиночку. Даже без меня. Даже не поговорив со мной.

— Ты права.

Голос Райли стал жёстче:

— Я вызволила Мари из плена.

Райли помедлила, затем всё-таки выложила всё, как есть. Она услышала, что её голос дрожит.

— Меня поймали, — продолжала она. — Он держал меня в клетке. И у него была горелка.

Она разрыдалась, и со слезами вышел весь её тщательно и глубоко скрываемый ужас. Она была в замешательстве, но уже не могла остановиться.

К её удивлению, она вдруг почувствовала успокаивающую руку Эприл на плече и услышала, что и та плачет.

— Это ничего, мам, — проговорила её дочь.

— Они не могли найти меня, — продолжала между рыданьями говорить Райли. — Они не знали, где искать. И это была моя вина.

— Мама, ты ни в чём не виновата, — сказала Эприл.

Райли вытерла слёзы, стараясь взять себя в руки.

— Наконец, я всё-таки выбралась. И взорвала этот дом. Они сказали, что он погиб. Что теперь он не сможет мне навредить.

Повисло молчание.

— А на самом деле? — спросила Эприл.

Райли отчаянно хотелось сказать «да», обнадёжить дочь, но вместо этого она услышала собственные слова:

— Я не знаю.

Молчание сгустилось.

— Мам, — сказала Эприл новым тоном, тоном доброты, сочувствия, силы, тоном, который Райли никогда раньше не слышала, — ты спасла чью-то жизнь. Ты должна гордиться собой.

Райли покачала головой, ощутив новый прилив ужаса.

— Что такое? — спросила Эприл.

— Там я вчера была, — сказала Райли. — Мари. Её похороны.

– Она мертва?! – переспросила в потрясении Эприл.

Райли могла только кивнуть.

– Как?

Райли помедлила. Ей не хотелось рассказывать об этом, но у неё не было выбора. Эприл должна услышать всю правду. Больше никакой недосказанности.

– Она покончила с собой.

Эприл охнула.

– О, мама, – сказала та, плача, – мне очень, очень жаль.

Они вместе долго, долго плакали, пока, наконец, их слёзы не кончились и не установилась спокойная тишина.

– Ты должна понять, что есть то, о чём я не могу тебе рассказать, – сказала Райли. – Потому, что я не могу сказать никому другому, а ещё потому, что это будет небезопасно для тебя, или просто потому, что я не хочу, чтобы ты об этом думала. Мне нужно научиться быть матерью.

– Но такие важные вещи, как эта, ты должна мне рассказывать, – сказала Эприл. – Всё-таки ты моя мать. Как я должна узнать, через что тебе пришлось пройти? Я достаточно взрослая. Я всё понимаю.

Райли вздохнула:

– Думаю, я считала, что у тебя и так полно забот. Особенно после того, как мы расстались с твоим отцом.

– Развод был не таким тяжелым, как то, что ты со мной не разговаривала, – возразила Эприл. – Папа всегда меня игнорировал, кроме того времени, когда считал себя обязанным дать приказ. А ты – ты как будто просто исчезла.

Райли взяла Эприл за руку и крепко её сжала.

– Прости, – сказала Райли. – За всё.

Эприл кивнула.

– И ты меня прости, – попросила она.

Они обнялись и, чувствуя, что по её шее бегут слёзы Эприл, Райли пообещала себе измениться. Стать другой. Теперь, когда дело осталось позади, она решила стать такой матерью, какой всегда хотела.

Глава 29

Райли неохотно ехала на машине в самый центр своего детства. Она не знала, что хочет найти там, однако понимала, что это жизненно важная поездка – хотя бы для неё. Она старалась морально подготовиться к мысли, что скоро увидит своего отца. Она знала, что ей нужна эта встреча.

Вокруг неё высились горы Аппалачи, она находилась далеко к югу от своего дома. Путешествие сюда хорошо на неё влияло; она ехала с опущенными в машине окнами и начала гораздо лучше себя чувствовать. Она и забыла, как красива долина реки Шенандоа. Дорога вела то между скал, то вдоль шумных рек.

Путь лежал через обычный горный городок – здесь было немногим больше, чем группа зданий, автозаправка, продуктовый магазин, церковь, горстка домов и ресторан. Она помнила, что провела ранние годы своего детства в точно таком же городке.

Она помнила и то, как расстроилась, когда они переехали в Лантон. Мама сказала, что это университетский город и там больше возможностей. Переезд перевернул представление Райли о жизни, когда она была совсем маленькой. Может быть, всё было бы лучше, если бы она провела всю свою жизнь в таком гораздо более простом и невинном мире? В мире, в котором её мать вряд ли застрелили бы прямо на глазах у всех?

Город исчез позади неё за многочисленными изгибами горной дороги. Через несколько километров Райли съехала на петляющую гравийку.

Прошло совсем немного времени, когда она подъехала к лачуге, в которой её отец проживал свои дни после того, как ушёл из морского флота. Возле дома стоял старый побитый фургон. Она не была здесь уже больше двух лет, но хорошо помнила это место.

Она остановилась и вылезла из машины. По пути в хижину она вдыхала свежий лесной воздух. Стоял прекрасный солнечный день, а температура на этой широте была прохладная и приятная. Она грелась на солнце в тишине, нарушаемой лишь песнями птиц и шорохом листьев под ногами. Было приятно ощущать, что со всех сторон её окружает глубокий лес.

Она подошла прямо к двери, минуя пень, на котором её отец колол дрова. Неподалёку стояла поленница – его единственный источник тепла в холодные дни. У него не было электричества, однако был водопровод, сделанный его собственными руками из бегущего рядом ручья.

Райли знала, что такой простой образ жизни – его жизненный выбор, а не следствие бедности. С такой кругленькой пенсией, как у него, он мог провести старость в любом месте, где бы ни захотел. Но он предпочёл жить здесь, и Райли не могла его в этом винить. Возможно, однажды она сделает то же самое. Хотя, конечно, у неё не будет значительной пенсии теперь, когда она потеряла свой значок.

Она толкнула дверь и та легко открылась. В этих краях опасаться воров не приходилось. Она сделала шаг внутрь и осмотрелась. В просторной, но уютной единственной комнате в доме было темно, тут и там стояли незажжённые газовые фонари. От обшитых сосновыми досками стен шёл тёплый и приятный аромат дерева.

С её последнего визита сюда ничего не изменилось. На стенах всё ещё не висело голов оленей или других признаков дичи: её отец убивал предостаточно животных, однако исключительно для еды и одежды.

Тишину нарушил выстрел снаружи. Она знала, что сейчас не сезон оленей, так что вероятно, он стрелял в более мелкую дичь – белку, птицу или сурка. Она вышла из лачуги и пошла вверх по холму мимо коптильни, где он хранил мясо, а потом в лес по тропе.

Она прошла мимо ручья, из которого он получал чистую воду, и дошла до края того, что осталось от старого яблоневого сада. На ветвях висели маленькие, неровные плоды.

– Папа! – закричала она.

Никакого ответа. Она вошла в заброшенный сад. Вскоре она увидела, что недалеко стоит её отец – высокий, нескладный мужчина в охотничьей шапке и красном жилете. В руках он держал ружьё, а у его ног лежали три мёртвые белки.

Он повернул к ней своё морщинистое, строгое, закалённое лицо, нисколько не удивлённое от вида дочери – и нисколько не радостное.

– Тебе не следует подниматься сюда без красного жилета, дочь, – проворчал он. – Тебе повезло, что я не пристрелил тебя.

Райли не ответила.

— Что ж, здесь теперь больше не на что охотиться, — сказал он с раздражением, разряжая ружьё. — Ты всех распугала своими криками и хождением по кустам. Хоть есть теперь белки на обед.

Он начал спускаться к своей хижине. Райли пошла за ним, едва успевая за его длинными, быстрыми шагами. После стольких лет на пенсии он всё ещё не растерял свою старую армейскую осанку, всё его тело было натянуто, как огромная стальная пружина.

Когда они добрались до хижины, он не пригласил её внутрь, да она и не ждала его приглашения. Вместо этого он бросил белок в корзину у двери, подошёл к пню у поленницы и сел на него. Он снял свою шапку, обнажив свои седые волосы, которые всё ещё стриг коротко, по-моряцки. Он не смотрел на Райли.

Не имея места, чтобы присесть, Райли рухнула на крыльцо.

— У тебя уютно, — сказала она, стараясь придумать тему для разговора. — Я вижу, что ты по-прежнему не оставляешь трофеи.

— Хм, ну да, — сказал он с ухмылкой. — Я никогда не брал трофеи, когда убивал во Вьетнаме. И не собираюсь начинать теперь.

Райли кивнула. Она часто слышала этот комментарий, который всегда произносился с его типичным чёрным юмором.

— Так и что ты тут делаешь? — спросил её отец.

Райли сама задумалась. Чего вообще она могла ожидать от этого жесткого человека, не способного на элементарную привязанность?

— У меня кое-какие проблемы, пап, — сказала она.

— С чем?

Райли покачала головой и грустно улыбнулась.

— Я не знаю, с чего начать, — сказала она.

Он плюнул на землю.

— С твоей стороны было чертовски глупо попадаться тому психопату, — сказал он.

Райли удивилась. Откуда он мог знать? Она не общалась с ним больше года.

— Я думала, ты живёшь полностью без новостей, — сказала она.

— Я иногда езжу в город, — сказал отец. — Там о многом болтают.

Она чуть не сказала, что её "чертовски глупый" поступок спас жизнь женщине. Но быстро вспомнила, что в конечном итоге, это было бы неправдой.

И всё же Райли показалось любопытным, что он знал об этом. Он потрудился и узнал о том, что с ней произошло. Что ещё он мог узнать о её жизни?

"Вероятно, немногое, – подумала она. – Ну или по крайней мере ничего о том, что я сделала правильно, по его мнению".

– Так значит ты рассыпалась после всей этой истории с убийцей? – спросил он.

Райли ощетинилась от его слов.

– Если ты спрашиваешь, страдала ли я от ПТСД, то да, страдала.

– ПТСД, – повторил он, цинично хохотнув. – Я даже не помню, что значат эти чёртовы буквы. По-моему так это модный способ сказать, что ты слаба. Я никогда не страдал от ПТСД, даже вернувшись домой с войны, после всего, что я повидал и сделал, и всего, что было сделано со мной. Не понимаю, как кто-то может отмазываться подобными оправданиями.

Он замолчал, глядя в пустоту, как будто её здесь не было. Райли подумала, что её приезд не закончится хорошо. Она решила рассказать ему о том, что происходит в её жизни: хотя она не услышит от него ничего ободряющего, по крайней мере, можно будет считать, что беседа состоялась.

– У меня проблемы в одном расследовании, пап, – сказала она. – Ещё один серийный убийца. Он мучает женщин, душит их и выставляет в лесу.

– Да, я слышал и об этом. Садит их голыми. Какой-то больной, – он снова сплюнул. – И, дай-ка мне предположить, ты из-за этого в конфликте с Бюро. Власть имущие не понимают, что делают. И не слушают тебя.

Райли была поражена. Как он догадался?

– Со мной было то же самое во Вьетнаме, – сказал он. – Офицеры как будто вообще не понимали, за что они воюют на этой чёртовой войне. Боже, если бы они оставили это на таких, как я, мы бы её выиграли. Мне даже думать об этом тошно.

Райли услышала что-то в его голосе, что слышала не часто – или, по крайней мере, редко замечала. Это было сожаление. Он действительно жалел, что они не выиграли войну. Было неважно, что он совсем не виноват. Он чувствовал свою ответственность.

Изучая его лицо, Райли кое-что поняла. Она была очень на него похожа внешне – больше, чем на мать. Но дело было в чём-то большем. Она и внутренне была похожа на него – не только тем, что ей плохо удавались отношения с людьми, но и его упрямой решимостью, чрезмерным, самоуверенным чувством ответственности.

Всё это было не так плохо. В этот редкий момент ощущения родства она гадала, сможет ли он на самом деле сказать ей что-то, что ей нужно.

– Пап, то, что он делает – это так отвратительно, оставлять тела голыми и в таких ужасных позах, но…

Она остановилась, стараясь подобрать слова.

– Но места, где он оставляет их, всегда очень красивы – леса, ручьи, природа, как здесь. Почему, как ты думаешь, он выбирает такие места для чего-то отвратительного и злобного?

Отец её ушёл в себя. Казалось, что он изучает собственные мысли, собственные воспоминания, говоря о себе в той же степени, как о ком-то другом.

– Он хочет всё начать сначала, – сказал он. – Он хочет пройти весь путь к началу. Разве с тобой происходит не то же самое? Разве ты не хочешь всего лишь вернуться туда, откуда начала, и начать всё заново? Вернуться туда, где была ребёнком? Найти место, с которого всё пошло не так, и изменить всю свою жизнь?

Он сделал паузу. Райли вспомнила, с какими мыслями она ехала сюда – как ей было грустно маленькой девочкой уезжать от этих гор. В словах её отца действительно была какая-то фундаментальная правда.

– Поэтому я и живу здесь, – произнёс он, погружаясь ещё глубже в задумчивость.

Райли тихо сидела и внимала. Слова её отца начали что-то прояснять для неё. Она уже давно поняла, что убийца держит и мучает женщин в своём доме детства, но ей никогда не приходило в голову, что он неспроста выбрал это место, а чтобы каким-то образом вернуться в прошлое и всё исправить.

Всё ещё не глядя на неё, отец спросил:

– Что тебе подсказывает интуиция?

– Что это как-то связано с куклами, – сказала Райли. – Это то, что никак не может понять Бюро. Они всё время движутся в неверном направлении. Он помешан на куклах. Это ключ ко всему.

Он крякнул и потёр свою ногу.

– Что ж, просто следуй своей интуиции, – сказал он. – Не давай эти подонкам указывать, что тебе делать.

Райли была ошарашена. Это не комплимент. Он не пытается быть приятным в общении. Он был тем же вспыльчивым наглецом, каким всегда был. Но почему-то он сказал ей именно то, что она хотела услышать.

– Я не собираюсь сдаваться, – сказала она.

– Чёрт побери, только сдаться тебе не хватало, – прорычал он еле слышно.

Больше обсуждать было нечего. Райли встала.

– Было приятно повидаться с тобой, папа, – сказала она, и она действительно отчасти так думала. Он ничего не ответил, просто сидел и смотрел в землю. Она села в машину и уехала.

Отъезжая от его дома, она осознала, что теперь чувствует себя иначе, чем когда только приехала – и, странным образом, гораздо лучше. Она чувствовала, что что-то разрешилось между ними.

А ещё она поняла кое-что ещё: где бы ни жил убийца, это не было ни арендованное имущество, ни канализационная труба, ни даже ветхая, отвратительная лачуга где-то в лесах.

Это было красивое место – место, где красота и ужас находятся в равновесии, сосуществуя бок о бок.

*

Спустя какое-то время, Райли уже сидела за стойкой кафе в городке неподалёку. Её отец не предложил ей перекусить, что было неудивительно, а теперь она была голодна и нуждалась в пище, чтобы доехать до дома.

Едва официантка поставила бекон, салат и сэндвич с помидором перед ней на стойку, как у Райли зазвонил телефон. Она хотела посмотреть, кто ей звонит, но номер не определился. Она с опаской взяла телефон.

– Это Райли Пейдж? – спросил деловой женский голос.

– Да, – ответила Райли.

– У меня на линии сенатор Митч Ньюбро. Он хочет с вами поговорить. Одну минутку, пожалуйста.

Райли почувствовала приступ тревоги. Из всех людей,

которых она сейчас не хотела бы услышать, Ньюбро стоял наверху списка. Она почувствовала желание тут же повесить трубку, но затем передумала. Ньюбро был действительно мощным врагом, заставлять его ненавидеть её ещё больше было плохой идеей.

— Я подожду, — сказала Райли.

Через несколько секунд она услышала голос сенатора.

— Это сенатор Ньюбро. Я полагаю, что говорю с Райли Пейдж.

Райли не знала, разозлиться ей или испугаться. Он говорил так, будто это она ему звонила.

— Как вы достали этот номер? — спросила она.

— Я всегда получаю то, что хочу, — сказал Ньюбро своим обычным холодным голосом. — Я хочу с вами поговорить. Лично.

Ужас Райли усилился. Какие могут быть причины для того, чтобы он хотел её увидеть? Это явно не к добру. Но как ей отказаться, чтобы не испортить всё окончательно?

— Я могу подъехать к вашему дому, — сказал он. — Я знаю, где вы живёте.

Райли чуть не спросила, откуда он знает её адрес, однако напомнила себе, что уже получила ответ на свой вопрос.

— Я бы предпочла обсудить это сразу по телефону, — сказала Райли.

— Боюсь, что это невозможно, — отрезал Ньюбро. — Я не могу говорить об этом по телефону. Как скоро вы будете готовы со мной встретиться?

Райли почувствовала себя во власти могущественного Ньюбро. Ей хотелось отказаться, но она чудом убедила себя этого не делать.

— Я сейчас не в городе, — сказала она. — Сегодня приеду поздно. Завтра утром буду отвозить дочь в школу. Мы можем встретиться в Фредриксбёрге. Можно в кафе.

— Нет, не в публичном месте, — сказал Ньюбро. — Это должно быть менее подозрительно. Репортёры следуют за мной повсюду. Они окружают меня, как только у них появляется возможность. Я бы предпочёл не появляться на их радарах. Как насчёт Квантико, в офисе ОПА?

Райли не смогла скрыть ноту горечи в своём голосе.

— Я там больше не работаю, если вы не забыли, — сказала она. — Вам бы следовало знать об этом лучше всех остальных.

Последовала короткая пауза.

– Вы знаете загородный клуб «Сады магнолии»? – спросил Ньюбро.

Райли вздохнула от абсурдности его вопроса. Конечно, она не входила в те круги.

– А вы как думаете?

– Его легко найти, он примерно на полпути между Квантико и моим особняком. Будьте там в десять тридцать утра.

Райли нравилось это всё меньше и меньше. Он не спрашивал, он ей приказывал. После того, как он разрушил её карьеру, зачем ещё он может требовать от неё что-то?

– Это слишком рано? – спросил Ньюбро, когда Райли не ответила.

– Нет, – сказала Райли. – Однако…

Ньюбро перебил её:

– Тогда будьте там. Туда пускают только членов клуба, но я скажу им, чтобы впустили вас. Вам нужно прийти. Вы увидите, что это важно. Поверьте мне.

Ньюбро повесил трубку, не попрощавшись. Райли была ошеломлена.

“Поверьте мне”, – так он сказал.

Райли это показалось бы забавным, не будь она так обескуражена. После Петерсона и кто бы то ни был тем вторым убийцей, Ньюбро был, вероятно, третьим человеком, кому она доверяла меньше всего на свете. Она доверяла ему даже меньше, чем Карлу Волдеру, а это действительно мало.

Но у неё, похоже, нет выбора. Он хочет ей что-то сказать, это ясно. Что-то, чувствовала она, что может вывести на убийцу.

Глава 30

Райли подъехала к «Садам магнолий» и остановилась у небольшого белого строения у ворот. Путь преграждал бело-зелёный шлагбаум, а охранник в униформе с блокнотом в руках вышел из здания и подошёл к водительскому сиденью машины.

Райли открыла окно.

— Имя? — бесцеремонно спросил охранник.

Райли не знала, по каким правилам осуществляется пропуск в клуб, однако Ньюбро сказал, что известит его работников о том, что она приедет.

— Райли Пейдж, — сказала она, и, запинаясь, прибавила: — Эм… я гость сенатора Ньюбро.

Охранник просмотрел список, затем кивнул.

— Проезжайте, — сказал он.

Шлагбаум поднялся и Райли проехала внутрь.

Въездная аллея петляла по саду, в честь которого был назван клуб, невероятно роскошного, яркого и благоухающего в это время года. Наконец она подъехала к кирпичному зданию с белыми колоннами. В отличие от колонн у похоронного зала, где она недавно была, эти были действительно потрясающими. Райли показалось, что она попала на плантацию южан девятнадцатого века.

К её машине подбежал парковщик, дал ей карточку и забрал ключи. Он увёз её машину.

Райли осталась стоять одна перед великолепным входом, чувствуя себя не в своей тарелке, точно так же, как и в доме сенатора. Она гадала, пустят ли её вообще внутрь в её обычных удобных джинсах. В этом месте наверняка есть дресс-код. Хорошо ещё, её мешковатая куртка скрывает плечевую кобуру.

Ей навстречу вышел портье в униформе.

— Как вас зовут, мадам? — спросил он.

— Райли Пейдж, — сказала она, вдруг испугавшись, что он сейчас спросит какой-нибудь пароль.

Но портье лишь заглянул в свой список.

— Вам сюда, мадам, — сказал он.

Он проводил её внутрь по длинному коридору и провёл в уединённую обеденную залу. Она не имела представления, должна ли она дать портье чаевые. Она даже не знала, сколько он получает. Может ли он зарабатывать больше, чем она, будучи агентом ФБР? Она подумала, что попытка дать ему на чай может выглядеть ещё более неловко, чем её отсутствие, и решила не рисковать.

– Благодарю вас, – сказала она мужчине.

Он кивнул, не показав своего разочарования, и ушёл тем же путём, каким они пришли.

Комната была маленькая, но это была самая роскошная обеденная зала, в какую она когда-либо попадала. В ней не было окон, единственная картина, висящая в комнате, изображала те же сады, через которые она проезжала по пути сюда. Это был оригинал, выполненный маслом.

Стол был сервирован серебром, фарфором и хрусталём и покрыт льняной скатертью. Она выбрала обитый бархатом стул, который смотрел на дверь, и села. Она хотела увидеть сенатора Ньюбро, когда тот придёт.

«Если придёт», – подумала она. У неё не было веских причин для таких мыслей, однако вся ситуация казалась нереальной, так что она не знала, чего ожидать.

Вошёл официант в белом костюме и поставил на стол поднос с разными видами сыра и хлеба.

– Не желаете что-нибудь выпить, мадам? – вежливо спросил он.

– Просто воды, пожалуйста, – сказала Райли. Официант вышел и через несколько секунд вернулся с хрустальным графином воды и двумя такими же стаканами. Он налил ей воды и оставил графин и второй стакан на столе.

Райли сделала глоток. Ей пришлось признаться себе, что ей нравится ощущать в руке изысканный стакан. Всего через пару минут вошёл сенатор с таким же холодным и суровым видом, как и раньше. Он закрыл за собой дверь и сел на противоположном конце стола.

– Я рад, что вы пришли, агент Пейдж, – сказал он. – Я вам кое-что принёс.

Без лишних церемоний Ньюбро положил на стол толстый ежедневник в кожаном переплёте. Райли опасливо посмотрела на него. Она вспомнила список врагов, который ей дал Ньюбро в их первую встречу. Будет ли это что-то в той же степени сомнительное?

– Что это? – спросила она.

– Дневник моей дочери, – сказал Ньюбро. – Я нашёл его в

её доме после того, как её… обнаружили. Я взял его потому, что не хотел, чтобы кто-то его видел. Прошу заметить, что я сам не знаю, что в нём. Я никогда не открывал его. Но я абсолютно уверен, что в нём есть вещи, которые я не хотел бы предавать гласности.

Райли не знала, что сказать. Она не понимала, почему он хочет дать его ей. Она видела, что Ньюбро тщательно взвешивает всё, что собирается сказать. Она была уверена, что он что-то скрывает с самой первой встречи, и задрожала от предчувствия, что он сейчас расскажет это.

Наконец, он произнёс:

— У моей дочери были проблемы с наркотиками на протяжении последних лет её жизни. Кокаин, героин, экстази – она принимала все сильнодействующие наркотики. Это муж подсадил её. Это была одна из причин, почему их брак развалился. Мы с её матерью надеялись, что она начала поправляться, когда её вдруг убили.

Ньюбро помедлил, глядя на дневник.

— Поначалу я думал, что её смерть каким-то образом связана со всем этим, – сказал он. – Наркоманы и дилеры в её кругах – неприятная шайка. Я не хотел кому-то об этом рассказывать. Вы поймёте, я знаю.

Райли вовсе не была уверена, что поняла. Однако она точно была удивлена.

— Наркотики никак не связаны с убийством вашей дочери, – сказала она.

— Теперь я это понимаю, – сказал Ньюбро. – Нашли мёртвой ещё одну женщину, верно? Сомнений нет, будут ещё жертвы. Похоже, что я ошибался, думая, что это как-то связано со мной или моей семьёй.

Райли была поражена. Часто ли этот невероятно эгоистичный человек признаёт, что он в чём-то ошибался?

Он погладил дневник рукой.

— Возьмите. Это может как-то помочь вам в расследовании дела.

— Теперь это не моё дело, сенатор, – сказала Райли, больше не сдерживая горечь. – Я думаю, что вы знаете, что меня уволили из Бюро.

— Ах да, – сказал Ньюбро, задумчиво наклонив голову. – Боюсь, это моя ошибка. Что ж, нет ничего такого, чего бы я не мог исправить. Вас восстановят в должности. Дайте мне немного времени. А пока, я надеюсь, вы сможете заняться дневником.

Райли была потрясена его поступком. Она глубоко вдохнула.

— Сенатор, думаю, что я должна вам извинения. Я… Я вела себя не лучшим образом в нашу последнюю встречу. Я только что пришла с похорон подруги и была подавлена. Я позволила себе сказать то, чего не следовало.

Ньюбро кивнул, молча принимая её извинения. Было очевидно, что он не собирается приносить ей извинения, хотя она понимала, что заслуживает их. Что ж, следует удовлетвориться его признанием собственных ошибок. По крайней мере, он попытался загладить свою вину, а это значило больше, чем извинения.

Райли взяла дневник, не открыв его.

— Есть одна вещь, которую мне бы хотелось узнать, сенатор, — сказала она. — Почему вы даёте это мне, а не агенту Волдеру?

Губы Ньюбро сложились в некое подобие улыбки.

— Потому что кое-что я про вас знаю, агент Пейдж, — сказал он. — Вас не назовёшь ничьей «шестёркой».

Райли ничего не ответила. Это неожиданное проявление уважения от человека, который, как ей казалось, занят только собой, поразило её до глубины души.

— А теперь вы, вероятно, хотели бы перекусить, — сказал сенатор.

Райли обдумала это. Как она ни была благодарна Ньюбро за изменение его намерений, всё же она была далека от ощущения комфорта рядом с ним. Он оставался холодным, раздражённым, неприятным человеком. Кроме того, она должна работать.

— Если вы не возражаете, я бы хотела пойти, — сказала она. Показав на дневник, она добавила: — Мне нужно начать работать с этим прямо сейчас. Нельзя терять времени. А, да, я обещаю, что общественность не узнает ни слова отсюда.

— Я это ценю, — сказал Ньюбро.

Он вежливо встал со стула, когда Райли выходила из комнаты. Она покинула здание и дала свою квитанцию парковщику. В ожидании того, как он подгонит её машину, она открыла дневник.

Пролистывая страницы, она сразу же увидела, что Реба

Фрай совсем мало писала о своём нелегальном увлечении наркотиками. Первое впечатление о Ребе Фрай у неё было как об эгоцентричной женщине, которая чрезмерно зациклена на мелочных обидах и неприязнях. Однако разве не в этом смысл дневников? В них каждый имеет право быть эгоцентричным.

Кроме того, думала Райли, даже если Реба и была такой же самовлюблённой, как её отец, она, конечно же, не заслуживала такой ужасной судьбы. У Райли по коже пробежал холодок, когда она вспомнила фотографии трупа женщины.

Она продолжала листать дневник. Её машина остановилась на гравийном подъезде, однако она не обращала на парковщика внимания, увлекшись чтением. Она стояла и с трясущимися руками читала всю историю с начала до конца, отчаянно желая найти любое упоминание об убийце, или хоть чего-нибудь, что могло навести на след. Когда же ничего не нашла, её поглотило отчаяние.

Она начала опускать тяжёлую книгу, чувствуя себя раздавленной. Ещё одного тупика она не переживёт.

Когда она уже опустила книгу, из неё начал выскальзывать маленький клочок бумаги, спрятанный между страницами. Она поймала его и с любопытством изучила.

Когда она прочитала, что на нём написано, у неё сердце чуть не остановилось в груди.

В полном шоке она выронила дневник.

У неё в руках был чек.

Из кукольного магазина.

Глава 31

Вот оно. После всех тупиковых зацепок, Райли с трудом верила, что держит в руках что-то стоящее. В верхней части написанной от руки квитанции стояло название и адрес магазина: «Мода от Мадлен», Шеллисфорд, Вирджиния.

Райли была в недоумении: судя по названию, не похоже на магазин кукол или игрушек.

На сотовом телефоне она нашла сайт «Моды от Мадлен». Странно, но это был магазин женской одежды.

Но когда она поискала повнимательней, то обнаружила, что они продают также и коллекционных кукол. Посмотреть их можно было только по предварительной договорённости.

Спина Райли покрылась холодным потом.

«Это должно быть то место», – подумала она.

Она подняла дневник и стала дрожащими руками перелистывать страницы в поисках записи с той же датой, что и на чеке. Там было написано:

Только что купила прекрасную маленькую куклу для Дебби. До дня рожденья ещё больше месяца, но для неё всегда так трудно что-то выбрать.

Вот так просто, чёрным по белому. Реба Фрай купила куклу для своей дочери в магазине в Шеллисфорде. Райли была уверена, что и остальные жертвы покупали кукол в том же магазине. И что именно там убийца впервые их заметил.

Райли открыла на телефоне карту и увидела, что Шеллисфорд всего в часе езды. Она должна добраться туда как можно скорей. Если она всё правильно понимает, убийца уже наметил себе следующую жертву.

Но ей нужно узнать кое-что на стадии подготовки, и сделать болезненный звонок, который она и так уже слишком долго откладывала.

Она наконец взяла свои ключи у изумлённого парковщика и тронулась с места, заскрипев шинами по ухоженному подъезду клуба. Проезжая мимо ворот, она ткнула в номер Билла на своём мобильном, гадая, возьмёт ли он вообще трубку. Она не будет его винить, если он больше никогда не захочет с ней разговаривать.

К её облегчению, она услышала голос Билла в трубке.

— Привет, — сказал он.

У Райли подпрыгнуло в груди сердце. Она не знала, с облегчением или страхом слышит его голос.

— Билл, это Райли, — сказала она.

— Я знаю, кто это, — ответил Билл.

Повисло молчание. Да, будет нелегко. Но она и не заслуживает лёгкого пути.

— Билл, я не знаю, с чего начать, — сказала она. У неё от эмоций сжалось горло и ей трудно было говорить. — Мне очень, очень жаль. Это просто… Ну, всё было настолько плохо, и я была не в том состоянии, и…

— И ты была пьяна, — перебил её Билл.

Райли горько вздохнула.

— Да, я была пьяна, — признала она. — И я прошу прощенья. Я надеюсь, что ты сможешь меня простить. Мне очень жаль.

Снова повисло молчание.

— Ладно, — сказал наконец Билл.

У Райли упало сердце. Она знала Билла лучше, чем кто-либо другой в мире. И за одним произнесённым без эмоций словом она видела целую вселенную смыслов: он не простил её и не принял её извинений — по крайней мере, пока. Он лишь констатировал факт, что она извинилась.

Так или иначе, сейчас не время это выяснять. Сейчас есть гораздо более важные вещи, о которых нужно позаботиться.

— Билл, я напала на след, — сказала она.

— Что? — сказал он изумлённым голосом.

— Я нашла тот магазин.

Тон Билла сменился на обеспокоенный:

— Райли, ты в своём уме? Что ты делаешь, всё ещё расследуешь дело? Волдер уволил тебя, ради всего святого!

— С каких пор я ждала разрешений? Так или иначе, похоже, что меня скоро восстановят.

Билл недоверчиво хмыкнул.

— Кто это сказал?

— Ньюбро.

— О чём ты говоришь? — спросил Билл ещё более встревоженно. — Ты ведь не ездила к нему снова?

У Райли запутались мысли. Она столько всего должна была объяснить. Придётся начать сначала.

— Нет, и он вёл себя на этот раз совсем по-другому, —

сказала она. – Это было странно, и я пока не совсем всё понимаю. Однако дело в том, что Ньюбро дал мне информацию. Билл, Реба Фрай купила куклу в магазине Шеллисфорда! У меня есть доказательство. И название магазина.

– Это сумасшествие, – сказал Билл. – Наши агенты прочёсывают местность. Они были в каждом городе. Я не думаю, что они вообще нашли в Шеллисфорде магазин с куклами.

Райли всё трудней было сдержать собственное возбуждение.

– Потому что это не кукольный магазин! – сказала она. – Это магазин одежды, в котором продаются куклы, но увидеть их ты можешь только по записи. Он называется «Мода от Мадлен». Ты сейчас в ОПА?

– Да, но…

– Тогда пусть кто-нибудь проверит это место. Узнай всё, что сможешь, о тех, кто там работает. Я уже еду туда.

Билл лихорадочно закричал:

– Райли, не делай этого! У тебя нет разрешения. У тебя нет даже значка. И что, если ты найдёшь того типа? Он опасен. И Волдер забрал твоё оружие.

– У меня есть личное, – сказала Райли.

– Но ты не сможешь никого арестовать.

С решительным рычанием Райли произнесла:

– Я сделаю то, что должна. Под угрозой может быть ещё одна жизнь.

– Мне это не нравится, – сказал Билл, на этот раз более покорно.

Райли положила трубку и нажала на газ.

*

Билл сидел в офисе и тупо смотрел на телефон. Он осознал, что у него дрожат руки. Почему? Злость это или грусть? Или это страх за Райли из-за того, что она встревает в какую-то авантюру?

Её пьяный звонок два дня назад оставил его в смущённом и подавленном состоянии. Всем известен стереотип, что партнёры по службе в правоохранительных органах часто

190

чувствуют себя ближе друг другу, чем к собственным супругам. И Билл знал, что это правда. Он уже давно чувствовал, что Райли ему ближе, чем кто бы то ни было на свете.

Но в их работе нет места романтике. Сложности или сомнения на работе могут привести к ужасным результатам. Он всегда старался, чтобы их отношения оставались сугубо профессиональными, и верил, что Райли делает то же. Но теперь она разрушила его веру.

Что ж, она, по всей видимости, поняла свою ошибку. Но что она имела в виду, когда говорила, что её восстановят? Что они снова будут вместе работать? Он теперь не был уверен, что хочет этого. Было ли их продуктивное и комфортное профессиональное взаимопонимание разрушено безвозвратно?

Однако сейчас не время думать обо всём об этом. Райли попросила его проверить сотрудников магазина. Он должен передать просьбу, однако не Карлу Волдеру. Билл достал телефон и позвонил на внутренний телефон специальному агенту Бренту Мередиту. Мередит не был правильным звеном для передачи поручений, но Билл знал, что может рассчитывать на него в выполнении этой задачи.

Он решил, что разговор будет коротким и эффективным. Он должен тут же ехать в Шеллисфорд и надеялся лишь на то, что сможет добраться туда раньше, чем Райли Пейдж сделает что-то по-настоящему глупое.

Например, позволит себя убить.

Глава 32

Сердце Райли громко билось от предвкушения, когда она въезжала в маленький городок Шеллисфорд. Магазин «Мода от Мадлен» найти было легко. Он располагался на главной улице, прямо на виду, а его название было написано большими буквами через всю витрину. Шеллисфорд был не таким посредственным, как она ожидала. Несколько, по всей видимости, исторических зданий были хорошо отреставрированы, а главную улицу можно было даже назвать приятной. Элегантный магазин одежды хорошо вписывался в своё процветающее окружение.

Райли остановилась у обочины перед магазином, вылезла из машины и осмотрелась. Она тут же заметила, что манекен в одной из витрин магазина держит на руках куклу – принцессу в розовом платье и блестящей диадеме. Впрочем, агенты, которые прочёсывали город, легко могли принять куклу за часть оформления витрины. О наличии таких товаров в магазине говорил лишь небольшой знак на витрине, гласящий: «Коллекционные куклы. Просмотр по записи».

Над головой у Райли зазвонил колокольчик, когда она вошла внутрь, и женщина за стойкой посмотрела в её направлении. Это была женщина средних лет с густыми и здоровыми седыми волосами, которая на удивление молодо выглядела.

Райли взвесила все «за» и «против». Она должна быть осторожна без своего значка. Правда, ей удавалось поговорить с остальными продавцами без него, но ей определённо не хотелось вспугнуть эту женщину.

– Простите, – спросила Райли. – Вы Мадлен?

Женщина улыбнулась.

– Что ж, на самом деле меня зовут Мильдред, но я известна под Мадлен. Мне оно больше нравится, и звучит лучше в качестве названия магазина. «Мода от Мильдред» не пользовалась бы такой же популярностью, – женщина рассмеялась и подмигнула ей. – Она бы не привлекла столько клиентов, на сколько я рассчитываю.

«Пока всё хорошо», – подумала Райли. Женщина была открытая и разговорчивая.

– Милое место, – сказала Райли, оглядываясь. – Но по-моему здесь слишком много работы для одного человека. У вас есть помощники? Наверняка, вы не справляетесь в одиночку.

Женщина пожала плечами.

— Обычно справляюсь, — сказала она. — У меня есть девочка-подросток, которая работает за кассой, когда я обслуживаю посетителей. Хотя сегодня спокойный день, ей нет нужды приходить.

Всё ещё придерживаясь своего удачного плана, Райли пошла вдоль вешалок с одеждой и потрогала некоторые товары.

— Красивые наряды, — сказала она. — Такие встретишь не во всех магазинах.

Мадлен выглядела довольной.

— Нет, подобные платья вы вряд ли найдёте где-то ещё, — сказала она. — Это высокая мода, но я покупаю их в магазинах, которые уже сделали на них скидки. Так что по стандартам большого города, это мода вчерашнего дня, — снова подмигнув и усмехнувшись, она добавила: — Однако в таком маленьком городке, как Шеллисфорд, они сойдут за новинку.

Мадлен сняла коктейльное платье лавандового цвета со стойки.

— Вам очень пойдёт вот это, — сказала она. — Это ваш цвет, да и к характеру подойдёт, мне кажется.

Райли так не считала. На самом деле, она не видела себя ни в одном из роскошных нарядов магазина. Хотя такое платье выглядело бы гораздо более уместно в загородном клубе, чем то, в чём она была одета сейчас

— На самом деле, — сказала Райли, — я надеялась посмотреть на ваших кукол.

Мадлен выглядела немного удивлённой.

— А мы договаривались? — спросила она. — Если да, то у меня вылетело из головы. А как вы узнали о нашей коллекции?

Райли достала из сумочки квитанцию и показала её Мадлен.

— Мне дали вот это, — сказала Райли.

— О, рекомендация, — сказала Мадлен, она выглядела польщённой. — Что ж, в таком случае я могу сделать исключение.

Она подошла к задней стене магазина и открыла широкую раздвижную дверь, и Райли прошла вслед за ней в маленькую заднюю комнату. Здесь все полки были уставлены куклами, а пара стоявших тут же стеллажей была забита кукольными аксессуарами.

— Я начала этот небольшой дополнительный бизнес несколько лет назад, – сказала Мадлен. – Появилась возможность выкупить весь ассортимент фабрики, которая закрывалась. Её бывший владелец – мой кузен, так что для меня сделали скидку. Я рада, что могу передавать эти сбережения моим покупателям.

Мадлен взяла одну из кукол и гордо на неё посмотрела.

— Разве они не милые? – сказала она. – Их любят маленькие девочки. И их родители. Кроме того, таких кукол больше не производят, так что они действительно коллекционные, хотя и не антикварные. А посмотрите на эту одежду! Она будет впору любой из кукол.

Райли изучила ряды кукол. Они выглядели похожими одна на другую, хотя цвет их волос отличался. Отличались и наряды, среди которых были и современные платья, и мантии принцесс, и исторические костюмы. Среди аксессуаров Райли увидела подходящие под стиль любой куклы. Цена за куклу была выше ста долларов.

— Надеюсь, вы понимаете, почему я не держу этот отдел открытым, – объяснила Мадлен. – Большинство моих случайных клиентов приходят не за куклами. И, только между нами, – добавила она, понизив голос до шёпота, – многие из маленьких предметов ужасно легко украсть. Поэтому я очень внимательна к тем, кому это всё показываю.

Поправляя платье на кукле, Мадлен спросила:

— Кстати, как вас зовут? Я обычно узнаю имена всех своих покупателей.

— Райли Пейдж.

Мадлен прищурилась с любопытной улыбкой.

— А кто вам порекомендовал мой магазин? – поинтересовалась она.

— Реба Фрай, – сказала Райли.

Лицо Мадлен помрачнело.

— О боже, – сказала она. – Дочь государственного сенатора. Я помню, как она приходила. И я слышала, что… – она замолчала на мгновение. – О боже, – добавила она, грустно качая головой.

Затем она обеспокоенно посмотрела на Райли.

— Пожалуйста, скажите, что вы не журналист, – сказала

она. – Если это так, мне придётся попросить вас уйти. Мне бы не хотелось такой рекламы для своего магазина.

– Нет, я агент ФБР, – сказала Райли. – И на самом деле я пришла сюда, расследуя убийство Ребы Фрай. Не так давно я встретилась с её отцом, сенатором Ньюбро. Он дал мне этот чек. Поэтому я здесь.

Мадлен выглядела всё более напряжённой.

– Вы покажете мне свой значок? – спросила она.

Райли сдержала вздох. Она должна как-то выкрутиться из этой ситуации. Придётся немного соврать.

– Я сейчас вне дежурства, – сказала она. – Мы не носим значок, когда не на дежурстве. Стандартная процедура. Я приехала в своё свободное время, чтобы постараться узнать, что получится.

Мадлен сочувственно кивнула. Она как будто поверила – по крайней мере, недоверия в её глазах не промелькнуло. Райли постаралась не показать своего облегчения.

– Как я могу вам помочь? – спросила Мадлен.

– Просто расскажите мне, как проходит ваш день. Кто ещё здесь работает? Сколько у вас обычно покупателей?

Мадлен протянула руку:

– Могу я посмотреть на квитанцию? Мне нужна дата.

Райли передала ей бумажку.

– О, да, я помню, – сказала Мадлен, глядя на неё. – Это был сумасшедший день несколько недель назад.

Внимание Райли усилилось.

– Сумасшедший? – переспросила она. – Почему?

Мадлен нахмурилась, вспоминая.

– Приехал коллекционер, – сказала она. – Он купил разом двадцать кукол. Я была удивлена, что у него вообще есть деньги. Он выглядел довольно бедным. Просто обычный стареющий мужчина с печальным видом. Я сделала ему скидку. Был такой кавардак, пока мы с моей помощницей пробивали всех кукол. Мы не привыкли к таким крупным покупателям. Какое-то время здесь царила суматоха.

Райли напряжённо размышляла, стараясь сделать выводы.

– А Реба Фрай находилась в магазине в то же время, что и коллекционер? – спросила она.

Мадлен кивнула.

– Теперь, когда вы заговорили об этом, я вспоминаю, что, да, она была именно здесь.

– Вы ведёте учёт своих покупателей? – спросила Райли. – С контактной информацией?

– Да, веду, – сказала Мадлен.

– Мне нужно имя и адрес этого мужчины, – сказала Райли. – Это очень важно.

Лицо Мадлен приняло опасливый вид.

– Вы сказали, что сенатор дал вам эту квитанцию? – спросила она.

– А откуда ещё я могла её взять? – удивилась Райли.

Мадлен кивнула.

– Я уверена, что вы говорите правду, но…

Она помедлила, стараясь принять правильное решение.

– Вы простите, – наконец произнесла она, – но я не могу, я имею в виду, показать записи. У вас нет удостоверения, а личные данные моих клиентов должны держаться в тайне. Сенатор или не сенатор – я не могу дать вам заглянуть в записи без ордера. Простите, но мне не кажется это правильным. Постарайтесь меня понять.

Райли глубоко вдохнула, стараясь оценить ситуацию. Она не сомневалась, что Билл приедет так скоро, как только сможет. Но когда это будет? И будет ли женщина и тогда настаивать на ордере? Сколько времени это займёт? Райли понимала, что на чаше весов в эту самую минуту находится ещё чья-то жизнь.

– Я понимаю, – сказала Райли. – Вы не против, если я побуду здесь ещё немного? Возможно, это поможет мне выйти на след.

Мадлен кивнула.

– Конечно, – сказала она. – Сколько вам угодно.

У Райли в голове быстро вырисовалась отвлекающая тактика. Она стала рассматривать кукол, пока Мадлен прибирала какие-то аксессуары. Райли потянулась на верхнюю полку, как будто пытаясь достать куклу, но вместо этого сбила с полки целый ряд кукол.

– Ой! – сказала Райли. – Простите меня!

Она отошла самым неуклюжим образом, каким только могла, при этом наскочив на стеллаж с аксессуарами и перевернув его.

– О, простите меня, пожалуйста! – снова сказала Райли.

– Всё нормально, – сказала Мадлен очень раздражённым тоном. – Просто – просто давайте я всё сделаю.

Мадлен стала поднимать разбросанные товары. Райли же быстро побежала в комнату и пошла к стойке. Оглянувшись, чтобы убедиться, что Мадлен не видит, она нырнула под стол и быстро нашла там книгу учёта на полке под кассовым аппаратом.

Дрожащими руками Райли стала листать книгу. Вскоре она нашла дату, имя мужчины и его адрес. Но у неё не было времени записывать это, так что она положилась на свою память.

Едва она вышла из-за стойки, как увидела, что Мадлен вернулась из комнаты. Теперь она выглядела действительно недовольной.

– Вам лучше уйти, – сказала она. – Если вы вернётесь с удостоверением, я попробую помочь. Я очень хочу помочь сенатору и его семье, как только могу. Мне ужасно жаль, что им пришлось через всё это пройти. Но сейчас – сейчас, я думаю, вам лучше уйти.

Райли пошла прямиком к выходу.

–Я… Я понимаю, – промямлила она. – Мне очень жаль.

Она быстро побежала к машине и села в неё. Там она достала телефон и позвонила Биллу.

– Билл, у меня есть его имя! – почти выкрикнула она, когда он взял трубку. – Его зовут Джеральд Косгров. И у меня есть его адрес.

Быстро вспомнив, Райли продиктовала его адрес Биллу.

– Я буду уже через несколько минут, – сказал Билл. – Запрошу проверку его имени и адреса, посмотрим, какая информация есть у ФБР. Я тебе перезвоню.

Билл положил трубку. Райли не могла сидеть на месте, так велико было её волнение. Она посмотрела на магазин и увидела, что Мадлен стоит у окна и подозрительно на неё смотрит. Райли не могла винить Мадлен за её недоверие: она вела себя более чем странно.

У Райли завибрировал телефон. Она взяла трубку.

– Бинго, – сказал Билл. – Этот тип – зарегистрированный насильник. Адрес, который ты дала мне, недалеко. Ты, наверное, к нему немного ближе, чем я.

– Я еду туда, – сказала Райли, вдавливая педаль газа.

– Ради всего святого, Райли, не ходи туда в одиночку! – рявкнул он в ответ. – Подожди меня снаружи. Я скоро буду. Ты меня слышишь?

Райли положила трубку и тронулась с места. Нет, она не может ждать.

*

Не прошло и пятнадцати минут, как Райли въехала на пыльную уединённую парковку. Посередине неё стоял потрёпанный дом на колёсах. Агент остановила машину и вылезла из неё.

На улице перед парковкой стояла старая машина, но Райли не видела следов пикапа, который описывала свидетельница похищения Синди Маккиннон. Конечно, Косгров мог держать его и в другом месте. Или избавиться от него из страха, что его отследят.

Увидев пару сараев с висящими на них замками на задней части стоянки, Синди содрогнулась. Не здесь ли он держал женщин? Не держит ли он и сейчас там ещё кого-то, пытая и собираясь убить?

Райли огляделась, оценивая район. Парковка не была полностью уединённой. Не так далеко стояло ещё несколько домов и фургонов. И всё же настолько близко, чтобы услышать крики женщины из сарая, никто не жил.

Райли достала пистолет и пошла к трейлеру. Он стоял на прочном фундаменте и выглядел так, будто не двигался с места уже много лет. Какое-то время назад кто-то посадил клумбу с цветами вдоль трейлера, чтобы он выглядел более похожим на обычный дом, однако теперь клумба поросла сорняком.

Пока что место соответствовало её ожиданиям. Она была уверена, что пришла в верное место.

— Для тебя всё кончено, подонок, — пробормотала она себе под нос. — Ты уже никогда не схватишь очередную жертву.

Дойдя до трейлера, она заколотила в железную дверь.

— Джеральд Косгров! — закричала она. — Это ФБР. Открывайте!

Ответа не последовало. Райли осторожно поднялась по бетонным ступеням и заглянула в маленькое оконце в двери. То, что она увидела внутри, поразило её до глубины души.

Комната была заставлена куклами. В ней не было ни единой живой души, только куклы всех форм и размеров.

Райли дёрнула ручку двери. Заперто. Тогда она снова стала стучать в дверь. На этот раз в ответ раздался мужской голос:

– Уходите. Оставьте меня. Я ничего не сделал.

Райли показалось, что внутри раздались ещё какие-то звуки. Дверь трейлера открывалась наружу, так что она не могла её выломать. Она выстрелила в закрытый замок. Дверь распахнулась.

Райли ворвалась в маленькую комнату. Её тут же поразило бесчисленное количество и разнообразие кукол. Их были сотни. Они были повсюду – начиная полками и столом и кончая полом. Ей потребовалось время, чтобы разглядеть среди них человека, съёжившегося на полу у внутренней перегородки.

– Не стреляйте, – взмолился Косгров, подняв руки и дрожа, – я ничего не делал. Не стреляйте в меня.

Райли прыгнула к нему и рывком подняла его на ноги. Она развернула его и завернула ему руку за спину. Тогда она убрала пистолет в кобуру и достала наручники.

– Вторую руку! – потребовала она.

Трясясь с головы до ног, он послушался её без промедлений. Райли быстро надела на него наручники и он неловко сел в кресло.

Это был вялый с виду мужчина лет за шестьдесят с жидкими седыми волосами. У него был жалкий вид, а по лицу его стекали слёзы. Но Райли ни капли ему не сочувствовала. Вида всех этих кукол было достаточно, чтобы сказать ей, что он был больным, извращённым человеком.

Прежде чем она успела задать ему какие-либо вопросы, она услышала голос Билла:

– Боже, Райли, ты прострелила замок?

Райли обернулась и увидела, что в трейлер входит Билл.

– Он бы не открыл так, – сказала Райли.

Билл проворчал под нос:

– Я думал, что сказал тебе подождать снаружи, – сказал он.

– Я думала, ты знаешь меня лучше, чтобы наивно полагать, что я буду это делать, – сказала Райли. – Так или иначе, я рада, что ты здесь. Похоже, что это он.

Человек уже рыдал.

– Я этого не делал! Это был не я! Я уже отсидел свой срок! С меня хватит этого!

Райли спросила Билла:

– Что вы нашли о нём?

– Он отсидел за попытку растления малолетнего. С тех пор

ничего – до настоящего момента.

Это поставило всё на места для Райли. Этот чудовищный коротышка, безусловно, перешёл к более крупной добыче – и к большей жестокости.

– Это было много лет назад, – сказал он. – Я с тех пор вёл себя хорошо. Принимал таблетки. У меня больше нет подобных желаний. Всё в прошлом. Вы ошиблись.

Билл цинично спросил:

– Стало быть, вы невинный человек, да?

– Всё верно. Что бы вы ни думали про меня, это был не я.

– А зачем все эти куклы? – спросила Райли.

Косгров грустно улыбнулся сквозь слёзы.

– Разве они не прекрасны? – спросил он. – Я их коллекционировал понемножку. К счастью, несколько недель назад я нашёл великолепный магазин в Шеллисфорде. Там так много кукол и столько разных платьев! Я тотчас потратил всю свою пенсию и купил их столько, на сколько мне хватило денег.

Билл покачал головой.

– Я точно не хочу знать, что ты с ними делал, – сказал он с отвращением.

– Это не то, что вы думаете, – сказал Косгров. – Они моя семья. Мои единственные друзья. Они всё, что у меня есть. Я просто живу с ними. Я не могу позволить себе где-то бывать. Они хорошо ко мне относятся. Они меня не осуждают.

Райли снова забеспокоилась. Держит ли Косгров прямо сейчас где-то жертву?

– Я хочу осмотреть сараи, – сказала она.

– Пожалуйста, – сказал он. – Там ничего нет. Мне нечего скрывать. Ключи вон там.

Он кивнул на связку ключей, висящую рядом с выбитой дверью. Райли подошла и сняла её с крючка.

– Пойду посмотрю, – сказала она.

– Без меня ты не пойдёшь, – сказал Билл.

Вместе с Райли они пристегнули Косгрова к двери его холодильника наручниками Билла, а потом вышли и пошли вокруг трейлера. Они открыли дверь в первый сарай и заглянули внутрь: ничего, кроме садовых граблей.

Билл зашёл в сарай и осмотрелся.

– Ничего, – сказал он. – Даже следов крови нет.

Они подошли к следующему сараю и заглянули в него.

Кроме ржавой ручной газонокосилки там было пусто.

– Должно быть, он держит их в другом месте, – сказал Билл.

Билл с Райли вернулись в трейлер. Косгров всё ещё сидел там, несчастно глядя на своё кукольное семейство. Жалкое зрелище: человек без реальной жизни и без будущего.

И всё же, он был для Райли загадкой. Она решила задать ему парочку вопросов.

– Джеральд, где вы были утром прошлой среды?

– Что? – спросил Косгров. – Что вы имеете в виду? Я не знаю. Я не помню среды. Здесь, наверное. Где ещё я мог быть?

Райли смотрела на него с растущим любопытством.

– Джеральд, – сказала она, – какой сегодня день?

Глаза Косгрова забегали, он был в отчаянном смущении.

– Я… Я не знаю, – с запинкой проговорил он.

Райли гадала, могло ли это быть правдой? Неужели он действительно не знает, какой сегодня день? Это прозвучало довольно искренне. К тому же он не казался ни злым, ни жестоким. Она не видела в нём никакого желания бороться, только страх и отчаяние.

Затем она строго напомнила себе не входить в его положение. Настоящий психопат порой может обдурить своей ложью даже самых опытных агентов.

Билл отстегнул Косгрова от холодильника. Наручники по-прежнему соединяли его руки за спиной. Билл гаркнул:

– Джеральд Косгров, вы арестованы по обвинению в убийстве трёх женщин…

Они с Райли грубо выволокли его из трейлера, пока Билл продолжал называть имена убитых и права Косгрова. Затем они затолкали его в рабочую машину, на которой приехал Билл – хорошо оборудованный транспорт с железной сеткой между передними и задними сиденьями. Они посадили его на задний ряд, связали и надёжно закрепили наручниками. После этого они какое-то время стояли, не произнося ни слова.

– Чёрт побери, Райли, у тебя получилось, – восхищённо пробормотал Билл. – Ты поймала этого подонка – даже без значка. Бюро примет тебя обратно с распростёртыми объятьями.

– Мне поехать с тобой? – спросила Райли.

Билл пожал плечами.

– Нет, теперь он у меня под контролем. Буду держать его

под стражей. Ты езжай на своей машине.

Райли решила не спорить, размышляя, держит ли Билл до сих пор на неё обиду по поводу той ночи.

Глядя как Билл отъезжает, Райли хотела поздравить себя с успехом и удачно закрытым делом. Но чувство удовлетворения избегало её. Что-то продолжало её мучать. Она услышала слова отца:

«Просто следуй своей интуиции».

Ведя машину, Райли постепенно начала кое-что осознавать.

Интуиция говорила ей, что они поймали не того человека.

Глава 33

На следующее утро Райли отвезла Эприл в школу, а когда высадила её, что-то внутри всё ещё продолжало её грызть. Оно не отпускало её всю ночь, не давая спать.

"Тот ли это человек?" – задавала она себе один и тот же вопрос.

Прежде чем вылезти из машины, Эприл повернулась к ней с выражением искреннего беспокойства и спросила:

– Мама, что не так?

Райли вопрос немного застал врасплох. Они с дочерью, похоже, перешли на качественно новый уровень взаимоотношений, гораздо более высокий, чем тот, на котором они были раньше. И всё же Райли не привыкла, что Эприл заботится о её чувствах. Это было приятно, но странно.

– Заметно, да? – спросила Райли.

– Конечно, – сказала Эприл. Она мягко взяла мать за руку. – Давай же, скажи мне.

Райли задумалась на мгновение. Это ощущение всё ещё было нелегко облечь в слова.

– Я… – начала она, затем умолкла, не зная, что сказать. – Я не уверена, что арестовала того человека.

У Эприл широко раскрылись глаза.

– И я не знаю, что делать, – добавила Райли.

Эприл глубоко вздохнула.

– Не сомневайся в себе, мама, – ответила Эприл. – Ты постоянно сомневаешься. И всегда об этом жалеешь. Не это ли ты тоже мне всегда говоришь?

Эприл улыбнулась, а Райли улыбнулась ей в ответ.

– Я опоздаю, если не пойду в класс, – сказала Эприл. – Поговорим позже.

Эприл поцеловала Райли в щёку, вылезла из машины и побежала к школе.

Райли осталась сидеть и думать. Она решила не ехать куда-то сразу же, а вместо этого позвонила Биллу.

– Есть новости? – спросила она, когда он взял трубку.

Она услышала, как Билл вздохнул.

– Косгров очень странный, – сказал он, – и очень сумбурный – он истощён, в депрессии и много плачет. Я думаю, что он скоро может расколоться. Но…

Билл замолчал. Райли почувствовала, что и он тоже борется с сомнениями.

– Но что? – спросила она.

– Я не знаю, Райли. Он кажется таким рассеянным, я не уверен, что он вообще понимает, что происходит. Он то в реальности, то его нет. Иногда кажется, что он вообще не понимает, что его арестовали. Возможно, это из-за всех лекарств, что он принимает. Или же это просто старое психическое расстройство.

Райли почувствовала укол собственных сомнений.

– Что он рассказал тебе? – спросила она.

– Большую часть времени он спрашивает о куклах, – сказал Билл. – Он беспокоится о них так, будто они дети или домашние животные, которых нельзя оставлять дома одних. Он всё время повторяет, что не может без них. Он очень послушный и ничуть не агрессивный. Но он ничего нам не рассказывает. Он ничего не говорит о тех женщинах или о том, что у него сейчас кто-то спрятан.

Райли задумалась над словами Билла.

– Так что ты думаешь? – спросила она наконец. – Это он?

Райли услышала растущую досаду в голосе Билла.

– Как может быть не он? Всё указывает на него, и больше ни на кого. Эти куклы, криминальное прошлое – всё! Он был в магазине в то же время, что и она. Что ещё нужно? Разве мы могли ошибиться?

Райли ничего не сказала. С этим не поспоришь. Но она чувствовала, как Билл идет против своих инстинктов.

Затем она спросила:

– Кто-нибудь проверил бывших работников Мадлен?

– Да, – ответил Билл. – Но это ни к чему не привело. Мадлен всегда нанимала учениц старших классов для работы за кассой. Она делала так с самого открытия магазина.

Райли простонала от разочарования. Когда они наконец нападут на след?

– Так или иначе, – сказал Билл, – сегодня с Косгровом побеседует психолог из Бюро. Возможно, у него появятся какие-то мысли на этот счёт.

– Хорошо, – сказала Райли. – Держи меня в курсе.

Она повесила трубку. Мотор её машины был заведён, но она всё ещё стояла около школы. Куда ей ехать? Если Ньюбро действительно пытается восстановить её в должности, то пока что он этого не сделал. У неё по-прежнему нет значка – и работы.

«Я могу с чистой совестью поехать и домой», – подумала она.

Но как только она тронулась с места, ей снова вспомнились слова отца:

«Следуй своей интуиции».

И прямо сейчас её интуиция чётко и ясно говорила, что ей нужно вернуться в Шеллисфорд. Она не очень понимала, зачем, но должна была это сделать.

*

Колокольчик в магазине мод зазвенел, когда Райли вошла внутрь. Она не увидела в магазине клиентов. Мадлен посмотрела на неё из-за стойки и нахмурилась. Райли видела, что владелица магазина вовсе не рада их новой встрече.

– Мадлен, мне очень жаль насчёт вчера, – сказала Райли, подходя к ней. – Я была такой неуклюжей и прошу вашего прощения. Надеюсь, что ничего у вас не сломала.

Мадлен скрестила руки на груди и посмотрела на Райли.

– Что вам нужно на этот раз? – спросила она.

– Я всё ещё пытаюсь раскрыть это дело, – сказала Райли. – И мне нужна ваша помощь.

Несколько секунд Мадлен ничего не отвечала.

– Я до сих пор не знаю, кто вы и правда ли вы из ФБР, – сказала она.

– Я знаю, и я не виню вас в том, что вы мне не верите, – взмолилась Райли. – Но у меня есть чек Ребы Фрай, помните? А его я могла получить только от её отца. Он действительно послал меня сюда. По крайней мере, *это* правда.

Мадлен с опаской покачала головой.

– Что ж, думаю, это должно что-то значить. Что вам нужно?

– Позвольте мне снова взглянуть на коллекцию кукол, – попросила Райли. – Я обещаю в этот раз не устраивать бардак.

– Хорошо, – сказала Мадлен. – Но теперь я вас одну не оставлю.

– Справедливо, – согласилась Райли.

Мадлен пошла к задней части магазина и открыла раздвижную дверь. Райли стала ходить вдоль кукол и аксессуаров, а хозяйка стояла в дверном проходе и смотрела на неё. Райли понимала опасения женщины, но надзор не шёл во благо её концентрации – особенно когда она не знала, что ищет на самом деле.

В этот момент зазвенел дверной колокольчик. В магазин зашла троица довольно шумных покупательниц.

– О боже, – сказала Мадлен. Она поспешила вернуться в магазин одежды, чтобы помочь девушкам. Куклы остались полностью на попечении Райли, по крайней мере, на какое-то короткое время.

Она тщательно их рассматривала. Некоторые из них стояли, другие сидели. Все куклы были наряжены в платья или мантии. Но несмотря на то, что они были в одежде, сидящие куклы были в точности в такой же позе, как обнажённые жертвы убийцы, с широко расставленными ногами. Было очевидно, что убийца черпал вдохновение из таких кукол.

Но этого было недостаточно, чтобы Райли могла сделать какие-то выводы. Должно быть что-то ещё.

Взгляд Райли упал на ряд книг с картинками на нижней полке. Она нагнулась и стала доставать их одну за другой. Книги оказались прекрасно иллюстрированным приключенческим рассказом о девочке, которая выглядела в точности, как кукла. Куклы и девочки на обложке даже одеты были в одни и те же платья. Райли поняла, что книги должны были продаваться вместе с куклами одним комплектом.

Взглянув на обложку одной из книг, Райли застыла. На ней была девочка с длинными светлыми волосами и широко открытыми яркими голубыми глазами. Её розовый с белым наряд включал букет роз, рассыпанных на юбке. А в волосах её была розовая лента. Книга называлась «Грандиозный балл южной красавицы».

По коже у Райли пробежали мурашки, когда она более пристально посмотрела на лицо девочки, на её ярко голубые, широко открытые глаза, невероятно густые чёрные брови, растянутые в преувеличенную улыбку губы, узкие и ярко-розовые. Сомнений быть не могло: преступник был одержим именно этой картинкой.

В этот момент колокольчик снова зазвенел и все покупатели покинули магазин. Мадлен прибежала в заднюю комнату и на её лице отразилось облегчение, что Райли не причинила никакого ущерба. Райли показала ей книгу.

– Мадлен, у вас есть кукла, которую вы продаёте вместе с
этой книгой? – спросила она.

Мадлен посмотрела на обложку, затем окинула взглядом
полки.

– Что, должно быть, у меня было их несколько, – сказала
она. – Сейчас я не вижу ни одной. – Подумав с минуту, она
добавила: – Теперь, когда я задумалась об этом, я поняла, что
продала последнюю очень давно.

Райли с трудом могла удержать голос от дрожания.

– Мадлен, я знаю, что вы не хотите этого делать. Но вы
должны помочь мне найти имена людей, которые могли купить
эту куклу. У меня не хватает слов, чтобы сказать вам,
насколько это важно.

Теперь Мадлен, казалось, сочувствует возбуждению Райли.

– Простите, но я не могу, – сказала она. – И не потому, что
не хочу – просто это невозможно. Это было десять или
пятнадцать лет назад, с тех времён даже в учётной книге не
сохранилось записей.

Райли упала духом. Очередной тупик. Она зашла так
далеко, как только могла. Визит сюда был пустой тратой
времени.

Райли повернулась, чтобы выйти. Она прошла через
магазин, открыла дверь и, когда ей в нос ударил свежий воздух,
она что-то поняла. Запах. Свежий воздух с улицы заставил её
понять, насколько затхлым был воздух в магазине. Не затхлым,
а… едким. Он казался совершенно не к месту в таком
приятном женском магазине. Что это?

Тут Райли поняла. Нашатырный спирт. Но что это значит?

«Следуй своей интуиции, Райли».

Уже наполовину выйдя из магазина, она повернулась и
посмотрела на Мадлен.

– Вы сегодня мыли полы? – спросила она.

Мадлен озадаченно покачала головой.

– Я пользуюсь услугами агентства, – сказала она. – Они
присылают работника.

У Райли заколотилось сердце.

– Работника? – переспросила она, её голос сел от
напряжения.

Мадлен кивнула.

– Он приходит по утрам. Не каждый день. Его зовут Дирк.
Дирк. У Райли громко стучало сердце, а руки похолодели.

— А фамилия? – спросила она.

Мадлен пожала плечами.

— Боюсь, что я не знаю его фамилии, – ответила она. – Не я подписываю его чеки. Возможно, знают в агентстве, но он не очень ответственный, если честно. Если хотите знать правду, на Дирка не всегда можно положиться.

Райли сделала глубокий вдох, чтобы успокоиться.

— Он приходил сегодня утром? – спросила она.

Мадлен молча кивнула.

Райли подошла к ней и постаралась сказать ей самым убедительным тоном, на который была способна:

— Мадлен, – произнесла она, – что бы вы ни делали, не пускайте этого человека снова в свой магазин. Никогда.

Мадлен в шоке посмотрела на неё.

— Вы хотите сказать, он…?

— Он опасен. Невероятно опасен. И мне нужно найти его прямо сейчас. У вас есть его телефон? Вы знаете, где он живёт?

— Нет, вам нужно спросить в агентстве, – испуганно сказала Мадлен. – У них есть информация о нём. Постойте, я дам вам их визитку.

Мадлен стала рыться на столе и наконец нашла карточку «Временные работники Миллера». Она отдала её Райли.

— Спасибо, – едва дыша, сказала Райли. – Спасибо вам огромное.

Без лишних слов Райли выбежала из магазина, села в машину и попыталась набрать телефон агентства. В трубке слышались одни гудки. Автоответчика не было.

Она запомнила адрес и отправилась туда.

*

Агентство “Временные работники Миллера” располагалось в паре километров от магазина, на другом конце Шеллисфорда. Оно занимало первый этаж кирпичного здания и выглядело так, будто ему уже много лет.

Когда Райли вошла внутрь, она увидела, что технологии там явно устарели и не идут в ногу со временем. В поле зрения стоял лишь один старый компьютер. В помещении было довольно много людей, за столом заполняли анкеты потенциальные работники.

Ещё трое человек – видимо, клиенты, – столпилось у

стойки. Они громко и одновременно жаловались на проблемы, которые у них возникли с работниками агентства.

За стойкой стояло два длинноволосых парня, которые отмахивались от клиентов, одновременно стараясь отвечать на телефонные звонки. Они выглядели лоботрясами лет двадцати с небольшим, и им, похоже, не совсем удавалось со всем справляться.

Райли удалось протолкнуться к стойке, где она поймала одного из парней как раз между принятием звонков. Его бейджик гласил: «Мелвин».

– Агент Райли Пейдж, ФБР, – объявила она, надеясь, что в этой суматохе Мелвин не попросит её показать значок. – Я расследую дело об убийстве. Вы здесь менеджер?

Мелвин пожал плечами.

– Вроде я.

По его отсутствующему выражению лица Райли предположила, что он не очень смышлёный, или под кайфом, или и то, и другое. По крайней мере, его не обеспокоило отсутствие её удостоверения.

– Я ищу человека, который работал от вас у Мадлен, – сказала она. – Уборщик. Его зовут Дирк. Мадлен не знает его фамилии.

Мелвин несколько раз пробубнил себе под нос его имя:

– Дирк, Дирк, Дирк… Ах, да, я его помню. Мы его называли Дирк Дирк, – он окликнул второго парня и спросил: – Эй, Рэнди, что там с Дирком Дирком?

– Мы его уволили, – ответил Рэнди. – Он опаздывал на работу, если вообще там появлялся. Причинял кучу проблем.

– Это не так, – сказала Райли. – Мадлен сказала, что он всё ещё работает на неё. Он приходил туда сегодня утром.

Лицо Мелвина отразило его удивление.

– Я уверен, что мы уволили его, – сказал он. Он сел за старый компьютер и стал его искать. – Да, верно, мы его уволили ещё недели три назад.

Мелвин прищурился на экран, ещё более удивлённый, чем прежде.

– Эм, это странно, – сказал он. – Мадлен продолжает присылать нам чеки, хотя он больше на нас не работает. Кто-то должен сказать ей перестать это делать. Она выбрасывает кучу денег.

Ситуация прояснилась для Райли. Хотя его уволили и

больше не платили, Дирк продолжал работать у Мадлен. У него были свои причины для этого — чёрные причины.

— Как его фамилия? — спросила Райли.

Мелвин стал шарить глазами по экрану компьютера. Очевидно, он изучал рабочую анкету Дирка.

— Монро, — сказал Мелвин. — Что ещё вы хотите узнать?

Райли была рада, что Мелвин не слишком дотошен в вопросах оглашения информации, которая вроде как была конфиденциальной.

— Его адрес и телефон, — сказала Райли.

— Он не оставил нам свой номер, — сказал Мелвин, всё ещё глядя на телефон. — А вот адрес есть. Линн Стрит 15, дом 20.

Теперь и Рэнди проявил интерес к беседе. Через плечо Мелвина он заглянул в экран.

— Погоди-ка, — сказал Рэнди, — это липовый адрес. На Линн Стрит нет столько домов.

Райли была не удивлена: Дирк Монро имел основания не хотеть, чтобы кто-то знал, где он живёт.

— А как насчёт номера пенсионного страхования? — спросила она.

— Есть, — сказал Мелвин. Он записал номер на листочек и передал Райли.

— Спасибо, — сказала Райли. Она взяла бумажку и вышла. Оказавшись снаружи, она сразу же позвонила Биллу.

— Эй, Райли, — сказал Билл, подняв трубку, — я бы хотел тебя порадовать, но наш психолог разговаривал с Косгровом и он уверен, что этот человек не способен на убийство, не говоря уже о четырёх. Он сказал…

— Билл, — перебила она. — У меня есть имя — Дирк Монро. Это он, я в этом уверена. Я не знаю, где он живёт. Ты можешь пробить номер пенсионного? Прямо сейчас?

Билл записал номер и сказал Райли оставаться на связи. В ожидании Райли беспокойно ходила по тротуару взад и вперёд. Наконец, Билл вернулся на линию.

— У меня есть адрес. Это ферма в пятидесяти километрах от Шеллисфорда. Просёлочная дорога, — Билл продиктовал ей адрес.

— Еду туда, — сказала Райли.

Билл с жаром произнёс:

— Райли, о чём ты? Подожди, пока я вызову подкрепление. Этот тип опасен!

Райли ощутила покалывание во всём теле от избытка адреналина.

– Не спорь со мной, Билл, – сказала она. – Это бесполезно, ты же знаешь.

Райли закончила разговор, не попрощавшись.

Она уже ехала.

Глава 34

Когда в поле зрения показалась ферма, Райли была потрясена. Она как будто въезжала в старинную картину маслом, изображавшую идеальную деревенскую Америку. Белый деревянный дом уютно устроился в маленькой долине. Дом был старый, но, по всей видимости, держался в приличном состоянии.

По близлежащим землям было разбросано несколько хозяйственных построек. Они были не так хорошо отремонтированы, как дом. То же относилось и к большому сараю, который выглядел так, будто вот-вот развалится. Однако обветшалость этих строений лишь придавала им шарма.

Райли остановилась поближе к дому. Она проверила пистолет в кобуре и вылезла из машины. Она вдохнула чистый и прозрачный деревенский воздух.

«Здесь не должно быть так мило», – подумала Райли. И всё же это было вполне понятно: с момента своего разговора с отцом она смутно понимала, что жилище убийцы должно располагаться в красивом месте.

И всё же здесь была опасность, к которой она была не готова – риск быть убаюканной незамутнённой красотой природы, ослабить бдительность. Ей пришлось напомнить себе о том, какое чудовищное зло сосуществует с этой красотой. Она знала, что вот-вот встретится с настоящим здешним кошмаром, но пока она не имела представления, где он.

Она обернулась и посмотрела по сторонам. Пикапа на территории не было видно. Или Дирк куда-то уехал, или же пикап стоял в одном из хозяйственных строений. Он сам, конечно, мог быть где угодно – возможно, в сарае. Но она решила в первую очередь проверить дом.

Неожиданно раздался шорох и боковым зрением она увидела всплеск быстрого движения. Однако это была лишь стайка цыплят. Неподалёку клевали зёрна курицы. Больше ничего не двигалось, кроме колышущейся травы и листьев на деревьях, когда их касался лёгкий ветерок. Она чувствовала себя в полном одиночестве.

Райли приблизилась к фермерскому дому. Подойдя к ступенькам, она в первую очередь достала пистолет, а лишь потом зашла на крыльцо. Она постучала во входную дверь.

Никакого ответа. Она постучала ещё раз.

– У меня посылка для Дирка Монро, – крикнула она. – Распишитесь, пожалуйста!

По-прежнему нет ответа.

Райли сошла с крыльца и стала обходить дом. Окна располагались слишком высоко, чтобы она могла в них заглянуть, а задняя дверь тоже была заперта.

Она вернулась к парадной двери и снова постучала. Ответом была всё та же тишина. Замок на двери был простой, старомодный, его легко можно было открыть отмычкой – на такой случай она носила небольшой набор в сумочке. Она знала, что маленький крючок и плоский натяжитель сделают своё дело.

Она сунула пистолет обратно в кобуру и достала всё необходимое, затем вставила отмычку в замок, нащупала нужное место и провернула её, пока замок не открылся. Тогда она повернула ручку и дверь открылась. Снова достав оружие, Райли вошла внутрь.

Интерьер был таким же колоритным, как и пейзаж снаружи. Это был идеальный сельский дом, удивительно опрятный и чистый. В гостиной стояло два больших мягких кресла с белыми вязаными накидками на подлокотниках и спинке.

Глядя на комнату, казалось, что в неё вот-вот войдут приветливые члены семьи, поприветствуют её, скажут располагаться и чувствовать себя как дома. Но по мере того, как Райли изучала дом, это чувство таяло. Было непохоже, что в доме вообще кто-то жил. Всё было слишком чисто.

Она вспомнила слова отца.

«Он хочет начать всё сначала. Он хочет пройти весь путь к началу».

Именно это пытался здесь сделать Дирк, но у него не получилось, потому что его жизнь с самого начала была безнадёжно сломана. И он, разумеется, об этом знал и это его мучало.

Вместо того чтобы вернуться в счастливое детство, он оказался в ловушке нереального мира. На стене висела вышивка в рамке. Райли подошла к ней, чтобы получше рассмотреть.

На небольшой картинке крестиком была вышита женщина в длинном наряде и с зонтиком в руках. Под ней были вышиты слова:

Красавица с Юга всегда
любезна
учтива
добра...

Список продолжался, но Райли не стала дочитывать. Она поняла главное. Вышивка лишь отражала его несбыточные мечты. Ферма, конечно, никогда не была плантацией. Никакая так называемая красавица с Юга здесь никогда не жила, попивая вкусный чай и раздавая приказания слугам.

И всё же, фантазия, должно быть, была дорога тому, кто здесь жил – сейчас или в прошлом. Возможно, что этот «кто-то» однажды купил куклу, которая олицетворяла красавицу с Юга из книжки.

Прислушиваясь к любым шорохам, Райли двинулась дальше по коридору. С одной стороны был дверной проём в форме арки, который вёл в столовую. Чувство, что она находится в прошлом, усилилось. Сквозь кружевные занавески, висящие на окне, проникал солнечный свет. Стол и стулья стояли так, будто ждали семейного ужина. Но во всём остальном по комнате было видно, что ей уже давно никто не пользовался.

С другой стороны коридора была огромная старомодная кухня. В ней тоже всё было на своих местах без каких-либо признаков недавнего использования.

В конце коридора была закрытая дверь. Двинувшись в её направлении, Райли остановилась перед группой висящих на стене фотографий, которые привлекли её внимание. Проходя мимо, она внимательно их рассмотрела. Это были обычные семейные фото, некоторые чёрно-белые, некоторые цветные. Они относились к далёкому прошлому – может быть, лет до ста.

Это были фотографии, которые можно найти в любом доме – родители, дедушки и бабушки, дети, украшенный праздничный стол. Большинство изображений выцвело со временем.

Фотография, которая выглядела не старше пары десятков лет, изображала мальчика, учащегося в школе – аккуратного ученика с новой стрижкой и застывшей, натянутой улыбкой.

На фотографии справа была женщина, обнимающая девочку в платье с рюшками.

Райли в шоке осознала, что мальчик и девочка выглядят на одно лицо. Более того, это был один и тот же ребёнок. Девочка на фотографии с женщиной была на самом деле мальчиком в платье и парике. Райли затрясло. Выражение лица переодетого мальчика говорило о том, что это не безобидная игра в переодевание. На этой фотографии улыбка была мученическая и несчастная, и даже злая и ненавидящая.

На последнем снимке мальчику было лет десять. Он держал куклу. Сзади него стояла женщина с улыбкой совершенно неуместной и какой-то недоумённой. Райли наклонилась, чтобы получше рассмотреть куклу, и ахнула.

Вот она – кукла, которая была на картинке в книжке из магазина. Она была в точности такая же, с длинными светлыми волосами, яркими голубыми глазами, розами и розовой лентой. Много лет назад эта женщина дала мальчику куклу. Она наверняка навязала её ему, заставляя его её любить и лелеять.

Измученное выражение лица мальчика говорило, как всё было на самом деле. В этот раз он не смог подделать улыбку. Его лицо выражало отвращение и ненависть к самому себе. Фотография поймала момент, когда в нём что-то сломалось, чтобы никогда больше не склеиться. Именно тогда образ куклы остался в его несчастном детском воображении. Он не мог избавиться от него уже никогда. Это был образ, который он воссоздавал с помощью убитых женщин.

Райли оторвалась от фотографий. Она пошла дальше к закрытой двери в конце коридора. Она с трудом сглотнула.

“Это должно быть здесь”, – подумала она.

Она была в этом уверена. Эта дверь была преградой между мёртвой, искусственной, нереальной красотой этого сельского домика и той кошмарной, уродливой реальностью, которая скрывалась под ней. В этой комнате фальшивая маска счастливой нормальности падала раз и навсегда.

Держа пистолет в правой руке, она открыла дверь левой. В комнате было темно, но даже в тусклом свете из коридора она видела, что она совершенно не похожа на остальной дом. Пол здесь был завален мусором.

Райли увидела выключатель рядом с дверью и щёлкнула им. Единственная свисающая с потолка лампочка осветила развернувшийся перед ней кошмар. Первое, что она отметила, была металлическая труба, стоящая посреди комнаты, соединяя пол и потолок. Следы крови на полу указывали на то, что здесь происходило. Никем не услышанные крики женщин оглушительным эхом отозвались в её голове.

В комнате никого не было. Райли постаралась успокоиться и шагнула вперёд. Окна были заколочены, внутрь не проникал солнечный свет. На покрашенных в розовый стенах были нарисованы картинки из книги, однако они были испорчены пятнами и кляксами.

Куски детской мебели – кресла и стулья с рюшками, предназначавшиеся для маленькой девочки – были перевёрнуты и сломаны. Повсюду валялись обломки кукол – оторванные конечности, головы, куски волос. К стенам были приколочены маленькие кукольные парики.

С колотящимся от страха и ярости сердцем, вспоминая своё собственное заточение, Райли сделала шаг глубже в комнату, загипнотизированная сценой, яростью, страданиями, которые она здесь ощущала.

Вдруг сзади неё раздался шорох и свет неожиданно погас.

Райли в панике развернулась и выстрелила, но промахнулась. Руку ударило что-то тяжёлое и сильное, причинив невероятную боль. Её оружие упало в темноту.

Райли постаралась увернуться от следующего удара, но твёрдый тяжёлый предмет опустился ей на голову, отчего её череп хрустнул. Она упала и поползла в дальний угол комнаты.

Удар всё ещё эхом отзывался у неё в ушах, искры мелькали перед глазами. Она была ранена и знала об этом. Она изо всех старалась держаться в сознании, но оно ускользало, как песок между пальцев.

Снова оно – шипящее белое пламя, прорезывающее темноту. Мало-помалу в мерцающем свете стало видно, кто его несёт.

На этот раз то была мать Райли. Она стояла прямо перед Райли, роковая рана от пули кровоточила прямо в центре её груди, её лицо было бледным и мертвенным. Однако когда мама заговорила, Райли услышала голос отца:

«Дочь, ты всё делаешь неправильно».

Райли почувствовала тошнотворное головокружение. Перед её глазами всё закружилось. Мир потерял весь смысл. Что делает её мама с этим ужасным пыточным инструментом? Почему она говорит голосом отца?

Райли крикнула: «Почему ты не Петерсон?»

Неожиданно пламя погасло, оставив от себя лишь тающий след.

Она снова услышала голос отца, прорычавший в кромешной темноте: «Это твои проблемы. Ты хочешь бороться со всем злом в мире одновременно. Ты сделала свой выбор. По одному монстру за раз».

С всё ещё плывущей головой, Райли постаралась понять сообщение.

«По одному монстру за раз», – пробормотала она.

Её сознание гасло и утекало, дразня её последними проблесками ясности. Дверь была слегка приоткрыта и против тусклого света она видела силуэт мужчины. Она не могла разобрать его лица.

В руках он что-то держал – теперь она поняла, что это ломик. На ногах у него были носки – должно быть всё это время он был в доме, выжидая правильный момент, чтобы войти и застать её врасплох.

Её рука и голова ужасно болели. Она почувствовала на волосах липкую тёплую жидкость. Она истекала кровью, и очень сильно. Она изо всех сил пыталась не потерять сознания.

Раздался смех мужчины, и голос его был ей незнаком. Её мысли безнадёжно спутались. Этот голос принадлежал не Петерсону, такому жестокому и издевающемуся в темноте. А где его горелка? Почему всё так отличается?

Она ощупью искала в своей голове правду.

«Это не Петерсон, – сказала она себе, – это Дирк Монро».

Она громко прошептала: «По одному монстру за раз».

И этот монстр собирался её убить.

Она пошарила по полу. Где её пистолет?

Мужчина пошёл в её сторону, покачивая ломиком в руке, разрезая им воздух. Райли почти встала на ноги, когда он снова опустил его, на этот раз ей на плечо, снова сбив её с ног. Она приготовилась к следующему удару, но тут услышала, что лом падает на пол.

Вокруг её левой ноги что-то обвязалось, дергая её. Он завязал на ней верёвку и теперь медленно тащил её по заваленному мусором полу по направлению к трубе в центре комнаты. Месту, где страдали и погибли четыре женщины.

Райли старалась понять его мысли. Он не выследил её, не выбрал. Он никогда не видел, как она покупает одну из тех кукол, которые он так сильно ненавидел. Но несмотря на это, он пытался извлечь максимум из её прихода. Он собирается сделать её своей следующей жертвой. Он твёрдо намеревается заставить её страдать. Она умрёт в боли.

И всё же перед Райли забрезжило предчувствие скорого восстановления справедливости. Билл и его команда скоро приедут. Что будет делать Дирк, когда ФБР начнёт штурмовать его дом? Он убьёт её, конечно же, и очень быстро. Он никогда не позволит ей быть спасённой. Но он обречён на то же.

Но почему Райли должна быть его последней жертвой? Она увидела лица тех, кого любила – Эприл, Билла, даже своего отца. Теперь Райли делила с ним тяжёлые оковы тёмной мудрости, понимание бесконечности зла в мире. Она подумала о работе, ради которой жила каждый день, и в ней медленно возникла новая решимость. Она не даст ему легко убить себя. Она умрёт на своих правилах, а не на его.

Она стала шарить по полу рукой и наткнулась на что-то твёрдое – не часть кукольного тела, а тяжёлое и острое. Это была рукоятка ножа. Очевидно, это был именно тот нож, которым он наносил ранения четырём женщинам.

Время замедлилось, пока не стало ползти умопомрачительно медленно. Она поняла, что Дирк завязал верёвку вокруг центральной трубы. Теперь он привязывал к ней её ноги.

Он отвернулся от неё, уверенный, что она достаточно ранена, и был занят привязыванием её к опоре – и мыслями о том, что сделает с ней потом.

Благодаря его неосмотрительности у Райли появился момент, один-единственный момент, пока он не смотрел на неё. Всё ещё распростёртая на полу, она рывком села. Он заметил это и стал поворачиваться к ней, но она действовала быстрее. Она упёрлась своей свободной правой ногой в пол и встала, оказавшись лицом к лицу с ним.

Она воткнула нож ему в живот, повернула его, вытащила и стала колоть снова и снова. Она слышала его стоны и вопли. Она продолжала бить его ножом, как сумасшедшая, пока сознание не покинуло её.

Глава 35

Райли открыла глаза. Всё её тело ныло, особенно плечо и голова. Перед её глазами появилось лицо Билла. Сон ли это?

— Билл? — спросила она.

Он улыбнулся с облегчением. Он держал у её головы что-то мягкое, останавливая кровотечение.

— Добро пожаловать назад, — сказал он.

Райли поняла, что всё ещё находится в комнате, недалеко от трубы. Её накрыла паника.

— Где Дирк? — спросила она.

— Мёртв, — ответил Билл. — Он получил то, что заслужил.

Райли до сих пор не понимала, сон это или нет.

— Я должна это увидеть, — прошептала она. Ей удалось повернуть голову, и она увидела, что Дирк лежит на полу лицом вниз в луже собственной крови. Его глаза были открыты и не моргали.

Билл повернул её голову обратно.

— Постарайся не двигаться, — сказал он. — Ты серьёзно ранена. Ты поправишься. Но ты потеряла много крови.

Новый приступ головокружения сказал ей, что Билл прав. Прежде чем снова отключиться, ей удалось прошептать пять слов:

— По одному монстру за раз.

Глава 36

Специальный агент Брент Мередит закрыл толстый конверт с фотографиями и письменными отчётами с довольным видом. Райли чувствовала то же удовлетворение от закрытия дела и была уверена, что такие же чувства испытывают и Билл с Флоресом. Они все сидели за столом в комнате для переговоров в отделе поведенческого анализа. Если бы ещё у Райли не было перевязано и не болело всё тело, момент был бы идеальным.

– Так что мать Дирка хотела дочь вместо сына, – говорил Мередит. – Она старалась сделать из него красавицу с Юга. И это, вероятно, только вершина айсберга. Один Бог знает, через что ещё он прошёл в детстве.

Билл откинулся в кресле.

– Давайте не будем ему сильно сочувствовать, – предложил он. – Не все обладатели паршивого детства превращаются в злобных садистов. Он сам сделал свой выбор.

Мередит и Флорес согласно кивнули.

– Но известно ли кому-нибудь о том, что случилось с матерью Дирка? – спросила Райли.

– Согласно документам, она умерла пять лет назад, – ответил Флорес. – Его отец пропал гораздо раньше, ещё когда Дирк был ребёнком.

В группе повисло отрезвляющее молчание. Райли точно знала, что оно значит. Она находилась в компании троих человек, которые посвятили свои жизни борьбе со злом. Несмотря на своё удовлетворение, над всеми ними висел призрак нескончаемого зла и нескончаемого объёма работы. Она никогда не закончится. Не для них.

Открылась дверь и вошёл Карл Волдер. Он расплылся в улыбке.

– Отличная работа, вы все молодцы, – сказал он. Он положил на стол пистолет и значок и толкнул их по столу к Райли. – Это ваше.

Райли криво улыбнулась. Волдер не собирался извиняться и уж тем более признавать свои ошибки. Но это и к лучшему: Райли не знала, как отреагировала бы, если бы он принёс ей свои извинения – скорей всего, не очень достойно.

– Кстати говоря, Райли, – сказал Волдер. – Сегодня утром

мне звонил сенатор, он передаёт вам пожелание скорейшего выздоровления и свою благодарность. Кажется, он чрезвычайно высокого о вас мнения.

На этот раз Райли пришлось сдержать своё изумление. Этот звонок, она была уверена, стал причиной тому, что Волдер вернул ей значок и пистолет. Она вспомнила, что одни из последних слов Ньюбро были:

«Вас не назовёшь ничьей шестёркой».

О Карле Волдере такого сказать никак нельзя было.

– Зайдите ко мне в ближайшее время, – сказал Волдер. – Нужно обсудить повышение. Возможно, административный пост. Вы это заслужили.

Без лишних слов Волдер покинул кабинет. Райли услышала вздохи облегчения своих компаньонов, что он ушёл так быстро.

– Тебе стоит об этом подумать, Райли, – сказал Мередит.

Райли рассмеялась.

– Вы можете представить меня на административной должности?

Мередит пожал плечами.

– Ты более чем выполнила свой долг. Ты сделала больше оперативной работы, чем большинство агентов за всю жизнь. Возможно, тебе стоит стать инструктором. Ты отлично сможешь готовить новых агентов, со всем своим опытом и проницательностью. Что ты об этом думаешь?

Райли задумалась. Чему она на самом деле может научить молодых агентов? Всё, что у неё есть, это инстинкты, а им, насколько она знает, научить невозможно. Нет способа научить людей следовать своей интуиции. Она или есть, или её нет.

Кроме того, неужели она на самом деле желает кому-то иметь такое же внутреннее чувство, как у неё? Слишком много страха и беспокойства ей доставляют собственные мысли, её способность проникать в злобные умы. С этим трудно жить.

– Спасибо, – сказала Райли, – но мне нравится на своём месте.

Мередит кивнул и встал с кресла.

– Что ж, думаю, на сегодня хватит. Отдыхайте, ребята.

Собрание закончилось и Райли с Биллом вместе пошли по коридору. Они молча покинули здание и сели на скамейке снаружи. Прошло несколько минут. Никто из них не знал, что сказать. Сказать нужно было слишком много всего.

— Билл, — спросила она неуверенно, — ты думаешь, мы
сможем снова быть партнёрами?

После паузы Билл спросил:

— А ты как думаешь?

Они повернулись и посмотрели друг другу в глаза. Райли
увидела в глазах Билла затаившуюся боль. Рана, которую она
причинила своим пьяным звонком, до сих пор не заросла. Это
займёт много времени.

Но теперь она знала кое-что ещё — то, что знала давно, но в
чём никогда не отваживалась признаться самой себе. Её
привязанность к Биллу была глубокая и сильная, и он, конечно,
чувствует то же. Это больше не было тайной, которую они
скрывали от самих себя. Они не смогут вернуться к своим
прежним жизням.

Их партнёрству пришёл конец. Они оба это знали и не
нуждались в словах.

— Иди домой, Билл, — мягко сказала Райли. — Постарайся
помириться с женой. Тебе нужно думать о детях.

— Я этим займусь, — сказал Билл, — но я надеюсь, что не
потерял тебя — твою дружбу, я имею в виду.

Райли погладила его руку и улыбнулась.

— Ни в коем случае, — сказала она.

Они оба встали со скамейки и разошлись по своим
машинам.

*

— О чём ты думаешь, мама? — спросила Эприл.

Был поздний вечер и Райли с Эприл уже давно сидели в
гостиной и смотрели телевизор. Чуть ранее Райли рассказала
Эприл о том, что произошло — по крайней мере, всё, что могла.

Райли помедлила, прежде чем ответить на вопрос Эприл.
Но она знала, что ей придётся об этом сказать. Кроме того,
Эприл уже всё знала. Это был не секрет. Просто Райли никак
не могла забыть об этом.

— Я сегодня убила человека, — сказала Райли.

Эприл посмотрела на неё с любовью и заботой.

— Я знаю, — сказала она. — Каково это?

— Сложно объяснить, — сказала Райли. — Это ужасно. Никто
не имеет на это права — никогда. Но бывает так, что это
единственный выход.

222

Райли помедлила.

– Я чувствую ещё кое-что, – сказала она. – Не уверена, что мне следует об этом рассказывать.

Эприл тихонько рассмеялась:

– Я думала, мы больше не будем играть в молчанку, мам.

Это успокоило Райли и она сказала:

– Я чувствую себя живой. Слава Богу, я снова чувствую себя живой! И теперь я знаю, что любая женщина может в любой момент прийти в магазин Мадлен и купить там куклу без риска для жизни. Я просто… ну, я счастлива за неё. Я рада, что дала ей такую возможность, хотя она об этом никогда и не узнает;

Райли сжала руку Эприл.

– Уже поздно, а тебе завтра в школу, – сказала она.

Эприл поцеловала маму в щёку.

– Спокойной ночи, мама, – сказала она и пошла умываться.

Райли почувствовала новый прилив боли и утомления. Она поняла, что ей лучше отправиться в постель или она заснёт прямо на диване.

Она поднялась и пошла в ванную. Она уже была в пижаме и не стала останавливаться, чтобы почистить зубы – ей хотелось сразу лечь спать.

Войдя в спальню и включив свет, она внезапно увидела нечто, отчего сердце её замерло.

Там, в её постели, лежало что-то не то.

Там была горсть маленьких камушков.

О Блейке Пирсе

Жанр детектива и триллера – то, чем Блейк Пирс интересовался всю жизнь, пока не написал свой первый роман – КОГДА ОНА УШЛА. Блейк приглашает вас на свой сайт www.blakepierceauthor.com, где он с удовольствием с Вами пообщается, включит в почтовую рассылку, поможет получить книгу бесплатно, предложит поучаствовать в розыгрышах призов, а также сможет связаться с Вами по Facebook и Twitter!

9 781640 294066